COSACNAIFY

R35

RODRIGO FRESÁN

O FUNDO DO CÉU

TRADUÇÃO Antônio Xerxenesky

Para Daniel, nos braços de Ana, apontando para as estrelas

A realidade (assim como as grandes cidades) se ampliou e se ramificou nos últimos anos. Isso influiu no tempo.

ADOLFO BIOY CASARES

Uma pessoa pode amar o Espaço e suas possibilidades [...]. Também tenho consciência de que o Tempo é um meio fluido para o cultivo das metáforas [...]. O Espaço é um formigamento nos olhos, e o Tempo, uma cantoria nos ouvidos.

VLADIMIR NABOKOV

As distâncias são apenas reação do espaço com o tempo e variam junto com ele [...]. Há erros óticos no tempo, assim como no espaço. [...] A única viagem verdadeira, a única fonte da juventude, não seria visitar outros países, e sim ter outros olhos, ver o universo com os olhos de outros, de centenas de outros, ver os cem universos que cada um deles vê, que é cada um deles.

MARCEL PROUST

Não é possível ver a si mesmo fora do universo.

KURT VONNEGUT

Imagino que esta noção de que cada criatura vê o mundo de uma maneira diferente das outras criaturas não será aceita por muitos de vocês [...]. Criar um planeta que não existe. Esse é o primeiro passo.

PHILIP K. DICK

Nunca me acostumei a estar nesta Terra. Acho que nossa presença aqui é um erro cósmico. Estávamos destinados a algum outro planeta distante, ao outro extremo da galáxia.

JOHN BANVILLE

Ó, corramos para ver este planeta!

JOHN CHEEVER

I

ESTE PLANETA

Esteja você onde estiver, longe ou perto, se puder ler o que escrevo agora, por favor, lembre-se, lembre-se de mim, lembre-se de nós assim.

Lembre-se de nós, lembre-se de mim, lembre-se que, na época, os habitantes de nosso planeta, de nosso universo tão pequeno, dividiam-se em viajantes interplanetários e criaturas de outros mundos.

O resto eram apenas personagens secundários.

Os construtores anônimos do foguete.

Ou os homens e as mulheres escravizados por seres distantes de anatomia impossível, mas que, no entanto, por um mistério inexplicável, sempre falavam perfeitamente o nosso idioma.

Ou os humanos que falavam a língua dos extraterrestres que, por um mistério ainda mais inexplicável, era muito parecida com o inglês falado por um estrangeiro que morava a apenas dois ou três países de distância.

E nem "astronauta", nem "alienígena" eram palavras de uso corrente.

Não estavam, como agora, presentes tanto na boca das crianças como dos velhos. Essas palavras que têm um sabor conhecido e fácil de reconhecer na primeira mordida pelos primeiros dentes de leite e pelos últimos dentes falsos.

Não é como hoje (pensar no jargão tecnológico como uma nova forma de pornografia, na corrida armamentista e doméstica por *gadgets* de todos os tamanhos e usos, nos rostos e nos corpos modificados por operações a laser, na vida além de toda a vida e nas existências alternativas enredadas na rede das telas de microcomputadores), quando existem dias em que sou invadido pela suspeita de que todos os habitantes deste planeta são, mesmo sem consciência disso, escritores de ficção científica.

Ou, pelo menos, são personagens de ficção científica criados por escritores de ficção científica.

Então, no início, era diferente.

Então, naquela Nova Era que hoje já é velha, o espaço era realmente escuro e, ao mesmo tempo, uma página em branco a ser preenchida pelos relâmpagos de nossas preces, promessas e súplicas.

Naquela época, nos pagavam para imaginar o inimaginável e o futuro ficava sempre tão distante, a séculos, a milênios de distância.

E havia os que preferiam escrever sobre terráqueos subindo em foguetes para alcançar lugares mais altos ainda.

E havia também os que optavam pelo caminho inverso e preferiam falar dos extraterrestres que chegavam aqui com o objetivo de destruir tudo, perdoando apenas uma única pessoa que deixaria seu testemunho por escrito. Assim, o fim de sua história se sobrepunha e se antecipava ao início da nossa, e continha páginas que instruíam aqueles que, se tivessem sorte, chegariam mais tarde para recomeçar. Uma nova tribo de indivíduos com um visual científico – jalecos de laboratório, óculos e até mesmo cachimbos sempre acesos dentro dos trajes e capacetes especiais – construiria ali, entre os restos e destroços, e tentaria compreender quem eram aquelas estátuas sem braço ou cabeça que algum dia foram heróis ou vilões. Futuros homens amnésicos de vários séculos caminhando entre restos imortais, incapazes de compreender o que tinha ocorrido, mas especulando o que poderia ter acontecido aos antigos moradores desses palácios e mausoléus. Assim, criariam, sem querer – mas talvez suspeitando disso – uma nova forma de ficção científica ao contrário. Uma ficção científica que seria, na verdade, os mitos, as suposições e, finalmente, a História. Porque a História do que foi – toda teoria, romance ou ensaio histórico – é, também, um romance de ficção científica.

O que aconteceu é algo tão fantástico quanto o que acontecerá.

O passado, ainda que pareça imóvel, nunca para de se mover.

Como a neve.

E, sim, havia a neve e os bonecos de neve, os homens de neve.

E lá estávamos nós – eu e Ezra – na neve.

E o nosso planeta nunca é tão diferente – nunca o percebemos tão alheio e distante, nunca parece tão novo e distinto – como logo depois de uma nevasca forte e poderosa.

E aquele ano – lembre-se, lembre-se de nós assim – nevou como nunca.

E lá estávamos nós sob a neve, em frente a todos esses bonecos de neve e dessa gigantesca esfera. Era como se fôssemos nós, eu e Ezra, os que surgiam entre a neve, estática, mas viva, na luz pálida do dia que acabava de raiar. E era como se cada corpo de neve – diferente dos demais – fosse uma estrela única. E a neve – ver e sentir a neve – deixa a todos nós um pouco poéticos e, no meu caso, um péssimo poeta.

E um sopro de vento e você na janela.

E era como se o vento tivesse sido inventado apenas para soprar entre os seus cabelos e assim proclamar que, apesar de invisível, ele também tinha forma: a forma de seus longos cabelos despenteados, no ar desse amanhecer escuro, era a forma do vento.

E os flocos de neve que entraram em movimento, empurrados por uma descarga de energia, e nós ali, como se habitássemos um desses globos de plástico e vidro que um ser superior, ou apenas um gigante, sacode para criar uma tormenta branca e aprisionadora.

Uma tormenta que cabe na palma da mão que a invoca e a segura.

E nós – eu e Ezra – ali dentro, felizmente presos entre os seus dedos.

Nós, nós dois, que nos chamávamos Os Distantes e que começávamos e terminávamos em nós mesmos.

Embora, sim, houvesse outros que também se sentiam Distantes – próximos de nossa singularidade plural, uma singularidade de apenas duas pessoas –

só por causa da proximidade. Por orbitar ao redor de nós até, inevitavelmente, se cansarem de fazer isso e de nossa indiferença, e partirem em busca de atrações mais amáveis e grupos mais populosos.

Pois os dois – Ezra e eu – nos sentíamos tão diferentes.

E preferíamos nos considerar seres distantes, de estrutura conhecida, mas mesmo assim impelidos por uma vontade sem dúvida estrangeira. A vontade de nos julgarmos intrusos, obedientes ao desejo íntimo de viajar longas distâncias, de cruzar o espaço, de chegar ao fundo do céu, e de dar a volta e retornar ao ponto de origem. E então voltar a um lar que já não reconhecíamos e não nos reconhecia.

Então, caminharíamos sem rumo pelas ruas e parques.

Nossa linhagem teria desaparecido e seria impossível reconhecê-la na mistura de novos sangues.

Teríamos nos transformado em estranhos, e só nos restaria o consolo de escrever sobre exatamente *isto*: não pertencer a lugar algum depois de ter visto tudo.

E seríamos felizes.

Alguém afirmou, certa vez, que, por trás de todo escritor de ficção científica (pelo menos por trás dos primeiros, dos escritores de ficção científica *originais*) havia um cientista frustrado.

Não tenho certeza absoluta de que seja assim, e há o caso de Ezra: ele foi, antes de qualquer coisa, um cientista de sucesso, depois um agente de trabalho *classified* e – quando passou a se interessar pelo futuro apenas como rampa de lançamento em direção a um passado que queria modificar –, enfim, escritor de ficção científica frustrado.

Ezra decidiu renunciar a tudo em nome da exatidão quando você desapareceu sem explicação lógica, depois da nevasca daquela noite, sem sequer deixar para trás uma boa história de despedida, uma *amazing story* ou uma *weird tale* ou uma *astonishing travel*.

Mas estou me adiantando, e não está claro qual é o percurso da história: onde está a cabeça e onde termina o seu rabo, que sangra de tantas feridas causadas pelos próprios dentes caninos.

Os Distantes defendiam uma ideia oposta: por trás de todos os físicos e astrônomos jazia o corpo inerte, mas não morto – apenas em animação suspensa – de um contador de histórias que sucumbiu à tentação cósmica de cifras e fórmulas. Mas, ainda assim, no fundo de tudo isso, está escondida, *top-secret*, um escritor de ficção científica em potencial, esperando ser ativado em um ponto nevrálgico, não na ponta da língua, mas na ponta dos dedos. Alguém que, impotente e incapaz de alcançar o êxtase da especulação sem limites, acaba se resignando – simulando o orgulho incerto daqueles que querem se considerar privilegiados – às paredes inoxidáveis de um laboratório de ambiente controlado.

Um código. Uma combinação de números e letras. Uma fórmula. Uma porta pesada de metal que se abre com o mesmo mecanismo que um livro e que leva a um recinto cujo centro só pode ser alcançado através de várias senhas implantadas nas tarjas magnéticas de cartões de aço que te guiam através de corredores brancos vigiados por soldados sem pálpebras e por câmeras insones. Os olhos deles e delas cravados no presente puro, alimentados pela paranoia de que um apocalipse ainda mais avançado será criado e ativado em outros laboratórios ou em cavernas onde se apertam outros botões para que comece o fim de todas as coisas deste mundo.

E o desafio reside, sempre, em quem será o primeiro a começar o fim.

Mas a minha história, a história d'Os Distantes, mal está começando, ou melhor, acabo de começá-la, aqui e agora. Espero que me desculpem por usar tantas palavras antes. Justifico-me alegando que se trata de palavras cautelosas balbuciadas por alguém que não se atreve a acionar certos interruptores para ativar certas lembranças.

A memória é uma inexplicável máquina do tempo, e o passado, uma quarta dimensão e um planeta alternativo com vida um pouco mais inteligente do que aquela que habita o presente.

É porque no passado – chegando lá tanto tempo depois, porque o terrível do passado é que só podemos observá-lo a partir do futuro – todos somos mais sábios.

Viajando em direção ao que já passou, compreendemos sem muito esforço e contemplamos claramente os erros, que, como fica claro, não podemos mais corrigir. No entanto, ao menos recebemos o prêmio de consolação ou o desalentador castigo de conhecer um modo exato de resolver melhor a situação, ver como poderíamos ter mudado para melhor os resultados se alterássemos alguns fatores ou tomássemos outras decisões. Por isso que muitos, antes de usarem – e talvez se viciarem – na poderosa droga do passado, optam por outra droga: o esquecimento.

E então, suponho, são felizes habitando uma eternidade de entardeceres que são sempre primeiros e únicos.

Assim, a vida tem a duração de um dia e depois recomeça.

Não é, não foi e não será o meu caso.

A fina percepção dos transtornos da memória, das intermitências do coração – das palpitações do tempo que agora se arrasta, logo em seguida corre e de repente sai voando – foram, sempre, o meu prazer, meu privilégio e minha condenação.

A memória é um astronauta cujo árduo trabalho é estabelecer relações duradouras entre as estrelas, muitas delas mortas; mas a lembrança ainda acende luzes em um espaço que, por ser exterior e inalcançável, não significa que não faça parte, também, das próximas, porém igualmente inacessíveis, nebulosas do pensamento. Recordar é encontrar sem parar de procurar. Não sabemos se uma recordação é aquilo que, assim que lembramos, damos por perdido, ou aquilo que estava perdido e que de repente recuperamos.

Talvez o mais curioso (ou talvez o mais normal; pois as distorções do espaço-tempo são um dos lugares-comuns mais frequentados pelo gênero) seja o fato de que agora, quando sinto a dor aguda e palpitante de começar a perder a memória, tento lembrar por escrito aquilo de que já não recordo sem usar as mãos.

E não faço isso com o idioma funcional e quase telegráfico da ficção científica.

Eu me refiro ao estilo marcado pela ausência de estilo, no qual o que importa é o enredo, a ideia criativa, a profecia inovadora. O interesse perene no futuro, mas feito com uma escrita bem primitiva.

Não: desta vez, uso linhas longas e sinuosas (os parênteses funcionam como as pinças dos crustáceos que cresceram e ficaram poderosos graças aos Raios Ípsilon), mais adequadas para um cavaleiro do século XIX, experimental e pouco experiente, às margens do novo século.

O passado, outra vez.

A maneira como se escrevia no passado quando os livros contavam com todo o tempo dos seus leitores e todo o tempo do mundo cabia nesses livros que demoravam tanto a sair; porque aconteciam muito mais coisas lá dentro do que do lado de fora. Livros para o leitor de uma era que acabava, para que começasse outra era já disposta a fundar a ideia e a teoria do futuro distante.

E, assim, surgiu o inovador e paradoxal argumento de que, ao prolongarem as vidas, o futuro não só podia ficar mais distante, como também possível de ser alcançado.

Assim surgiria um leitor mutante, flutuando entre os dois estágios.

Um leitor Distante com acesso a tudo.

Alguém que logo descobriria – entre as explosões de uma Grande Guerra que supostamente seria a única e a última – que o futuro não apenas se expandia, mas que também, além disso, o tempo se acelerava.

Alguém que – apesar de jamais ter possuído as ferramentas adequadas para imaginar complexas máquinas de teletransporte ou estradas interplanetárias com o asfalto castigado por buracos negros – era lançado em direção ao *continuum* de uma época de engrenagens e alavancas, e de gênios dispostos a realizar o que lhes fosse exigido na realidade para desobedecer e se rebelar nas ficções.

Nessa época, imagino, o ar era inflamável e os casais apaixonados soltavam faíscas ao unir seus lábios, porque até os beijos eram históricos e elétricos. A energia estática se deslocava por todas as partes e tudo era, logo de cara, um bom motivo para gerar combustões externas e internas.

Insisto: por que estou escrevendo essas frases longas e serpenteantes, essas imagens borradas de adjetivos?, por que estou pensando desse jeito, o que está acontecendo, o que está acontecendo *comigo* e...

Paciência, paciência. Será permitido pedir paciência como quem pede piedade jurando que em breve tudo entrará nos eixos ou que, pelo menos, morrerá na luta para que tudo entre nos eixos?

Aqui e agora – talvez se trate disso, talvez por isso eu escreva desta maneira – eu também sou um pouco *assim*: as frases longas e os pensamentos breves de alguém que se rendeu ao reino das máquinas, sem compreendê-las, mas beneficiando-se delas. Usá-las sem que isso signifique esquecer que jamais entenderá o que é exatamente a eletricidade (animal, vegetal ou mineral?), ou como funciona o motor mais simples. Alguém que acha que os aviões são elevadores sem cabos. Um homem no limite, que vive na fronteira, alguém que não está exatamente em lugar nenhum e, no entanto, pode contemplar tudo de uma perspectiva mais mutante do que privilegiada, ainda que...

Escrevo tudo isso no fragor inaudível de uma batalha secreta que está perdida logo de antemão.

Escrevo isto para tentar vencer o esquecimento que avança sobre mim como uma maré negra, como um manto de estrelas. Estrelas que se apagam uma por uma, como nomes que se esgotam de tanto serem ditos e repetidos e, com eles, se desfaz o desenho dos rostos a que correspondem. Uma escuridão que me cobre e me afoga, e de início tento me manter flutuando, mas depois, logo em seguida, compreendo que não faz sentido resistir ao chamado das profundidades e do esquecimento, e me deixo partir, afundo, borbulhas de ar líquido escapando pelos lábios do meu escafandro.

Escrevo para que tudo isso funcione como os restos do naufrágio, que sobem até a superfície, enquanto do outro lado do rio se eleva uma coluna de fumaça escura que dança ao ritmo da música das sirenes vermelhas em uma cidade onde ninguém dormirá esta noite.

Fragmentos dispersos, sim, mas parte de um mesmo casco e de uma mesma cabeça que talvez possam dar uma ideia do que era aquilo que afundou, ou, ao menos, sirvam para indicar o local mais ou menos exato onde jaz, imóvel, tudo o que algum dia navegou guiado por bússolas, compassos e constelações.

Escrevo para deixar algo, e não para esclarecer o que aconteceu nem para me ajudar a lembrar (quase consigo me enxergar daqui a um tempo, se tivesse optado por ficar em vez de partir, lendo estas páginas sem entender nada do pouco que contém e pouco do nada que tentam explicar).

Escrevo como quem se despede.

Escrevo tudo isso que não planejava escrever. Boa parte disso não escrevo, mas sim penso, através dessa forma intangível e pura da escrita que é a memória nostálgica, de funcionamento incompreensível, antes de ser posta por escrito e reduzida a palavras desconexas. Escrevo impulsionado pelo combustível que reage a uma visita inesperada.

Escrevo e abro e fecho parênteses (talvez, pegando emprestado esses parênteses que abraçam números e letras, mas não palavras, eu busque aproximar a minha linguagem incerta da precisão matemática, da exatidão a que se entregou Ezra para tentar definir os contornos do difuso) e fechei a tampa da minha escrivaninha quando escutei que batiam na porta.

Eu me levantei e fui abri-la.

Um jovem jornalista.

Ainda que eu o defina como "um jovem jornalista", na verdade não acho que era um "jornalista" no sentido mais rigoroso e profissional do termo.

Não acredito, tal como ele me anunciou, que trabalhasse para nenhuma revista "especializada", pois, até onde sei, não existem mais revistas especializadas em ficção científica e, se sobreviveu alguma, não dedicaria seu pequeno espaço entrevistando antiguidades, pois prefeririam publicar as opiniões de fãs interessados pelas sensações causadas pelos efeitos especiais – uma técnica erótica e digital na qual podemos meter as mãos – do último grande filme frígido do verão.

Não acreditei nele quando bateu na porta sem aviso prévio; por isso lhe poupei da chatice que seria tentar me provar que suas credenciais são verdadeiras.

Preferi considerá-lo simplesmente uma pessoa que *precisava* desesperadamente fazer muitas perguntas a alguém (perguntas que ele fez a si mesmo tantas vezes sozinho, em silêncio) para, se possível, receber as respostas adequadas na voz de um estranho que conhecia muito bem, mesmo sem nunca ter falado com ele.

O jovem jornalista (também não era, penso, exatamente *jovem*; mas também é verdade que atingi a idade na qual quase todos os seres vivos são ou parecem tão jovens, se comparados comigo) veio me visitar hoje e fez tantas perguntas sobre o que aconteceu faz tanto tempo.

E a primeira coisa em que pensei é o que ele tinha anotado em um pequeno bloco de notas, escrito com letra ilegível, em palavras cortadas ao meio, mais despedaçadas do que abreviadas, que era – como costumava acontecer de tempos em tempos por aqui, nas raras ocasiões nas quais eu me deixava ser alcançado e agarrado – um grande número de perguntas acerca da figura de Warren Wilbur Zack. A sua vida, tão diferente da minha. Uma vida oposta. Uma antivida. Tudo que aconteceu com ele sendo lido – seguindo seu último desejo – como tudo que *não* aconteceu comigo e...

Aqui acredito que cabe outra pausa.

Uma pausa igual a esses parênteses vazios nos quais – entre um parágrafo e outro – acredito vislumbrar a verdadeira textura do tempo. Pausas que se assemelham a essa matéria antimaterial entre um salto espacial e outro, como se fosse o momento nos quais as peças giram e se encaixam nas ranhuras do mecanismo complexo do que escolhemos lembrar ou do que escolhe por nós ser lembrado.

Uma pausa antes de eu começar a pensar em Zack...

... como se respirasse profundamente antes de mergulhar em sua lembrança e descer rumo às suas profundezas.

Zack, que estava louco, que se tornou escritor de ficção científica quando entendeu que ninguém publicaria seus esquisitos romances realistas com casais que passavam o tempo todo discutindo.

Zack, que propôs um futuro quase imediato no qual nada funcionava direito, exceto o artefato invisível – mas tão sólido – da paranoia.

Zack (os olhos sempre úmidos de Zack, como um cachorro triste, o sorriso dócil e canino, a cara cheia de pelos, seu furor com latidos nos momentos mais inesperados), que se alimentava de ração enlatada para cães durante os dias mais difíceis e pobres, e não hesitava em recomendar as melhores e mais saborosas marcas.

Zack, que se casou vezes demais e se divorciou vezes demais, e os muitos filhos de Zack vestidos com trapos brilhantes, andando em fila pelas ruas.

Zack, que, em público, dizia coisas como "nós, escritores de ficção científica, somos seres patéticos: não entendemos nada de ciência e sabemos muito pouco de literatura" ou "não há nada mais esquisito do que escrever algo pensando que não está correto para depois descobrir que era verdade".

Zack, que jamais deixou de sonhar com um irmão gêmeo e telepata que morreu durante o parto (e de quem ele jurava receber sinais e mensagens ditadas), e Zack, que jurava ser a reencarnação de um antigo santo cristão perdido na "falsa realidade" que na verdade não passava, dizia ele, de uma dobra secreta ("uma espécie de cortina bem elaborada") onde ainda pulsava a grandeza invulnerável do Império Romano.

Zack, que se envolveu com grupos de guerrilheiros da West Coast, como os Black Drummers, e afirmava que seus arquivos tinham sido roubados "pela CIA e pelo FBI e por uma organização governamental tão secreta que não tem nome" porque "em um dos meus livros, sem me dar conta, revelei a natureza dos experimentos mais absolutos e definitivos que os cientistas mais qualificados e confidenciais do planeta estão conduzindo... Eu me pergunto qual dos livros será".

Zack, que não acreditava em outros planetas, nem em foguetes, e cujos tripulantes sempre acabavam pressionando o botão errado enquanto pensavam em outra coisa, em bonecas de brinquedo ou em drogas psicotrônicas de alta voltagem e densidade.

Zack, que morreu descendo uma escada, justo no momento de maior sucesso de sua carreira, quando suas fantasias começavam a ficar muito semelhantes às manchetes dos jornais e aos noticiários noturnos.

Zack, que, em um dos poucos encontros ou festivais de que participava, sorria educadamente perante os meus pedidos para que retornasse às galáxias mais clássicas da ficção científica.

E, sim, Zack era melhor do que eu (Zack era melhor que quase todos nós) e eu ria de Zack. Desprezava seu oportunismo confesso e sua velocidade para escrever romances que, de fato, não me agradavam e que eu não entendia; mas eram romances diferentes de todos os outros.

Zack estava ciente do meu desprezo e se vingou de modo elegante e perfeito: a leitura de seu testamento revelou que me nomeava seu testamenteiro literário e – eram tempos difíceis, e não tive escolha senão aceitar – estipulava uma generosa porcentagem sobre os lucros que seriam obtidos com a venda e adaptações futuras de sua obra. Poucos anos atrás, tal nomeação não passaria de uma piada de mau gosto que geraria um trâmite legal incômodo e impertinente: boa parte da obra de Zack encontrava-se fora de catálogo e não impressionava ninguém, exceto seus seguidores subterrâneos. No entanto, pouco antes de morrer, as ações de Zack começaram a subir. Suas obras passaram a ser reeditadas em coleções de prestígio e seu nome começou a ser escutado com cada vez mais frequência na boca dos escritores "sérios", que o consideravam um "profeta secreto", ou "alguém que se atreveu a enxergar além", ou "o filósofo vindo do futuro que nos ajuda a compreender o nosso incompreensível presente". E o que mais interessava nos romances e contos de Zack não eram tanto os enredos (difíceis de adaptar, estranhos, como se fossem escritos em um idioma que não passava de uma variedade exótica do nosso), mas sim suas ideias. Ideias a partir das quais produtores, roteiristas e diretores poderiam destilar filmes repletos de efeitos digitais, sucessos de público e, em mais de um caso, de crítica.

O primeiro que estreou – o que pôs em movimento os motores de sua mitificação *post mortem* – foi uma espécie de filme *noir* com androides sensíveis. Fui contratado como supervisor, assessor criativo e "especialista" nas visões de Zack, e achei que poderia me vingar de seu fantasma quando o diretor do filme me ofereceu para escrever o monólogo final de um robô agonizando sob a chuva ácida de uma Los Angeles retrofuturista. Pus em sua boca palavras que, pensei, Zack desprezaria: frases elegíacas honrando a memória das galáxias às quais os personagens de Zack – tão preocupados com seu lugar na Terra ou, no máximo, com alguma colônia marciana decadente que se parecia com um subúrbio industrial – jamais teriam sonhado em viajar, pois nada os atraía menos do que viajar longas distâncias. Era um discurso que transbordava linhas poéticas fáceis de recordar e, de imediato, situar. Muitos acharam as frases emocionantes e me disseram que alguém até chorou durante a filmagem da cena. Pensei que, assim, eu fizera justiça, conseguira introduzir uma partícula justiceira e nobre. Um convite a retornar ao futuro no qual tanto acreditamos no passado. Minha ideia de ficção científica contaminando a ideia de ficção científica de Zack.

Mas, é claro, não se podem vencer os fantasmas.

E a minha atitude se perdeu e foi engolida pela ofuscante luz de uma estrela morta chamada Warren Wilbur Zack: todos pensaram que a despedida daquela máquina humanoide na chuva tinha sido escrita pelo autor, que tinha sido extraída de algum de seus vários cadernos e manuscritos inéditos que logo deixaram de ser inéditos, pois foram comprados por cifras astronômicas das quais, já contei, me beneficiei e que hoje são minha única fonte estável de renda e assim permitem que eu sobreviva.

O filme estreou, não foi um grande sucesso de público, mas, com o passar do tempo, transformou-se em objeto de culto, quase uma religião, uma fonte incessante de dinheiro e prestígio, em uma obra-prima admirada – não há nada mais fenomenal do que um artista *cult* rentável – por jovens que logo ocuparam posições importantes na indústria e se declararam entusiastas de Zack e de suas visões.

Assim é: Warren Wilbur Zack me sustenta, paga as minhas contas, meu plano de saúde; transformou-me em um especialista em sua vida e obra, e até escrevi a primeira de suas várias biografias e compilei um volume de suas cartas alucinadas e uma coleção dos seus "ensaios metafilosóficos-religiosos".

E é sobre Warren Wilbur Zack que me convidam a falar, responder perguntas, mentir.

Mas não.

Desta vez não. Para a minha surpresa, o jovem visitante não quer falar de Zack e da lenda de Zack e dos vários rumores que giram ao redor da figura de Zack, o tipo de coisas que se escuta nas convenções ou se lê nas páginas dos fanzines. "Zack... Superestimado", comenta com um sorriso torto que inevitavelmente agradeço em silêncio.

Meu jovem visitante não quer elucidar nenhum mistério acerca de Zack, mas sim conversar sobre Os Distantes de antigamente, e sobre os rumores que circulam em torno de Ezra Leventhal de hoje, e sobre *Evasão*. (Zack, sim, foi um dos poucos, senão o único, que um dia pensou que eu poderia ser o autor por trás de *Evasão*. Com aquela voz que fazia com que nada soasse como um insulto, e sim como uma forma estranha de respeito ou, pelo menos, de curiosidade diante de uma espécie diferente, Zack me explicou: "A sua imaginação não é tão imaginativa... A sua imaginação tem uma lógica e uma ordem que considero invejáveis. Você não sabe como é ter que viver com uma imaginação como a minha. Dentro da minha cabeça, todas as ideias gritam ao mesmo tempo e levantam a mão para passarem à frente e falar o que têm em mente. De certa maneira, eu escrevi para poder parar de pensar um pouco".)

Para a minha surpresa, o jovem visitante queria saber não sobre o que havia testemunhado, mas sim sobre o que eu tinha vivido e protagonizado; sobre aquilo que hoje parece tão distante, anos feitos mais de sombra do que de luz, mas que desciam agora a toda velocidade, vindo em minha direção pelas escadarias do sótão do passado.

Além disso, suas perguntas pareciam véus que encobriam respostas a outras perguntas que não se atreveu a fazer ou que não sabia exatamente como formular.

Ainda assim, respondi tudo que ele me perguntou.

Por que respondi a ele?

Por que respondi?

Porque ele se parecia comigo?

Por causa dos seus óculos de armação grossa de plástico preto (óculos que parecem que estão na moda hoje em dia, e ao tirar os óculos ele não revelava um olhar de aço de um super-herói, mas os olhos frágeis e nus de um desses peixes que consideram o brilho do sol e o azul marinho apenas boatos impossíveis de serem confirmados)?

Por causa dos seus dentes tortos (naquela época, *todos* os *verdadeiros* fãs de *sci-fi* tínhamos uma dentição ruim)?

Pelas marcas fósseis impossíveis de dissimular nas bochechas, resíduos de uma adolescência difícil e dolorosa (essas crateras lunares e epidérmicas, pele morta na qual dificilmente pousou a visita extraterrestre de um beijo jovem)?

Por que o enxerguei como uma visão fantasmagórica do Natal passado, como os esporos fugitivos que grudam nas fendas das paredes com manchas de umidade de uma galáxia tão distante?

Por que – às vezes – era acometido pela perturbadora sensação de que as mesmas perguntas se repetiam com palavras diferentes, como se estivesse impedindo o surgimento de qualquer imprecisão?

Por que, ao partir, deixou de presente uma enxaqueca com a intensidade de uma estrela nova?

Por que não resisti, por que senti que me rendia à sua voz aguda e persistente como o zumbido de certos insetos antigos?

Por que...?

Melhor dizendo – se me pedissem uma explicação para a minha atitude submissa e voluntariosa –, fiquei comovido com seu entusiasmo e respeito perante a minha pessoa, que, para ele, não era exatamente uma pessoa, mas sim algo mais próximo de um símbolo. Alguém que ele poderia contemplar como se fosse um suvenir vivo de uma época morta que – na intuição dele, ou ao menos isso é o que ele gostaria de acreditar – foi gloriosa e que, pensei então, lhe dava essa felicidade específica e solene que só se experimenta diante de uma grande ruína. Diante de um monumento de outra época. Diante de algo que primeiro se desenterra e depois se decodifica, para convencer-se de que entendemos absolutamente tudo sem saber praticamente nada.

As hipóteses dele, suponho, foram um combustível para a minha vaidade, adormecida há tanto tempo.

Eu era para ele uma espécie de divindade.

Um d'Os Distantes.

O suposto, mas nunca confesso, coautor (e não apenas editor e escritor do prólogo, que foi sincero quando afirmava que não conhecia nem suspeitava qual era a identidade do verdadeiro autor) de *Evasão*. O dedicado guardião dessas mil páginas de um romance de ficção científica lendário que iam chegando ao longo de vários anos por correio (sem remetente nos envelopes, sempre enviados de diferentes correios), que ninguém tinha lido por completo (porque jamais foi terminado, ou porque seu final era aberto demais para os mandamentos do gênero) mas sobre o qual muitos haviam escrito e teorizado sobre, sempre a partir de uns pequenos fragmentos que circulavam de maneira tão subterrânea quanto aérea. Um romance de ficção científica que não era um romance de ficção científica e que, possivelmente, nem era um romance. Um romance de ficção científica no qual – ao contrário da maioria dos romances do gênero, nos quais acontecem coisas o tempo todo – não acontecia quase nada. Apenas uma coleção de entardeceres – suas muitas variedades descritas nos mínimos detalhes – contemplados pelo último habitante de outro planeta. Pouco mais do que fragmentos soltos e pensamentos extraterrestres dispersos, finalmente reunidos por mim e organizados sob uma capa clássica e tipográfica. Fundo amarelo e letras pretas, desprezando as ilustrações características do gênero, que, de modo geral, não tinham quase nada a ver com a história narrada. Foram impressos poucos exemplares, editados artesanalmente com meu dinheiro (deixando claro desde já, não quero deixar dúvidas nesse sentido, não foi com o dinheiro de Zack) tanto tempo atrás, em outro século, em outro milênio.

Digamos também – não falo isso como álibi ou desculpa – que, então, ante esse jovem e suas perguntas, estava comovido, ou melhor, amedrontado por causa do que me aconteceu no dia anterior. Na falta de um nome melhor, mas precisando dar um nome a isso (pois as coisas sem nome são as que mais geram medo), eu (me aproveitando da moda da linguagem da conspiração, *Arquivo Z* e tudo mais) decidi chamar de *O Incidente*.

Mas não falei ao jovem sobre O Incidente, preferi dizer que eu estava deprimido, porém não muito angustiado por causa dessa depressão: um estudo psicológico recente mostrou que a maioria dos escritores tinha uma personalidade depressiva ou vinha de uma estirpe de melancólicos. De modo que eu me encaixava, sem problemas, em ambas as definições.

Respondi o que pude e como pude.

Fui sincero, mas também fui parcial, incompleto (*to be continued...*).

Guardei para mim – como tenho feito ao longo de todos esses anos, quero que saiba, esteja onde estiver –

a antimatéria do seu nome, do que você nos disse que era feito o seu nome e que agora escapa entre os meus dedos, como se perseguisse um vaga-lume em um bosque cheio de vaga-lumes.

Ainda assim, acredito, fui generoso e egoísta ao mesmo tempo: lembrei de coisas para ele, mas também para mim.

Contei, respondi e, suponho, completei ou melhorei ou inventei algumas zonas obscuras ao ativar numerosos escudos protetores de intensidade e poder variáveis.

Cada pergunta, como se sabe, esconde muitas respostas possíveis.

E, de alguma maneira, todas elas estão certas ainda que não sejam corretas.

A verdade é fractal, ela se despedaça e se dispersa em infinitas direções. Então, como alcançá-la?

Ah, claro...

Já sei...

Sendo progressivamente regressivo.

A memória como uma plataforma de lançamento do foguete do passado.

Não é coincidência, imagino, que os números contados para lançar um foguete sejam exatamente os mesmos que um hipnotizador usa para conseguir baixar a resistência de um voluntário que se ofereceu para subir em cena e mergulhar em um transe.

Assim:

10... 9... 8... 7... 6... 5... 4... 3... 2... 1...

... 0

Zero.

A infância é zero.

A infância é outra dimensão.

A infância é a atmosfera-zero onde, na lembrança, sentimos que foi ali que melhor respiramos. Mas talvez isso seja uma impressão distorcida, culpa de muitos anos sem oxigênio, e também há todos esses adultos que de repente são capazes de evocar lembranças de como foram utilizados em rituais satânicos e orgias secretas pelos seus adorados pais, até então perfeitos.

A infância é a radiação pura que se recusa a desaparecer e que faz saltar os medidores do contador Geiger nos momentos mais inesperados com um brilho verde e fluorescente. Essa inigualável cor verde da ficção científica. Verde-alienígena. A tonalidade de um determinado momento que pensávamos que era volátil e que, na verdade, pulsava envolvido em um sonho artificial, com eletrodos na cabeça, deitado em uma maca de aço inoxidável. Como eu disse: em um bunker subterrâneo cuja entrada só é permitida digitando-se uma palavra mágica ou, de repente, com ajuda de um estímulo gratuito e caprichoso que causa falhas na até então inviolável e blindada segurança de nossa mente.

A infância é o planeta do qual sentimos saudades desde que o abandonamos em jornada a outro. Rumo à nossa suposta maturidade, que, agora sabemos, nunca será como aquele primeiro mundo no qual sonhávamos em crescer, revolucionar os prótons do nosso corpo, vencer as graves leis da gravidade impostas pelos mais velhos e nos afastarmos dali voando, rompendo a barreira dos sons de suas advertências, superando a velocidade das luzes que deveriam ser apagadas, com pontualidade científica, em determinado horário. Nove ou dez batidas do relógio e esse era o momento chave no qual fingíamos dormir (de repente, me transformo em outra coisa, me pluralizo, não falo só de mim, mas de tantos outros que eram como eu, clones fascinados por um mesmo sentimento e uma mesma necessidade de futuro) e em seguida ligávamos as nossas lanternas debaixo dos cobertores para continuar lendo. Ler ali, em uma caverna, viver dentro das aventuras de algum paladino galáctico com a boca cheia de palavras difíceis e a pistola transbordando de raios e trovões. E, é claro, o mais importante de tudo, junto à anatomia voluptuosa das princesas marcianas nas quais se enredavam, sempre, os tentáculos verdes de seres, estavam as mil pupilas giratórias que não se cansavam de devorá-las com os olhos que não eram, ao mesmo tempo que eram, também, os nossos. A pele escamosa era a metáfora para a nossa acne. Porque, ainda que nem nos atrevêssemos a pensar em voz baixa, talvez elas tenham sido o anzol e a ilusão de que, nos horizontes distantes, inabitáveis por humanos, talvez alguém pudesse, ainda que de maneira drástica, acabar em nossos braços. Lugares onde nunca ninguém visitou: com cianureto em vez de oxigênio, muitos sóis no céu e dias longos como se fossem anos. Talvez *lá* as mulheres como *essas* dessem bola para pessoas como nós, como o jovem jornalista que veio me visitar e me interrogar.

O jovem jornalista foi embora, mas a sua presença e as suas perguntas alteraram radicalmente a atmosfera do meu mundo. A chegada dele teve um efeito similar ao de uma fissura quase indetectável, mas decisiva, no uniforme de um astronauta. Pouco a pouco, o oxigênio escapa e os pensamentos fluem e o som das lembranças é exatamente igual ao emitido pelo ar que escapa por um minúsculo orifício.

Um chiado hipnótico.

Um delírio crescente.

E flutuo.

Não há acima ou abaixo no espaço.

E viajo de volta ao passado e, sim, é uma travessia perigosa. Porque, caso se intrometa no processo do transmutador (ou como preferirem chamar) uma matéria estranha, pequena como uma mosca, ou esmagável como uma mariposa, ela pode reaparecer do outro lado do desmaterializador (ou como preferirem chamar) transformada – de forma radical e definitiva – em outra coisa, ou em um mundo que já não é o nosso e que mudou para sempre.

As lembranças são materiais sensíveis e voláteis.

As lembranças são partículas em aceleração constante e crescente.

As lembranças fazem os neurônios arderem.

As lembranças podem levar você a esquecer tudo.

Por isso é necessário, ao lidar com as memórias, tomar muito cuidado. Lacrar hermeticamente a sala de comando e revisar várias vezes as coordenadas e os controles antes de utilizá-los. Tocar as lembranças com auxílio de pinças robóticas ligadas através de cabos ao meu cérebro. Aproximá-las dos sensores óticos e da minha respiração pesada de almirante de uma espaçonave quase fantasmagórica usando a telecinésia, enquanto perambulo pela órbita da minha memória.

Agora sou uma máquina.

Agora sinto – me sinto – como uma máquina.

E tenho me sentido assim desde O Incidente, desde que há alguns dias me colocaram em uma máquina para tentar descobrir o que tinha de errado nas minhas engrenagens.

E, ao sair ali de dentro, tudo havia mudado.

E as pessoas saíam correndo gritando pelas ruas.

E os edifícios desabavam.

E todos olhavam para o céu ou tiravam fotografias do céu com o celular.

E lá estava eu, que não me acostumei com o fato de os telefones terem ganhado as ruas e de as pessoas caminharem por aí, falando sozinhas, mas com alguém distante, como loucos sãos e conectados a um mundo no qual a tecnologia foi se miniaturizando, e o pequeno foi se tornando cada vez mais inclusivo e exclusivo. Aparatos com muitas funções que cabem na palma da mão. Aparatos impossíveis para mim. Para alguém que cresceu acreditando que os computadores seriam enormes como edifícios e só poderiam ser operados por homens adultos e sábios, e não, como é agora, por crianças que mal sabem falar e que os transportam no bolso e usam para viajar a lugares distantes, com olhares perdidos, usando a mínima, mas todo-poderosa, força de seus polegares.

Agora me blindo (ainda que as histórias com computadores ou robôs que, de repente, tornam-se humanos já sejam praticamente um subgênero dentro do gênero) e fico impenetrável, lógico e sem sentimentos.

Pelo menos, este é o objetivo.

É a única maneira, penso, de relatar com certa objetividade e frieza antes que seja tarde demais e chegue a hora do *my mind is going...*

Preciso me afastar o máximo possível dos indivíduos da minha espécie: seres indecisos e frágeis e, ao contrário dos outros animais, tão variáveis e instáveis. Homens tristes e felizes e tolos e sábios e, ainda assim, talvez por isso mesmo, impossibilitados de chegar a acordos e pactos coletivos de que outros organismos vivos gozam. Essas criaturas que decidem sorrir ou se suicidar, todas juntas, perfeitamente interconectadas, sem nenhum dilema ou dúvida, sem se importar com a existência hipotética de um responsável encarnado em um deus que saiu de cena ou de uma inteligência avançada com um senso de humor mais do que inquietante.

Estou me referindo aqui a um deus científico.

Um deus, tóxico e em êxtase, que consumiu o ar da sinagoga para a qual nem o melhor viajante interestelar estava preparado.

Um deus no qual meu pai acabou acreditando e o deus que acabou com ele e com tudo o que o meu pai acreditava até então.

Um deus que acabou emudecendo o idioma hebraico na voz do meu pai, soando tão parecido às línguas estaladas e sinuosas dos marcianos e venusianos nos primeiros – e baratíssimos – filmes de ficção científica.

Um deus que destruiu o meu pai com sua fé e seu amor e com a onda expansiva de uma lembrança todo-poderosa.

Uma lembrança que crescia e devorava tudo, até não sobrar nada além dessa lembrança.

Uma lembrança daquela que foi sua esposa e que, apenas por alguns anos, foi minha mãe.

Não tenho lembranças de minha mãe.

Minha mãe – conhecida como "A bela Sarah" – morreu quando eu tinha menos de um ano de idade, durante a grande epidemia de gripe. Naquela época, também fiquei doente. Contrariando todos os prognósticos – os médicos consideraram que meu caso não tinha esperança –, sobrevivi sem que ninguém se atrevesse a dizer que foi um milagre: houve tantas vítimas que a minha modesta resistência foi apenas mais uma anomalia estatística que não se repetiria, e não um sinal divino.

Meu nome era Isaac, que em hebraico antigo significa *riso*; mas não se pode dizer que eu era uma criança muito risonha, pois não tinha muitos motivos para rir na infância.

Também não me lembro de como era o meu pai antes da morte de minha mãe. Mas recordo como era depois de seu falecimento. E de como a minha mãe parecia ter ocupado o lugar da sombra de meu pai e, costurada aos seus calcanhares, passara a acompanhar meu pai, o rabino Solomon Goldman, por todos os lugares, o tempo inteiro.

Lembro-me de meu pai chorando, lendo da direita para a esquerda, procurando explicações na voz de papel e tinta dos profetas antigos. Palavras que preenchessem a sua garganta, que só acumulava grunhidos dolorosos, gritos em voz baixa: o som de uma catástrofe produzida pelo eco de uma catástrofe.

Escutem, como eu continuo escutando.

O meu pai perseguindo uma explicação para o fim do seu mundo nos moldes do início do mundo.

O meu pai, que logo em seguida começa a detestar o consolo falso das outras religiões (a multidão de deuses no Oriente e de santos no Ocidente e essa ideia de Paraíso, tão *sci-fi*, esse outro "planeta" utópico depois do nosso planeta, penso agora) e se enfurece diante das igrejas cada vez mais cheias na época da Grande Depressão. Antros regidos por falsas sacerdotisas orgásticas que juram terem sido "amadas pelo Senhor" com uma frequência mais do que irritante, como se Deus fosse uma espécie de playboy superdotado e todo-poderoso. E assim, de repente, todos juram ter visto algo ou alguém, enquanto meu pai não para de condenar essa socialização dos milagres. As visões são uma praga, quando se supõe que os milagres não devem ser massificados e populares, e sim individuais e ocasionais, capazes de escolher com cuidado o local e os olhos e os corpos nos quais pousam.

Meu pai começou a se indignar com esse estrondo de mentiras e com a incontestável verdade da ausência de Jeová. É neste momento que ele lê aquilo que o cabalista espanhol Abraham Abulafia escreveu sobre algo chamado *Tikkun Ra*, ou "a reparação do mundo". Advirto que não tenho certeza absoluta do significado desse termo e das demais questões cabalísticas às quais me refiro. Cito de memória coisas que não lembro com exatidão, mas que jamais esquecerei.

Recordo perfeitamente, sim, de meu pai lendo esses símbolos. A intensidade furiosa de meu pai diante de um livro. A energia que parecia entrar através de seus olhos e estremecer a sua figura, que um ilustrador de revistas *pulp* desenharia soltando faíscas, com centelhas brotando do cérebro em chamas de um cientista maluco.

Lembro-me que meu pai contava o que os livros lhe contavam.

Lembro-me de meu pai explicando ter lido que os místicos garantiam que, no início, a Luz Divina de Deus, que contém todas as coisas boas, estava preservada dentro de uma ou de várias vasilhas sagradas. Mas, como no mundo já tinham aparecido também os lampejos e rachaduras do Mal, as vasilhas transbordaram de resplendor e se romperam. E a benéfica Luz Divina também se estilhaçou em inúmeros fragmentos que caíram como uma chuva de cristais sobre o mundo. E, ao se dispersarem – varridos pelo vento e pela lenta, mas implacável inércia das órbitas do planeta –, esses fragmentos divinos inverteram o seu sinal e se transformaram em tudo de terrível e monstruoso que aconteceu desde então. Doenças, guerras e cataclismos. Os místicos, conta o meu pai, defendem que a tarefa dos homens consiste em reunir esses fragmentos malignos através das boas ações. Reconvertê-los em matéria benéfica e ir colando-os como se fosse uma estátua quebrada, até recuperar o todo original. O bem perfeito. O resplendor indivisível do criador.

Tikkun Ra, pensou meu pai.

E foi quando, acredito, meu pai decidiu que eu seria um desses pequenos pedaços extraviados: algo ruim apenas à primeira vista (pois não podia evitar a relação da minha chegada com a partida de sua mulher), mas em cujo destino e origem vivia, revelável para quem soubesse enxergar, parte da primeira e absoluta raiz da primeira e melhor boa-nova.

Meu pai leu também (e só então sentiu que tinha compreendido seu verdadeiro significado e importância) sobre o *Tzimtzum*. Essa constrição – explicada na Cabala – experimentada voluntariamente por Deus. Deus se contrai, comprime-se e renuncia à sua essência infinita para permitir a existência de um lugar conceitual: o *chalal panui*, um espaço onde possa existir um mundo independente. De alguma forma, Deus se tornava um perfeito leitor para que nós fôssemos imperfeitos, porém fecundos, escritores.

Tzimtzum significa, acredito, "esconder-se dos seres criados permitindo que existam como criaturas tangíveis, em vez de ofuscá-los com sua presença constante e ilimitada". Assim, Deus se autolimita – impõe fronteiras à sua divindade – ao se ausentar, ainda que não desapareça, para que possa existir algo que esteja fora de seu alcance. O que Solomon Goldman não conseguia entender completamente era se a diminuição do tamanho de Deus também implicava uma redução de seus poderes, ou se, pelo contrário, transformava-os em um concentrado muito mais poderoso. Se essa autolimitação de Deus o debilitava, então talvez o objetivo do homem fosse ocupar esse *chalal panui*, tentando se assemelhar a Deus. Ou, talvez, pelo contrário, deveria cometer repetidamente erros humanos para assim enfatizar a imperfeição resultante da ausência parcial, mas decisiva, do amo e senhor de todas as coisas e, de certo modo, provocar o seu retorno para trazer ordem ao caos. Solomon Goldman não sabia no que acreditar. Ambas as possibilidades pareciam lógicas. Esse é o problema da Cabala: ao contrário de outros textos sagrados, não são oferecidas respostas, apenas peças para encaixar e formar uma resposta. Também não é um compêndio de instruções infalíveis. O verdadeiro manual acaba sendo o homem, o leitor, o interpretador que encaixa peças soltas. O homem se aproxima de Deus por meio da leitura. E Deus – *este* deus – é um homem com uma profunda fé nos homens. Por isso os deixou a sós e apenas em alguns momentos reaparece para, soberbo, castigar uma estupidez que considera incompreensível. Uma ignorância injustificável em criaturas tão magníficas como as suas, em seres desenhados artificialmente à sua imagem e semelhança. Em certas ocasiões, o motivo de sua presença é fácil de compreender. Dilúvios, mandamentos, sombras aguçadas que ceifam a vida dos primogênitos e sacrifícios que, às vezes, no último momento, são impedidos ou neutralizados. Feitos portentosos tecidos com a textura transparente das lendas ou das fábulas.

Mas Solomon Goldman sente que é o protagonista de algo diferente, muito mais complexo. Algo que só os iniciados alcançam – ou padecem. Porque Deus não freou a velocidade da morte da Bela Sarah. Deus permitiu que a Bela Sarah morresse e ele sobrevivesse.

Será que a sua missão era, então, reunir os pedaços do recipiente quebrado, reunir as exalações extraviadas dessa Luz Divina?, perguntava-se o meu pai. E, certa noite, ele me fez essa pergunta terrível após me explicar tudo o que mencionei anteriormente, e eu não entendi quase nada. Nem sequer compreendi que o meu pai estava com problemas, que sofria de outra doença. Mas intuí que tudo isso me pareceu muito similar ao que eu leria mais tarde nas revistas de ficção científica.

As religiões são, todas elas, formas primárias de ficção científica: clarões fulminantes, voar para cima e para baixo, visitantes de galáxias ao outro lado do infinito, aparecer e desaparecer. Não interessa o planeta: a história é sempre a mesma e é uma história impulsionada pelos combustíveis instáveis do amor e da morte e de uma fé inferior em algo superior: o homem cria Deus para que Deus crie o homem. E, logo em seguida, descobrem que não podem se desligar e que ambos se transformaram numa espécie de Frankenstein para o outro. Assim, o homem acredita em Deus para poder fazer o que lhe dá vontade em Seu nome e Deus acredita no homem para poder colocar a culpa nele por todos os seus erros.

Em algum momento (descubro agora que me refiro a ele, de modo indistinto, como *meu pai* ou *Solomon Goldman*, como se tentasse dividi-lo em dois sem necessidade de rompê-lo em pedaços mais feitos de sombra do que de luz; como se em um ou outro se encontrasse, levemente escondida, a razão de sua loucura), meu pai Solomon Goldman começa a me falar de "seres aéreos", de "potências estelares", de "portais" e de "dimensões". E que talvez eu – tendo estado no fio da navalha sem causar uma ferida profunda, tendo quase retornado do outro lado – fosse a chave que abriria o recinto onde minha mãe, a Bela Sarah, estava aprisionada.

Não é como se eu acreditasse nele, mas uma parte minha quer justamente isso. Uma parte minha necessita acreditar nele, porque as visões de meu pai se mostram mais brilhantes e animadas do que o tom descolorido da realidade. E porque, pela primeira vez, em seu delírio, nas propriedades mágicas que meu pai me outorga, sinto que ele me ama como um filho, que está orgulhoso de mim.

Então, certa noite, escuto claramente o zumbido de uma máquina próximo à minha janela e acredito vê-los, logo depois de pousar, traçando símbolos no jardim com suas espadas de luz, com sorrisos furiosos. Anjos imemoriais que flutuam graças ao vento de outros "planos de existência", suas asas esbanjando um brilho imaculado e distante. Na manhã seguinte, acordo possuído por uma felicidade aterrorizada. Pensando que tinha conseguido acreditar no que o meu pai acreditava, certo de que a partir de então uma nova vida começaria para mim.

Uma vida de mentiras verdadeiras.

Uma existência falsa na qual eu me veria obrigado a recordar cada coisa que dissesse porque – ao comunicar a alguém o que eu tinha quase certeza de ter visto na noite anterior – seria instantaneamente considerado um mentiroso. E os mentirosos tem a terrível obrigação de se lembrar de tudo que disseram. Todas e cada uma de suas mentiras. E assim acabavam alcançando esse instante cristalino nos quais as mentiras são tantas que cobrem por completo a superfície do planeta de suas vidas verdadeiras. As mentiras cobrem tudo como um vírus mortal importado dos confins do universo, um vírus para o qual não existe cura ou consolo. E quando já não resta nada para contagiar, quando tudo foi devorado, as mentiras começam a devorar-se entre si.

Minhas mentiras, compreendo, serão *tão* diferentes das mentiras das outras crianças. Garotos que mentem para esconder uma travessura.

Eu, por outro lado, mentirei porque toda a verdade me parecerá muito pior do que qualquer falsidade.

Toda a verdade será, para mim, algo insuportável.

Não estou em casa quando aparecem para buscar meu pai.

Quando volto do colégio, me contam que Solomon Goldman tinha subido no terraço da sinagoga, que estava nu ou (não chegam a um consenso quanto a isso) vestido com um estranho uniforme prateado ou com seu corpo coberto com uma pintura dourada.

E que o meu pai uivava coisas aos céus, fórmulas alquímicas e receitas cabalísticas e maldições desesperadas.

E que sacudia os braços levantados, repetindo várias vezes o gesto de quem abre cortinas.

Meses depois, uma carta me informou da morte de meu pai, que saltou de uma das varandas do Bellevue Hospital Center.

O veredito final dos especialistas foi de que se tratava de um suicídio precipitado e imprevisível: meu pai, explicavam, era um "paciente exemplar", seja lá o que isso significa.

Muito tempo depois, em uma sessão de autógrafos na Andromeda Books – uma livraria especializada na Bleecker Street, onde lançava um de meus romances –, um desconhecido se aproximou com as pupilas contraídas. Pupilas do tamanho de comprimidos. E me explicou que ficou internado junto com meu pai, mas que agora estava "completamente curado e, com certeza, mais são do que você". E me disse – enquanto me passava um exemplar de *Remote Universe* para que eu escrevesse a dedicatória – que o meu pai não tinha se suicidado, isso era uma infâmia.

Ele falou que o meu pai "havia finalmente compreendido o idioma secreto das nuvens... Nuvens imensas e complexas como algumas sobremesas refrescantes de verão, nuvens tão poderosas como exércitos de castelos".

Ele também me disse que meu pai tentou voar, e que conseguiu por alguns metros. Falou que ele viu, era testemunha da proeza, mas que "os gritos dos enfermeiros o levaram a perder a concentração e o pobre e santíssimo Solomon acabou caindo no vazio".

E concluiu: "Acredite em mim: seu pai, Solomon Goldman, morreu feliz, crente de que estava certo".

E me deu um caderno.

As páginas estavam todas em branco, exceto a última. Nela, na caligrafia conhecida de Solomon Goldman – mas reduzida a um tamanho microscópico; tive que ler com auxílio de uma lupa –, distingui as palavras que logo memorizei, pois, apesar de sua complexidade e extensão, interpretei como sendo as últimas palavras de meu pai: o destino final de sua viagem derradeira e, portanto, dignas de serem preservadas. De certo modo, pensei, essas palavras eram minha herança, um legado que agora chegava até mim:

"A verdadeira e única essência da magia reside em poder existir em um estado de consciência no qual o passado e o futuro desejam trocar de lugar. O hebraico clássico tem dois tempos verbais: o presente e outro tempo que distingue entre passado e futuro. Então, para indicar algo que já aconteceu, podemos dizer apenas *fui*. Para se referir ao futuro, basta acrescentar as partículas *e já*, como um *e já fui*, que se lê e entende como um *irei* em trânsito perpétuo de ida e volta. Sugere-se, portanto, uma espécie de sentido primitivo da existência. Um sentido que equivaleria a uma transgressão de nosso modo de separar, atualmente, o real do imaginário. Mas nessa gramática antiga, os feitos não são vistos tanto como feitos que já ocorreram, e sim como instruções oriundas do amanhã. Ou seja, é como esses presságios que nos visitam nos sonhos ou pesadelos. No mundo primitivo, os feitos de ontem se misturavam tranquilamente com acontecimentos e façanhas dos sonhos da noite anterior. Dizer, portanto, que alguém executou algo que ainda não fez é o primeiro passo essencial para definir o que ocorrerá no futuro. A matéria do futuro. Os feitos surgem dos presságios. É como se o futuro não pudesse existir sem que fosse delineado *a priori*. Um esboço a lápis do que será uma paisagem pintada a óleo. Um exercício infantil a partir do qual nascerá uma sinfonia sábia e madura. Primeiro, Deus (ou como queira chamá-lo; conheço o seu nome verdadeiro mas estou proibido de escrevê-lo ou pronunciá-lo ou até mesmo pensar nele) concebe o mundo, depois o cria. Desse modo, a percepção cabalística de tal milagre não passa pela magnitude da realização, e sim pelo fato de que, ao imaginar como será o mundo, Deus já o criou antes mesmo de fazê-lo".

Sim: meu pai *tinha sido* e *já tinha sido* e *já seria*.

Algo assim.

Mas anos antes de tudo isso (e logo depois de terem levado Solomon Goldman, perfeitamente acondicionado em uma camisa de força), um homem e uma mulher que pertenciam a uma dessas organizações encarregadas de proteger menores em situações problemáticas me pediram que eu guardasse meus poucos pertences em uma maletinha.

Minhas revistas, cadernos, livros, algumas roupas, duas ou três fotos. Não tinha brinquedos, nunca tive, pois nunca me interessaram.

Empreendi a breve, porém transcendente, viagem de Brooklyn a Manhattan e me levaram à casa de uns tios – um irmão de minha mãe – que eu nunca tinha visto.

E ali, em uma casa da rua 7, onde pensei que me curaria de todos os meus males secretos, conheci meu primo, Ezra Leventhal.

Lembro perfeitamente desse momento.

Lembro da cena como se estivesse acontecendo agora.

Algo que tinha sido e que já tinha sido, mas que logo seria e que tornaria a ser: Ezra aperta minha mão, me mostra o nosso quarto, que até aquele momento não passava de "*meu* quarto", explica, levantando uma sobrancelha enquanto adota uma pose reflexiva, com a mão no queixo, achando que eu não percebia que, de forma dissimulada e estúpida, estava estourando uma espinha. E, elevando a voz para que fosse ouvido apesar do rumor constante das máquinas de costura do andar debaixo, Ezra me conta, com uma voz grave que é subitamente interrompida por agudos incontroláveis causados pelos hormônios adolescentes, que meu pai "com certeza tinha sido sequestrado por seres vindos do planeta Omikron".

E, com um gesto conspiratório – quase inexistente por sua eficiência, como se fosse um segredo materializado em um objeto, em algo palpável –, Ezra me entrega um caderno com capa de borracha preta e que trazia, na frente, uma etiqueta branca, na qual se lia em letras maiúsculas: MANUAL DO JOVEM VIAJANTE ESPACIAL / INSTRUÇÕES DE COMO SE MOVIMENTAR, RELACIONAR E PROSPERAR TANTO NESTE COMO EM OUTROS PLANETAS DE ACORDO COM OS PRECEITOS DE EZRA LEVENTHAL (ARCANO REX DA VIA LÁCTEA).

Depois, com um gesto dramático, Ezra aponta para cima, para o teto do quarto, para além do céu, para o outro lado de todas as coisas e para o final de todas as coisas deste lado.

E me olha sorrindo.

E volta a olhar pra cima.

E eu olho exatamente na mesma direção para onde meu primo aponta.

E enxergo.

A primeira coisa que me lembro desses primeiros dias em Manhattan são as noites. Tão diferentes das noites de Brooklyn. Tão barulhentas. Mais vivas. Noites que falam e caminham sonâmbulas. Não é como se o Brooklyn estivesse no campo, mas, comparado com o ruído elétrico constante e belicoso da metrópole, a voz do Brooklyn parecia um suspiro acústico e apaixonado.

E o céu da grande cidade – porque à noite ficamos mais conscientes do que nunca da imensidão do espaço e de suas possibilidades infinitas, pois durante o dia o sol ofusca tudo com a sua presença – parecia, para mim, ter sacudido as estrelas para que caíssem sobre uma cidade sempre acesa. Uma cidade em chamas, fosforescente e tremendo com o arfar subterrâneo dos metrôs e os gemidos dos trens de superfície.

Lembro que mal conseguia dormir, que ouvia as vozes dos arranha-céus próximos como se conversassem entre si nesse idioma de aço e cimento que é o idioma com o qual se comunicam. Lá estavam, de repente, todas essas torres imensas como foguetes condenados a não decolar, precisando se conformar em serem indícios: vigas e janelas que apontam o caminho a seguir. Pensando agora, daqui, do presente, eu enxergava Manhattan como o futuro. Uma cidade de ficção científica. Um amanhã e – outra vez – um *e já foi* no dia de hoje. E eu ali – recém-aterrissado em Manhattan – era como um homem das cavernas perdido nesse espaço onde tudo era novidade, ao mesmo tempo que parecia primitivo e antigo como costumam ser os assuntos familiares. A família pode ser vista como um organismo de mil cabeças no qual as histórias – as situações – se repetem com mínimas variações e dissonâncias que, de início, causam estranheza, mas que logo encontram sua ária original. Porque dentro de uma família – ainda que não se fale disso, com um silêncio trovejante – logo se define a situação exata daquela primeira estrela que agora está morta, mas cuja luz continua chegando até nós.

Ou seja: meu pai não era o primeiro Goldman – nem seria o último Leventhal – a enlouquecer. Porém, estava claro que, no que me dizia respeito, a certeza de que havia outros lunáticos no passado e possivelmente haveria no futuro não trazia nenhum consolo.

Meu pai foi posto numa camisa de força, dentro de um quarto de paredes acolchoadas, vociferando contra um criador sem nome. E eu estava sozinho, longe de casa, dividindo um quarto com um primo de hábitos um tanto peculiares, que estava convencido de que nosso mundo, tal como o conhecíamos, e tal como os livros de história ensinavam, não era, de fato, tão *nosso*.

Ainda que, na verdade – compreendi isso quase de imediato –, as ideias de Ezra, suas poses histriônicas, o empréstimo das revelações redigidas com letras que pareciam mais impressas do que manuscritas, todas da mesma altura e repetindo as mesmas curvas e retas nas páginas de seu MANUAL DO JOVEM VIAJANTE ESPACIAL / INSTRUÇÕES DE COMO SE MOVIMENTAR, RELACIONAR E PROSPERAR TANTO NESTE COMO EM OUTROS PLANETAS DE ACORDO COM OS PRECEITOS DE EZRA LEVENTHAL (ARCANO REX DA VIA LÁCTEA) eram o jeito de meu primo me de dar as boas-vindas. Sua maneira de me ajudar a não me sentir sozinho. O modo que ele usou para comunicar que eu e ele fazíamos parte de uma mesma espécie rara e privilegiada. Porque, me disse Ezra, olhando-me nos olhos, as mãos sobre os meus ombros, no dia seguinte à minha chegada, a manhã na qual desembocou aquela primeira noite terrível: "Para ser um extraterrestre, basta se sentir extraterrestre, primo Isaac".

Então eu soube, naquele mesmo momento, que Ezra jamais mentiria para mim, que sempre diria a verdade, e que dedicaria o resto da vida a buscar e encontrar novas verdades. Verdades que só podiam chegar a partir da nova ordem de um futuro distante, sim; mas que se aproximava de nós com uma velocidade cada vez maior. Correndo em direção aos nossos anos-sombra, assoprando e resfolegando – como se fossem velinhas em um bolo de aniversário – a luz sem idade dos anos-luz.

Escrevo isso como se tratasse de uma história de ficção científica suspensa no espaço e sem muitas possibilidades de voltar para casa.

Uma história de ficção científica que busca ser outra coisa – que fala outro idioma que não é o idioma do gênero –, mas que não consegue deixar de ser o que é.

É inevitável.

Um reflexo automático turvo.

Algo que, temo, representa mais uma degeneração existencial do que uma deformação profissional.

Treinamento de escrinauta, sentado e preso à sua cadeira e escrivaninha.

Força centrífuga que, apesar de silenciosa, faz o rosto se deformar graças à aceleração de parágrafos em cujas linhas nada envelhece e tudo parece novidade.

Há um momento da vida (talvez aqueles últimos momentos nos quais começamos a perceber como sendo os últimos momentos, logo depois de nos olharmos e não nos reconhecermos no primeiro espelho da manhã, porque sempre nos consideramos mais jovens do que de fato somos) no qual o próprio passado se transforma em algo paradoxalmente futurista.

Então, eu disse, o ato de lembrar tem algo tão tecnologicamente inexplicável que se assemelha a esses milagres perpetrados por culturas extraterrestres que nos são inalcançáveis.

E assim, de repente, passamos a nos perguntar o que aconteceu, o que é verdade e o que é mentira no meio de tudo isso que tornamos a contemplar quando voltamos alguns anos.

A memória é uma máquina de tempo invertida tão potente quanto – sempre apontando para frente, ou em múltiplas direções alternativas – essa outra máquina do tempo que é a imaginação.

Assim – da mesma maneira como o romance realista e contemporâneo seria uma ficção científica para um leitor de tempos antigos –, o romance de nossa existência, vista de forma mecânica e artificialmente ordenada, sempre nos parece algo fantástico. Algo que – para não ficarmos deprimidos e nos sentindo como artefatos prestes a se decompor totalmente, sem possibilidade de restauro – preferimos entender como se acontecesse em outra galáxia. Costumes estranhos. Vistas exóticas, muitas vezes em preto e branco ou sépia. Palavras cujos significados desconhecemos. O ar mais limpo e uma vida mais simples que gostamos de pensar como sendo, também, mais civilizada, ou pelo menos mais tranquila.

E – para além de certos dados e coordenadas em comum – isso significa que o passado de cada pessoa constitui, em si e por si, outro mundo. Portanto, cada vez que, em alguma dessas convenções de escritores de ficção científica, que hoje já são antigas, alguém me fazia a pergunta que ninguém mais faz (porque ninguém quer saber da resposta a essa pergunta que passou do prazo de validade), e que é: "Você acredita na existência de vida inteligente em outros planetas?", eu respondia: "Sim, é claro, basta olhar para trás, pensar no que se passou e refletir sobre isso. Por esse mesmo motivo, inevitavelmente, todos os dias, extingue-se a vida em vários milhares desses *outros* planetas que estão *neste* planeta: as pessoas preferem não se lembrar e não tirar conclusões úteis sobre por que aconteceu esta ou aquela catástrofe. As pessoas preferem viver no planeta chamado Presente sem se dar conta de que esse é o planeta cujas civilizações tem menos histórias ou posteridade. As pessoas preferem não pensar".

Escrevo isto a mão, lentamente, desconfiando das máquinas e sabendo que nenhuma dessas páginas irá degenerar nessa suposta – e rapidamente fracassada – novidade de livros elétricos. Sabendo, também, que sua composição e sua leitura já é futurista por si só: quando o homem ainda não tinha acionado todos os mistérios de cabos e teclas, já funcionava – e já escrevia e lia – à base dessa eletricidade interna e misteriosa que salta de neurônio em neurônio e ricocheteia pelas paredes mais ou menos pintadas e decoradas das cavernas do cérebro.

Escrevo isso exatamente *assim*: fora do tempo e do espaço, flutuante, afastado de qualquer comunicação com o centro de controle.

Sou um solitário cosmonauta de minha própria vida, sem oxigênio o bastante para voltar para casa, um tanto inquieto pelo que acontece comigo sem que isso signifique que me incomoda não compreender por completo *algo* que aconteceu há pouco.

Ou que sempre tem acontecido e não deixará de acontecer.

O Incidente e tudo mais.

Escrevo isso trajando as roupas de um náufrago, um escritor de mensagens em garrafas lançadas ao mar com a vã ilusão de que, talvez, seja ela quem a encontre. E a quebre com um golpe e extraia destas páginas os cacos de vidro verdes que, espero, sejam luminosos e sagrados, e *Tzimtzum*, desenrole-as e as leia. E que sinta um pouco de piedade ou, talvez, um resíduo de carinho e volte para mim, não para me amar, e sim – porque não acredito que exista uma forma mais nobre e sublime de amar alguém – para explicar tudo.

Explicar tudo, como certa vez o meu primo Ezra Leventhal explicou.

É que a amizade é uma força estranha que nos potencializa ao mesmo tempo em que nos anula com a necessidade de nos sentirmos mais próximos, e mais parecidos com o outro. Quando nessa amizade ocorre a intervenção da força unificadora e uniformizante do sangue, o assunto fica ainda mais poderoso.

Mesmo que, é claro, o resultado obtido traga uma semelhança enganosa; pois não havia nada mais diferente entre mim e Ezra do que os motivos que tínhamos para nos interessarmos por ficção científica.

Enquanto Ezra buscava o consolo de outros mundos para tentar fugir de um futuro que o obrigava a continuar a tradição familiar entre rolos de tecido e manequins, eu, por outro lado, precisava viajar aos planetas mais distantes possíveis do meu passado e do passado de meus parentes.

Ezra era o rebelde que precisava derrubar uma tirania galáctica que transformava os homens em androides derrotados e submissos diante de máquinas de costura. Seres que, no labirinto da oficina de costura, só desobedeciam às regras para organizar partidas clandestinas de pôquer, os naipes caindo de suas mãos sobre as enormes mesas onde cortavam tecido com a lentidão das folhas de outono do Central Park e da Fifth Avenue. Esse território quase proibido por onde as mulheres mais exclusivas passeavam com os poderosos casacos que eles fabricaram, e por onde eles – seus criadores anônimos e servis – às vezes caminhavam com suas famílias, arriscando-se pela cidade, para mostrar às esposas e filhos, com uma mescla de orgulho e tristeza, um "Eu que fiz esse casaco... E aquele outro... E aquele ali...".

Para Ezra, eu pertencia a uma raça mais estranha, mas igualmente atormentada: eu era órfão de uma mãe aniquilada por forças de outra dimensão e de um pai que tinha perdido os sentidos e a vida ao aproximar-se demais da verdade absoluta e radioativa do universo.

Para Ezra, de certo modo, todos eram vítimas de poderes superiores, de culturas despóticas, de tiranos galácticos que precisavam ser derrubados.

Para Ezra, a ficção científica era um ponto de fuga, uma porta aberta a um mundo melhor, uma sombra que precisava ser iluminada para acordá-la e enxergá-la.

Para mim, a ficção científica era algo no que acreditar: a única maneira que tinha de compreender minha vida e o planeta no qual minha vida tinha pousado. Algo que me dotava da faculdade de poder me enxergar à distância e de me sentir estrangeiro, alheio e, sim, Distante.

A ficção científica – ao contrário dos usos dados por Ezra – não era um instrumento usado para atacar, e sim algo que eu poderia usar para me ocultar e me defender.

Para Ezra, a ficção científica era uma arma.

Para mim, a ficção científica era um escudo.

E lá estamos nós outra vez. Ezra e eu. Continuamos lá.

Depois de me comunicar acerca do paradeiro interplanetário de meu azarado pai e apontar ao céu do quarto que de repente era nosso, Ezra se sentou sobre uma das camas, arregaçou as calças e me mostrou, com um sorriso ferozmente orgulhoso, duas pernas muito magras envoltas em cintas de metal e couro, e se levantou e exclamou algo com um sotaque esquisito, pontuando cada uma das palavras com sua respiração ofegante. Primeiro, pensei que Ezra tinha algum problema de fala, uma deformação ou, talvez, algum aparato metálico apertando seus dentes. Ou asma. Ou tuberculose. Mas, logo em seguida, compreendi quais eram suas verdadeiras intenções: Ezra queria *soar* como um estrangeiro vindo de um lugar muito distante. Ezra – o filho mais novo e imperfeito que surgiu depois de seis irmãs perfeitas, que sempre se uniram à mãe para diminuir um pai que jamais ofereceu resistência – precisa acreditar que está longe de tudo isso. É um espião, um infiltrado na atmosfera controlada e tóxica do planeta Leventhal. Um extraterrestre que fala inglês perfeitamente, mas não consegue – ou melhor, não quer – esquecer o sotaque de seu planeta.

"FICÇÃO CIENTÍFICA!", foi o que Ezra exclamou.

E eu, claro, conhecia as peripécias celestiais de deuses e mortais nas antigas religiões. Tinha tropeçado nas curiosas sátiras lunáticas de filósofos e patriotas. E também tinha lido os romances com heróis obcecados em viajar ao centro e ao fundo e ao mais alto dos lugares, assim como outros que se autodenominavam "romances científicos", com sábios de laboratório enlouquecidos com a própria genialidade messiânica. Ou com fabricantes de poções de vida eterna. Ou com aventureiros descobrindo continentes perdidos habitados por dinossauros. Ou com guerrilheiros que combatiam os enviados do Império em mares exóticos. E todos eles, sempre, escritos por homens que não viajaram quase nada, que dificilmente tinham saído de seus escritórios. Homens que inventavam aventuras em movimento constante para pequenos leitores que, também, dificilmente conseguiam escapar das órbitas de suas casas e de seus pais. Os escritores de ficção científica, por outro lado, não buscavam sequer iludir ou enganar alguém: sabíamos e sabiam que jamais chegaram, nem chegariam, aonde diziam e escreviam ter chegado, mas confiavam que nós, sim, chegaríamos. Então – esses homens invisíveis e esses animais humanos e esses turistas belicosos do planeta vermelho e esses foguetes voadores e esses deslocamentos rumo ao futuro com auxílio de engenhocas vitorianas ou transes hipnóticos –, eram, na verdade, manuais de instrução escondidos dentro de romances e contos. Manuais de instrução para colocar o futuro em andamento.

"FICÇÃO CIENTÍFICA!", repetiu Ezra.

Foi então que ouvi, pela primeira vez, unidas pelo cordão umbilical de um roteiro (uma se alimentando das letras e do significado da outra) estas duas palavras que, a princípio, parecia que não poderiam coexistir no mesmo ambiente. *Ciência* e *Ficção* soavam como termos inconciliáveis e contraditórios, com polaridades opostas.

Dois dos maiores romances da história da literatura (dois romances que não são considerados pertencentes a um gênero, e sim que começavam e encerravam um gênero próprio; o mesmo aconteceria anos depois, com o polêmico *Damitax*, no qual se acompanhava a viagem de um professor de astronáutica através do cosmo em busca de sua obsessão amorosa, uma adolescente venusiana e manipuladora que ele clona diversas vezes, até que uma de suas versões, enfim, o ame) eram, sim, fantásticos e espaciais. Mas eram, antes de tudo, clássicos. *Krakhma-Zarr*, o favorito de Ezra, narrava a loucura de um capitão que perseguia, de estrela em estrela, uma mítica besta cósmica. E *Os tempos sem tempo*, meu favorito, era o relato obsessivo do último marciano, Mars-El: um viajante que, após ingerir uma estranha bebida destilada com o pó suspenso nos anéis do melancólico planeta Saturno, retrocedia até os confins de sua infância e, de lá, voltava a percorrer sua vida inteira como se a contemplasse do lado de fora, como se a lesse, como se fosse um livro composto de muitos livros.

De certa maneira, os romances (títulos que agora não consigo encontrar em minhas estantes e que parecem não constar nos acervos de nenhuma biblioteca) nos definiam e nos separavam, transformando-nos em duas pessoas que se complementavam perfeitamente: Ezra era um homem de ação e eu era um homem de reação.

Ou algo do tipo.

E minha reação a essas duas palavras mágicas – *Ficção* e *Científica*, repentinamente transformadas em uma palavra com duas cabeças e um só cérebro – foi imediata e perfeita.

Era como se Ezra fosse um mago – alguém que acabava de anunciar que "Para o próximo truque, precisarei de um voluntário" – e eu fosse um espectador mais que disposto a subir ao palco para me entregar a seja lá o que viesse: ser serrado em dois, virar o corpo no qual cravam espadas, desaparecer numa nuvem de fumaça colorida ou dentro de um armário mágico decorado com letras orientais e dragões de olhos puxados, flutuar e levitar e me perder para sempre no alto de um teatro de variedades.

Eu era alguém que – soube naquele momento – esperou anos a fio para sucumbir a essa ilusão que, de repente, parecia mais verdadeira, sólida e forte do que tudo que eu tinha vivido até então.

É fácil para os outros – não domino muito bem esse idioma – escrever, e até escrever muito bem, sobre as marés altas e baixas do amor. Muito mais difícil é descrever as variações no lago aparentemente estável da amizade, cujo centro, de quando em quando, sofre com tempestades circulares e secretas, pelo único prazer de, logo em seguida, serem apagadas por um inesperado céu azul.

De uma coisa tenho certeza: com a chegada de Ezra à minha vida (e até a nova e talvez última de suas várias saídas, ocorrida apenas há alguns dias, uma repetição d'O Incidente), tudo pareceu se acelerar.

E, ao relembrar isso, tudo que falei até agora (todas as minhas hesitações, todas as minhas repetições, todas as minhas desajeitadas frases sobre o gênero, toda tentativa absurda de traduzir em letras a inapreensível textura do tempo e do espaço) muda de signo e de idioma.

Pois, com a chegada de Ezra à minha vida, eu cheguei, enfim, a outro planeta.

Digo e escrevo *Ficção Científica* e tudo se acelera. Caminha como caminhava Ezra depois que tirou as cintas de metal: de lado, mas avançando para frente, e, ao observar as pernas dele, tinha-se a curiosa impressão de que retrocediam e avançavam, lateralmente, apenas os pés se mexiam, como se Ezra estivesse suspenso a alguns centímetros do solo, sobre rodas fantasmas.

Como se flutuasse.

Como costumava fazer esse cantor de cor indefinida (não lembro seu nome; por que não consigo me lembrar disso agora?) que acabou saltando do alto da coroa cheia de espinhos da Estátua da Liberdade.

Como essa nave interplanetária da série televisiva na qual trabalhei, *Star Bound* (hoje considerada um clássico, hoje quase tudo é um clássico de algo ou um clássico para alguém), cuja velocidade atingia níveis absurdos quando um capitão de uniforme ridiculamente justo ordenava, sentado na sua poltrona da ponte de comando, cercado de mulheres de saias curtas e penteados impossíveis, e aconselhado por extraterrestres lógicos e sem sentimentos, que, é claro, como comentei, falavam em um inglês perfeito, no suposto idioma universal do universo, e eu queria ser assim: um ser que veio de um lugar tão distante e não sentia quase nada.

Então, o ritmo do que escrevo se acelera e eu acelero.

Os anos passam e se cruzam e de repente tudo me assombra (e decido que não devo ficar assombrado, uma das muitas consequências d'O Incidente, suponho) e tudo passa rápido e há tantas coisas que aconteceram e eu não lembro que não mencionarei aqui.

A perturbadora sensação de que o mesmo acontecimento ocorre diversas vezes, com variações mínimas ou enormes, como se alguém fizesse ajustes, corrigisse, comparasse várias versões de um mesmo acontecimento e não escolhesse nenhuma. Centenas, milhares de detalhes que acabam moldando o tecido da vida e a sensação perturbadora de que não sou eu quem determina o percurso e os desvios de rota, confundindo datas, sobrepondo épocas, até que fique tão difícil dizer exatamente quantos anos tenho, sabendo que tenho muitos, que não me resta muito para contar.

Melhor assim, penso.

Melhor eu me deixar levar.

Melhor pensar – melhor se entregar ao que um desconhecido dita – que é outro quem me escreve escrevendo tudo isso.

Há uma foto de como éramos naquela época.

Uma foto tirada em preto e branco, que parece mais fiel, e parece revelar muito mais do que se usasse todas as cores do mundo.

Tenho a foto em mãos, não a imaginei apenas.

Fico tranquilo de saber que algo que recordo – algo que aconteceu – oferece uma prova física e incontestável de sua existência.

É uma das fotos que eu incluiria num hipotético dossiê sobre O Incidente e suas circunstâncias.

A outra foto – a foto na qual nós dois também aparecemos, ainda que isso não importe; o que importa é o fato de que ela está na foto, porque é a *foto dela* (também tenho em mãos, Ezra me entregou faz alguns dias, parece vibrar de leve, parece acender e apagar, como a lampadinha de uma lanterna minúscula que mais serve para obscurecer do que iluminar) – é muito mais difícil de *narrar*, mas vou incorrer no risco de tentar descrevê-la mais tarde.

Nesta, na primeira foto, eu e Ezra posamos, um ao lado do outro, com as mãos dadas – com a solenidade dos pequenos que precisam achar que são imensos –, como se nesse ato fundássemos uma sociedade transcendente e indestrutível. É uma foto antiga, e sua antiguidade não está apenas marcada pela data, mas também pela atitude dos modelos. É uma foto da época em que tirar fotos era um grande evento: precisava agendar uma hora em um estúdio profissional, vestir as melhores roupas, escolher a imagem do plano de fundo, sair de casa para entrar na foto e jamais mostrar a língua no momento do disparo. Fotos eram coisa séria. As fotos não eram, ainda, *instantâneos* fáceis de corrigir e repetir. Eram lentas e permanentes, e não sei se nos roubavam a alma, mas com certeza capturavam um instante para sempre. Toda foto, portanto, era histórica.

O fotógrafo – um dos irmãos Kowalski, Abraham, especialista em bar mitzvahs, casamentos e funerais; o seu irmão tinha morrido na guerra, seus filhos e netos morreriam em conflitos vindouros – não tinha, é claro, nenhum fundo futurista e interplanetário. Portanto, eu e Ezra acabamos escolhendo uma gravura ampliada de templos gregos ou romanos, o que, concordamos, é o mais próximo que um homem já chegou das civilizações distantes no tempo e no espaço.

"Temos a foto. Já somos alguém. Agora sim podemos ser quem quisermos", diz Ezra, e roubamos duas máquinas de costura da oficina do pai dele (são pretas, pesadas e antigas; nós as transportamos pela janela) e as trocamos em uma casa de penhores por uma pequena prensa manual Kelsey. Uma semana depois, editamos o primeiro número de nossa revista.

O nome era *Planet* – gostávamos da pureza do nome, sem adjetivo para contaminá-lo, e gostávamos de pensar que se referia a um planeta que podia ser qualquer planeta – e na revista tinha um conto de Ezra cujo tema não me lembro, um meu que prefiro não lembrar e – quase por piedade – um anúncio publicitário da alfaiataria Leventhal's.

Planet nos coloca no mapa.

Distribuímos alguns números mal impressos, passamos por baixo das portas das livrarias e bibliotecas, e não muito tempo depois recebemos uma visita. Foi quando compreendemos que não estamos a sós no universo, que há outros – muitos – como nós: jovens que consideram o presente insuportável e, então, escapam para o futuro, para muitos futuros; porque a ideia de que só existe um futuro parece insuficiente, insuportável. Assim, surge o futuro como o Natal e o aniversário. O futuro como o porvir de uma festa de possibilidades, de presentes e desejos. Porém, seria uma festa na qual, para entrar, é necessário conseguir decifrar o convite.

Se o passado é um país estrangeiro, então o futuro é uma estrela distante. E naquela época, éramos muitos os que queriam alcançá-la e cravar uma bandeira com nosso nome. Da mesma maneira que outras pessoas competiam em esportes mudos e violentos ao ar livre, ou em debates estudantis retóricos, queimando o oxigênio com palavras até deixar o ar das salas de aula quase irrespirável, nós optamos por unir a ação à letra e a fantasia à lógica, e jogar o nosso jogo dentro de naves espaciais imaginadas, naves maiores do que estádios ou anfiteatros. Éramos péssimos esportistas, ficávamos muito nervosos em público, então voávamos com nossa mente.

E, de repente, estávamos marcados: nossos dedos sempre se encontravam sujos de tinta púrpura. A cor púrpura característica das pequenas prensas, dos copiógrafos e dos mimeógrafos, das máquinas de marcas como Speed-O-Print ou Multi-Printex ou Typekto. Mecanismos simples, mas tão complexos de manter em operação sem que o papel travasse ou a tábua de cera quebrasse, ou os rolamentos entortassem antes de chegar à cópia de número cinquenta, quando tudo parecia fundir e parar.

E a tinta que nunca seca por completo sobre o papel de cópia e, portanto, nos obrigava a virar as poucas páginas com o mesmo cuidado exigido pelos mais nobres e antigos pergaminhos.

E a vertigem tão lenta dos cadernos que brotam, um depois do outro, com essa velocidade do adolescente, que não é muita nem pouca, mas que parece ser arrastada com a lenta vertigem daquele que precisa chegar a todos os lugares sem saber ao certo para onde vai.

Mas *Planet* tem potência suficiente para alcançar colônias próximas.

E, durante um entardecer, bate à nossa porta um grupo de jovens que nos olham fixamente e – como forma de saudação universal que dispensa palavras – estendem as mãos e nos mostram os dedos. As pontas também estavam manchadas com aquilo que uma mãe de filhos normais pensaria erroneamente ser suco de framboesa. Com um silêncio reverencial, nos entregam exemplares de *Phantom Universe, Time Travelling* e *X-Rays*. E, de repente, Ezra e eu nos encontramos presos na órbita tribal de garotos que se reúnem em porões, ou nas escadarias de escolas, ou em salões de atos reservados para "atividades recreativas". Para discutir se tudo teria ou não começado com as fantasias góticas daquele bêbado de Baltimore; ou se aquela falsa transmissão de rádio sobre a invasão marciana não teria sido, na verdade, uma manobra astuta para nos distrair de uma invasão real, e muito mais sutil, na qual os marcianos "são exatamente iguais a nós... e talvez o professor esquisito de latim seja um deles!". Lemos quadrinhos e construímos foguetes com materiais roubados, pouco a pouco, para não chamar atenção, nas aulas práticas de física e química. E – alguns de nossos principais "especialistas" acabaram trabalhando na indústria espacial, e um deles, ao misturar elementos inflamáveis com invocações satânicas, morreria em uma explosão em Pasadena que nunca foi completamente esclarecida – os lançamos com resultados bastante diversos: explodem em terra, saem em disparada seguindo furiosas trajetórias horizontais e provocam pequenos incêndios. No melhor dos casos sobem uns vinte ou trinta metros, que celebramos como se se tratasse de alturas cósmicas sobre os terrenos baldios do Bowery.

Em pouco tempo, quase sem nos darmos conta, viramos um grupo, uma geração. E uma de nossas principais atividades – como costuma acontecer – era nos separarmos em grupos menores, travar batalhas pequenas, secretas, porém sangrentas, nos unir por alguns dias com uma facção, traindo-a depois ao nos aliarmos a outra. Tudo em nome do futuro e do espaço exterior: duas questões – o que viria e o que está lá fora – que não tínhamos como resolver, mas nas quais não conseguíamos parar de pensar, porque, se pensássemos o tempo todo, era como se fossem nossas, como se nos abraçassem sem nunca nos soltar.

Em pouco tempo, completamente conscientes disso, eu e Ezra começamos a nos sentir distantes de tudo aquilo e de todos eles. Distantes, sim. Nos transformamos em um movimento de duas pessoas. Os Distantes. Nos movíamos em sigilo entre as diferentes facções, escutávamos e exigíamos informações. E quase tudo nos parecia absurdo e infantil. E, no cair da noite, voltávamos à nossa casa, debaixo de neve. Consigo me lembrar com mais facilidade do inverno que passamos envoltos em abrigos pesados, o vapor brotando dos vulcões de nossa boca, a erupção de conversas entre os dois, que não param de rir do que viram e de zombar do que ouviram. Subíamos ao nosso quarto e escrevíamos como se deslizássemos em um trenó pelas ladeiras de uma febre que nos fazia delirar de felicidade, lendo em voz alta as nossas páginas quase ao mesmo tempo em que as escrevíamos. Somos felizes e somos únicos e somos os melhores e precisamos dos outros apenas para que, com a sua inconsciente e teimosa mediocridade, confirmem o nosso talento e a distância inalcançável que estamos deles. Uma distância tão grande que nem precisamos ser cruéis ou agir com soberba. Ser invisíveis já nos basta e sobra.

Somos, sim, Os Distantes.

E somos diferentes.

Não tornamos públicos os nossos contos. Não os lemos com a voz trêmula nos encontros. Nossas histórias quase nada têm em comum com a dos outros: elas se passam no espaço, sim, mas nas nossas tramas não aparece a Terra e, quando é mencionada, em poucas ocasiões, não passa de um rumor impossível de confirmar, uma lenda espacial com a qual ninguém se importa o suficiente para averiguar se é verdade. Nossa revista, *Planet*, logo sai de circulação e passa a ser impressa para consumo privado. Não queremos ser apenas "mais uns" entre tantos outros, entre tantos detritos espaciais flutuando na atmosfera.

Ezra e eu contemplávamos tudo através de um telescópio, com maldade microscópica, como se estivéssemos lidando com vírus e bactérias. Abundavam os fanzines, os péssimos, porém entusiasmados contos, as teorias absurdas e apaixonadas, os nomes de nossas seitas: Os Futurianos, Os Cósmicos, Os Futurísticos, Os Dimensionais, Os Astronômicos, Os Futuréxicos. Cada uma correspondia a um diferente bairro de Manhattan dos quais vínhamos e organizavam-se com um sistema de hierarquias mais complexo que o do exército, de empresas e famílias numerosas nas quais todos se odeiam com cordialidade e cortesia. E, de repente, as diferentes posições políticas: os que entendiam que se dedicar ao futuro deveria estar inevitavelmente ligado à descoberta de um mundo melhor e mais justo com os pobres, onde a ciência seria de todos e para todos, e os que pensavam que o amanhã seria a matéria privilegiada na qual uma raça de escolhidos teria que escrever de forma cada vez melhor aquilo que imaginavam, transformando-se assim em faróis laser para multidões que não eram servis, mas obedientes. Alguns dos primeiros, certo tempo depois, foram acusados de atividades antiamericanas por organizações patrióticas. E, por meio dos jornais, fiquei sabendo de suicídios em quartos de hotel em Miami, de prisões em pequenos povoados e de espancamentos em becos escuros, de garrafas esvaziadas, pois só assim se sentiam plenos, e de um homem de rosto erodido, de pé, atrás de um caixa de supermercado, que fingia não me reconhecer para que, por favor, por favor, eu fingisse não reconhecê-lo.

Enquanto isso e até então, editores com bom olfato (os mesmos que, até aquele momento, dedicaram-se a imprimir romances policiais e histórias de amor de corações partidos) baixaram sobre nós, cientes de que – não interessava se éramos bons escritores – simbolizávamos o leitor do futuro próximo e compraram nossas primeiras historietas desajeitadas por algumas poucas moedas, para agrupá-las em revistas de nomes longos e cheios de adjetivos, com letras grandes e ilustrações absurdas, porém fascinantes.

Li alguns livros sobre aquela época (Ezra e eu somos apenas mencionados; deixamos somente uma marca na tela dos radares, poucos invocaram nossos sobrenomes junto aos deles) e lembro da mescla de tédio e assombro que me provocou reviver tudo aquilo, narrado de forma ordenada, como se fossem feitos históricos transcendentes que mudaram a face do planeta, como se tudo aquilo significasse *algo*.

Está certo: vários dos que caminhavam pelas ruas e erguiam o punho ou postulavam propostas dementes, acabaram se transformando em titãs do gênero: escritores admirados por centenas de milhares de leitores, visionários, convidados a *late shows* sempre que lançavam um satélite ou tornavam público o funcionamento de uma fórmula. Homens satisfeitos, exibindo para as câmeras o sorriso oracular de quem jurava ter visto ou pensado ou predito o futuro. Porque, de repente, em uma época em que tudo parecia se acelerar – na qual o progresso *progredia* mais rápido do que nunca –, a ficção científica se tornou uma combinação de prognóstico meteorológico, página de horóscopos e corrida de cem metros rasos. O importante não era escrever bem, mas sim ser o mais rápido e chegar antes dos demais. A imaginação não deveria ser reflexiva, e sim desaforada.

Eu poderia revelar aqui as suas características específicas em uma longa lista negra. Poderia acusá-los e recitar os cargos que lhes foram imputados. Poderia dizer quem se vendeu a Hollywood. Ou quem se entregou desenfreadamente a escrever livros de divulgação científica sob encomenda em uma velocidade espantosa. Ou aquele outro que acabou como "consultor futurista" de um conglomerado de empresas dedicadas ao desenvolvimento de eletrodomésticos. Ou o que terminou trabalhando em um projeto de parque temático robotizado para honrar a memória de um desenhista messiânico que enriqueceu com a matéria-prima dos velhos contos de fada.

Mas seria uma perda de tempo e eu não tenho tempo a perder. Além disso, descubro agora, confundo rostos e apelidos e, por um instante, posso enxergá-los e escutá-los claramente, mas logo depois, perco-os em uma tempestade de linhas verticais e horizontais e ruído branco, como se contemplasse fantasmas em televisores mal-assombrados. Não posso – embora queira – individualizá-los. Neste momento, aparecem avançando por minha memória com o passo cansado e marcial de uma massa de figurantes em um filme longo demais.

Mas, entre todos eles, um se destaca.

Suas feições aparecem de forma mais precisa, repentinamente inesquecíveis, depois de tantas décadas.

E, com ele e com seu nome – um nome ridículo para um homem absurdo – retorna também a parte inesquecível de toda essa história. A história que há muito tempo – e com tanto esforço – prometi não recordar jamais e que, de repente, agora, depois d'O Incidente, começo a evocar como se a lesse enquanto a escrevo.

Um nome e um rosto e um corpo. De repente. Outra vez. Materializando-se sem aviso prévio. Como os tripulantes da nave *S.S. Endeavour* na série de ficção científica na qual trabalhei nos anos sessenta, *Star Bound*. Teletransportando-se. Aqui está, a caminho.

O rosto igual ao de um anjo cansado de ficar pendurado no teto dos templos, os caracóis loiros coroando uma cabeça grande e muito redonda, os olhos pequenos de um azul perturbador, o nariz achatado que mal aparece entre as duas bochechas, a boca sempre franzida em uma expressão de nojo ou reprovação. O corpo grande, alto e ovalado, as pernas e os braços curtos, os pés pequenos e as mãos minúsculas.

Jefferson Franklin Washington Darlingskill.

Filho único do dono de uma prestigiosa loja de departamentos. Rebento de um patriarca tão patriota que condenou seu filho a crescer esmagado por uma avalanche de nomes de presidentes, sepultado por um Monte Rushmore de apelidos.

Jefferson Franklin Washington Darlingskill é o sucessor de um pai – chamado apenas James Darlingskill, apesar disso, um nome muito mais potente que o de seu herdeiro – que sonha que seu primogênito se torne presidente e pensa que o caminho à Casa Branca começa desde o momento em que forçou um absurdo de nomes históricos que ajudem a fazer história.

"Me chamem de Jeff, por favor", quase gemia Darlingskill.

"Ou, se preferem, J. F. W.", acrescentava, esfregando suas mãos de boneco de bebê, uma com a outra, em um gesto nervoso e desesperado que, no entanto, lembrava a periculosidade latente e inflamável de um imperador obeso, estilo Nero, disposto a devorar um banquete ou incendiar uma cidade.

E por que Ezra e eu – que já éramos Distantes, sem possibilidade de retorno a nenhum clube ou associação, considerados "pouco confiáveis" por todos os demais – demos boas vindas a Jeff? O que nos levou a aceitá-lo como o terceiro Distante?

A resposta é simples: por conveniência.

Jeff tem dinheiro, vem de família rica (nos faz prometer que não espalharemos a informação), compra livros e revistas e nos convida para ir ao cinema como se nos fizesse oferendas em troca de nossa consideração mecânica à sua pessoa, algo que nunca chega a ser afeto, e muito menos amizade.

Jeff nos procura e nos encontra porque nos acha – como ele se acha – párias de um sistema que não entende a sua grandeza.

Mas o que deixa Jeff realmente fascinado é o fato de que Ezra e eu optamos voluntariamente por sermos párias, enquanto o que ele deseja, com todas as forças, é pertencer a seja lá o que for, fazer parte de algo... Porém, não deu certo. Para o seu pai, ficou claro que Jeff não está à altura: não é o golfinho triunfante, e sim uma espécie de morsa lenta que, nos melhores momentos (o sorriso constante e desesperado de um boneco desajeitado e oleoso, o cabelo negro e úmido de gel, como se fosse pintado sobre o crânio, o sorriso engomado dos galãs quase hermafroditas do cinema mudo, a propensão quase automática de contemplar o reflexo em quase toda superfície espelhada) consegue apenas despertar o afeto incomum das clientes e acionistas mais velhas. E não se dá muito melhor entre os jovens siderais: nas poucas vezes que permitiram que Jeff lesse suas páginas nas reuniões de alguns desses clubes que todas as semanas mudavam a sigla e a senha, os resultados foram quase desastrosos. Ou, usando suas próprias palavras, querendo envernizar com certa épica o espanto de passar vergonha em público, "apocalipticamente notáveis". E não apenas porque o pobre garoto é mau escritor: também é péssimo imaginador. Suas fantasias são febris, infantis, absurdas e misturam monarcas de Atlântida com cientistas malucos. Seus heróis não passam de massas de músculos que brilham graças à aplicação de óleos exóticos sobre os quais falam com admiração. Suas ideias insistem na necessidade de dominar o mundo com auxílio da telepatia. Suas descrições demonstram uma ignorância comovente da anatomia feminina (apesar disso, ele cria descrições constrangedoras do que um vestido destroçado pela força mental de um super-homem revela) e exibem uma preocupante tendência em direção ao racismo e à revanche. Nos contos de Jeff, lembro, sempre há alguém se vingando ou prestes a se vingar.

E, talvez o mais importante de tudo isso, o que pode tornar Jeff fascinante a alguém, para além do profissionalismo de sua estupidez: Jeff é sobrinho de Phineas Elsinore Darlingskill, o escritor favorito de Ezra.

Phineas Elsinore Darlingskill era algo como a ovelha negra da família de Jeff. Uma ovelha que se transforma em lobo nas noites de lua cheia. Outro pária. Vive a algumas horas de distância de Manhattan, próximo a um rio de águas tão calmas que parece pintado. Em uma mansão vitoriana quase arruinada, que parentes lhe cederam com a condição de que não os visite mais e sempre mantenha distância dos negócios e celebrações familiares. O pai de Jeff se refere ao seu irmão como "O Outro" e diz que suas esquisitices são o resultado de uma forma rara de sífilis misturada com diversos problemas psicossomáticos que sofreu desde a infância e pelos quais foi expulso do colégio aos oito anos. Desde então, dedica-se a longas noites de leituras famélicas, terrores noturnos e insones e – o que foi traduzido como uma espécie de cicatriz circular ao redor de seu olho esquerdo, como uma tatuagem avermelhada que lembra um monóculo – a constante exploração do céu, auxiliada por um artefato telescópico construído por ele mesmo no sótão da casa de seus pais.

Darlingskill – foi Ezra quem me apresentou sua obra – não era exatamente um escritor de ficção científica. Darlingskill era algo diferente. Outra coisa. Uma versão mutante de um escritor de ficção científica. Um elo perdido entre o foguete e a catacumba. Por isso, os jovens aficionados ao jovem gênero o leram com uma mescla de medo, desprezo e desconfiança. Seus contos e novelas – que Ezra rastreava com paciência e desespero em velhas publicações; um dos presentes que Jeff lhe dá é um volume preciosamente encadernado sob encomenda que contém a obra completa de Darlingskill – combinavam vários mitos gregos e árabes com uma cosmogonia estelar na qual dançavam desenfreadamente deuses primitivos, amorfos e tentaculares, cegos pelo cansaço de ter muitos olhos, esgotados pela exaustão dos nomes largos e impronunciáveis, só de consoantes, nomes que são mais gritos que nomes. Deuses que são escravos de uma férrea necessidade turística que os obrigava a visitar nossa dimensão para ter breves, porém apaixonadas, relações com mortais que cometeram o erro de – com a ajuda de um *grimoire* antigo e perigoso – invocá-los sem saber o motivo. A única coisa que importa é trazê-los até aqui, soltá-los, e depois vamos ver o que acontece e como fazemos para que voltem ao seu lar.

A prosa de Darlingskill é barroca e antiquada e, às vezes, incompreensível. Mas havia algo nela que Ezra considerava fascinante: a realidade de um mundo irreal coexistindo com o nosso e, de quando em quando, crescendo lentamente como uma mancha demente de umidade nas paredes de nossa sanidade.

Jeff, no entanto, se interessava mais – ele considera isso "minha principal influência" – pelos aspectos classistas e raciais no delírio de Darlingskill: as constantes alusões a ordens superiores e inferiores, a ameaça de perigos orientais, a degeneração das linhagens. Jeff – quando Ezra lhe implora quase de joelhos que organize uma excursão para visitar seu tio – o adverte que Darlingskill não gosta de "semitas, africanoides e seres infra-humanos que vivem ao sul do Rio Grande". Jeff, então, se dispõe a mostrar a volumosa correspondência que mantém, em segredo, com seu tio. Longas cartas repletas de diagramas e instruções e diatribes contra "esse perigoso físico judeu que está alterando a composição mental de nosso universo com suas teorias" e que contém parágrafos como "o selvagem descendente do símio percorre a floresta com o único objetivo de acasalar; enquanto o eleito pelas estrelas deve alçar a vista e considerar sua relação com o cósmico". Cartas que sempre trazem a data de duzentos anos atrás porque, explica Darlingskill a seu sobrinho, "essa foi a melhor época de minha vida".

Pouco tempo depois de nos conhecermos, Jeff comenta que seu tio descobriu que está com câncer terminal, e Darlingskill insiste em se referir a ele como "não um câncer, e sim um escorpião: uma variante sideral e única do mal terrestre; porque nada tão vulgar e banal como um câncer poderia acabar comigo". Jeff nos conta que sua família o trouxe de volta à cidade, depois de tantos anos de exílio, e que seu tio agora agoniza em um hospital local.

Convencemos Jeff, com grande esforço (Jeff é dessas pessoas que parecem especialmente sensíveis à hora de vislumbrar, sempre, a possibilidade de catástrofe, até mesmo no gesto mais inofensivo), a nos levar até o quarto de Darlingskill. Ameaçamos expulsá-lo d'Os Distantes e entregá-lo aos Futurianos. Ou pior, aos Futurísticos. Denunciá-lo. Revelar o fato de que é uma criança de riqueza decadente e antiga. Jeff cede e começa a tremer e esfregar as mãos. Caminhamos por corredores sombrios (é o horário no qual os hospitais dormem) e chegamos a um quarto privativo do qual brota um opressor cheiro de incenso. De pé junto à porta, vários jovens pálidos com roupas escuras e pulseiras com a cruz *ankh* conversam entre si com sussurros reverentes, como se rezassem. Alguns deles rasparam toda a cabeça. Ezra e eu entramos pela porta entreaberta e então o vemos. Sentado na cama e apoiado em várias almofadas. Um homem transparente que me lembra um desses elaborados castelos de areia no entardecer de uma praia deserta. Seu momento de maior glória e esplendor ocorrera fazia algumas horas, sob o sol vertical do meio-dia. E agora os curiosos foram para casa e o vento e os cães sem dono e a espuma que solta das ondas cada vez mais próximas foram borrando detalhes e ângulos do castelo. Não resta quase nada nessa fachada vazia. Apenas o buraco de uma boca que se abre e lança um ruído que faz tremer os vitrais e que atrai as enfermeiras e os médicos. Phineas Elsinore Darlingskill passa, então, a outro "plano espiritual na vasta geometria do universo", e os jovens adoradores inclinam a cabeça em reverência e realizam uma saudação complexa com as mãos quando passa por eles a maca que carrega o corpo do mestre rumo ao depósito de cadáveres.

Entre esses jovens acólitos – Ezra, Jeff e eu a vemos pela primeira vez – está uma garota da nossa idade.

E, apesar de sermos tão jovens, de nos restarem tantos anos de vida que até pensamos ser imortais, nos sentimos desfalecer.

De repente, aqui, em um hospital onde acaba de morrer um escritor maldito cujo corpo já esfria para que os motores de sua lenda comecem a esquentar, Jeff, Ezra e eu experimentamos outra forma do finito, muito mais sutil, porém igualmente poderosa.

Uma morte que não é a pequena morte do orgasmo, e sim a morte sem limites do êxtase.

E nenhum de nós fala nada; mas tenho certeza de que os três, cada um à sua maneira, pensamos exatamente o mesmo: é possível sobreviver à certeza de que uma determinada mulher é a mais bela já vista, sim;

mas é muito mais difícil continuar vivendo depois de experimentar a certeza absoluta de que essa mulher é e será, também, a mais bela que veremos em toda a nossa vida.

Seu rosto – o rosto dela – é o esplendor que tudo ilumina e arrasa.

Anos depois, contemplando filmagens de testes atômicos no deserto, observando com deleitoso espanto a maneira como o vento fosforescente arrasava povoados habitados por manequins sorridentes, pensei comigo que já tinha passado por algo parecido, mas não me lembrava quando ou onde.

E, dias atrás, no centro d'O Incidente – Ezra me entregando essa foto na qual aparecem nós três, nós dois sérios e a gargalhada dela movendo e borrando o seu rosto –, tudo voltou.

Tudo menos seu nome.

Talvez não seja porque eu tenha esquecido ou não consiga recordá-lo.

Talvez o que acontece é que não quero pensar nele, muito menos dizê-lo, com medo que tudo desapareça de novo, que sua luz volte a se apagar e eu retorne à escuridão na qual vivi, sobrevivi, por tempo demais.

Suponho que aqui (para me distrair de seu ressurgimento, para resistir ao impulso de encher páginas e páginas com seu sorriso ou sua voz ou seu olhar ou a maneira como parecia viajar quando pensava em coisas nas quais não nos atrevíamos a pensar por medo de descobrir que não estávamos em seus pensamentos) se impõe um breve, mas necessário, parênteses acerca do papel que ocupavam as jovens mulheres na jovem ficção científica daquela época.

O papel que ocupavam as mulheres jovens na ficção científica daquela época era: nenhum.

A ficção científica, no início, era um clã masculino e as mulheres não passavam de princesas veladas, ajudantes de cientistas, namoradas que estavam ali para lançar o grito perfeito quando aparecia uma criatura vinda do espaço sideral.

No plano real das coisas, a verdade é que não havia muitas jovens nas reuniões de clubes e associações galácticas. Não tinham o que fazer ali e havia outros tantos planetas melhores que o nosso. Porque – acima de nossa atmosfera mais ou menos controlada e das tóxicas e empolgantes batalhas que lutávamos entre nós para decidir se os venusianos serão necessariamente mais inteligentes que os marcianos ou algo do tipo – na escuridão da noite, quando já não sobrava nada o que ler ou escrever, compreendíamos que estávamos muito sozinhos. Que o nosso mundo era frio e triste, que quase não recebia a luz do sol onde habitavam os atletas, as *cheerleaders*, os presidentes das classes: esses jovens populares e perfeitos que aproveitavam os fins de semana para dançar na última e quente festa da moda, em vez de orbitar ao redor de estrelas mortas.

De modo que – sem querer ofender ninguém – as meninas que se juntavam a nós não eram, é claro, as mais atraentes. Eram "simpáticas", "interessantes" e "inteligentes". E talvez fossem um pouco loucas, já que as suas teorias eram, sempre, mais alucinadas e alucinantes que as nossas.

Para várias delas, a febre espacial passou em pouco tempo. Atribuíam o interesse a um breve transtorno hormonal e, sem entender direito o que tinha acontecido, voltavam às aulas de economia doméstica e a se perguntar quem as convidaria para o baile de formatura.

Algumas viraram namoradas e, mais tarde, narradoras de estranhas páginas assinadas sempre por absurdos pseudônimos masculinos.

Outras – uma minoria –, com o passar dos anos, deixaram para trás a crisálida de seu falso nome masculino e se tornaram escritoras feministas que condenavam, nas convenções, a proliferação de robôs fêmeas destinadas a tarefas domésticas, ou denunciavam aqueles primeiros enredos transgressores nos quais um terrestre acasalava com um inseto gigante de voz doce ou sucumbia aos encantos de uma donzela alienígena que, cansada da megapotência de seu cérebro, compreendia que só queria amar e ser amada por aquele homem que falava de seu rancho em Nebraska.

Nenhuma delas se parecia com ela.

Ela começava e terminava em si mesma.

Ela – o som de sua risada, o modo como arregalava os olhos quando você contava algo, a maneira que agarrava no seu braço quando era ela que contava algo – enlouqueceu Ezra e a mim. E, é claro, Jeff; mas Jeff era tão fácil de enlouquecer que não o considero vítima da onda expansiva de seu deleitoso estrondo no núcleo até então indivisível de nossas vidas.

E me pergunto se existirá algo mais *sci-fi* do que a súbita irrupção do vírus do amor no hospital da juventude, essa presença extraterrestre que, de repente, sem aviso prévio, te possui e te transforma em um cosmonauta em transe.

Esse primeiro amor que será sempre o primeiro. E que tentará se perpetuar nos próximos amores, como uma voz ao fundo de um buraco negro de um poço em cujas águas se afogam, submersos, os reflexos das estrelas lá de cima.

Esse amor que começa tudo e que te derruba para que você possa ascender envolto em um raio curvo e invisível que faz tremer as agulhas de todos os detectores de energias estranhas.

Esse amor que, de repente, deixa você fragilmente invencível, delicadamente imortal.

O tempo, então, começa a passar de outro jeito, em espasmos repentinos e imprevisíveis. A partir do amor, há dias que passam em um minuto, há noites insones que parecem existir no espaço até então reservado para todo um período geológico no qual fantasias antigas (que alguma vez confundimos ou quisemos confundir com o amor de verdade enquanto nos perguntávamos se realmente era *assim*, se sentíamos tão pouco quando achávamos que *tínhamos nos apaixonado*) de repente não passavam de fósseis estúpidos cujo único interesse era informar quão equivocados e primitivos eram os sentimentos românticos de nossa pré-história, de tudo aquilo que aconteceu (sem que nada acontecesse) antes dela.

E a chegada dela faz de mim e Ezra (e também Jeff, porque Jeff sentia o mesmo, ainda que de forma muito diferente, porque estava próximo, porque se conformou em ser uma espécie de satélite girando ao redor de nós, buscando saciar nossas necessidades mais absurdas usando o combustível verde das impactantes notas de dinheiro) pessoas ainda mais Distantes.

Ela chega e nos olha e nos cumprimenta e não tornamos a vê-la por uma semana, quando entra em uma reunião à qual quase não fomos, mas por sorte mudamos de ideia. Ela pede para falar e lê um conto esquisito. Um conto que se passa em outro planeta onde não existe a noção de "outro planeta" nem de futuro. Tinha escrito, de certo modo, um conto realista: um dia na vida de alguém que não sabia nada sobre nós, os terrestres, nem queria saber. A rotina de um ser que não parecia muito diferente dos humanos (havia, sim, uma única menção a olhos prateados e sem pupilas nos quais "como um espelho, refletia não o que via, e sim o que pensava sobre o que enxergava; como se os olhos fossem buracos de fechadura do cérebro") e que, ao final do conto, adormecia dizendo: "Amanhã será outro milênio".

Ela terminou a leitura e ninguém falou nada. Ela arrumou as páginas, tirou o casaco e recolocou-o, saiu dali, e Ezra e eu (e Jeff) nos levantamos e fomos atrás dela.

Neste ponto, tentando suspender no ar por alguns segundos esta tempestade de lembranças, não consigo evitar me perguntar como agora, depois de tantos anos, lembro tão bem algo que tinha esquecido.

Posso dizer – e quase consigo me convencer – que as engrenagens começaram a girar com O Incidente.

Com o meu reencontro com Ezra.

Com a foto que Ezra me entregou faz (suponho, não tenho certeza de nada) alguns dias.

Com o que aconteceu (ou não) naquela manhã de sol e fogo.

Posso me maravilhar com a minha habilidade – que nunca suspeitei existir – para, ao menos, tentar compreender e descrever o funcionamento do amor, considerando que o amor é uma das emoções menos frequentes na ficção científica clássica, porque o amor ocupa muito lugar nos trajes espaciais e nas bases de foguetes. Na ficção científica há sexo, sim, e até pode haver paixão; mas o amor raramente sobrevive longas viagens a outros sistemas planetários ou a dimensões alternativas. Uma das responsabilidades do gênero – como nos romances policiais, em especial os primeiros policiais, nos quais o crime é mais um hobby e uma arte intelectual do que um instante breve, porém definitivo, no qual as luzes racionais do cérebro se apagam – é explicar tudo, para não deixar fios soltos.

Nesse sentido, o amor atrapalha.

Melhor jogá-lo pela escotilha.

Observá-lo enquanto ele se afasta, flutuando no espaço onde não há em cima ou embaixo, não há vertigens corporais nem depressões da alma e, portanto, não há amor capaz de sobreviver.

Embora, de quando em quando – lembro-me agora – houvesse espaço para um milagre excepcional. Aquilo que alterava para sempre a disciplina rigorosa e paradoxal de um gênero que se dizia livre e sem fronteiras.

E lembro de uma tarde, há mais de trinta anos, na qual entrei no cinema para ver um filme que todos comentavam. Na época (Zack não tinha morrido ainda, para me tornar o acomodado guardião de sua memória e legado), eu escrevia roteiros da série *Star Bound* e considerava parte do meu trabalho estar sempre em dia com as questões do futuro. A ficção científica tinha se transformado, para mim, no mais pedestre dos trabalhos: olhar para o céu sabendo que nada me interessava menos do que tirar os pés do chão.

Paguei o ingresso, fiquei alguns segundos em frente aos pôsteres que mostravam uma estação espacial com a Terra ao fundo. "Vencedor de TODOS os Oscars deste ano", li abaixo do título. Entrei e me sentei na escuridão e entendi mais uma vez por que tantos fugitivos – porque o gângster postava-se à saída de um filme chamado *Manhattan Comedy* ou o assassino do presidente procurava desaparecer na penumbra de uma sessão dupla de *Battle in Hell* e *Cry of War* – sempre escolhiam uma sala de cinema para desaparecer por um tempo, para fazer hora, para flutuar no limbo, para escapar da realidade, para tentar ficar preso nesse momento mágico no qual não temos certeza absoluta se as luzes se apagaram para que seja feita a luz.

O ar da sala fedia a uma mistura de manteiga rançosa e pipoca com o aroma vegetal da maconha e de perfumes do Oriente. Não havia muitos assentos ocupados, mas quem tinha ido ao cinema parecia estar acampado ali havia meses. Uma pessoa me fez o sinal da paz, outro usava uma roupa com estampa de camuflagem, uma garota sardenta observava tudo do chão, onde estava sentada com as pernas enroscadas em uma posição impossível.

O filme começou, mostrando uma paisagem africana, imemorial, com símios que já não eram símios, mas também não eram homens, e logo apareceu um ominoso monólito preto e um osso se transformou em uma nave espacial que dançava uma caudalosa valsa azul da ausência de gravidade, e depois apareceu Júpiter e a loucura de um supercomputador que era mais sensível que os homens que o construíram e, ao final, uma espécie de hotel nos confins do universo e o retorno à casa, transformado e melhor e, com certeza, implacável.

E o silêncio tão eloquente do espaço.

E o vazio desse espaço tão cheio.

E a música do passado como o som do amanhã.

E a respiração pesada dos astronautas embalados a vácuo.

E um novo ser flutuando dentro de uma placenta de galáxias e, mais uma vez, o espaço exterior que tanto se parece com o espaço interior: a mesma luz escura, a mesma escuridão luminosa, a mesma grávida ausência de gravidade.

Eu mentiria se dissesse que entendi tudo. Logo em seguida, li entrevistas com o diretor (que falava coisas muito estranhas) e o roteirista (que era *um dos nossos*, uma pessoa com a qual já cruzei em alguma convenção; nunca o achei muito simpático, jamais me interessei por seu afã de futurólogo compulsivo, sempre anunciando invenções e descobertas e, depois, quando passava a data estipulada, explicando por que tal coisa não tinha acontecido e de quem era a culpa) e não sei se entendi melhor, mas compreendi que não faria diferença saber mais. O que eu sabia, com certeza, é que quando terminou a projeção e acenderam as luzes, meus olhos estavam cheios d'água. Entendi que tinha acabado de ver uma estranha maravilha: um filme de ficção científica no qual o futuro não aparecia *atuando* como futuro. Não havia ênfase: o futuro era normal, o futuro era o presente, um presente que podíamos sentir que se afastava, flutuando rumo ao passado, acenando para nós. Ninguém parecia particularmente emocionado – como se evitassem a tentação de olhar para a câmera, olhar para nós e dar uma piscadela – ao comer alimentos sintéticos ou falar com a filha pequena através de um videofone em uma estação espacial. Também não davam explicações. Não precisávamos entender tudo. A ficção científica, enfim, desprendia-se das obrigações dos enredos de mistério policial. Porque, ainda que as explicações fossem inverossímeis, na ficção científica sempre havia a necessidade de oferecê-las, justificar o que aconteceu com base no que aconteceria algum dia. Não nesse filme. Ele acabava com tudo que sabíamos até então. Aqui começava o fim. O adeus ao futuro como terra prometida, a memória total e artificial de uma máquina como algo muito mais sensível do que as lembranças mínimas e frias de um astronauta, e as boas-vindas à viagem de retorno – e não à de ida – como forma de transcendência definitiva. O que o filme narrava era, sim, um *momento histórico* que nos acenava enquanto se afastava para, então, poder voltar, mudado para sempre.

Saí do cinema sentindo falta de Ezra como não sentia há muito tempo. Senti a necessidade repentina de perguntar se ele tinha visto o filme e se a história não o fazia recordar *algo*. Lembro disso apenas agora, lembro do que esse filme com nome de ano me fazia recordar, com o mesmo nome do ano no qual, agora, lembro de tê-lo assistido e me dou conta do doloroso paradoxo de que a obra futurista mais eternamente jovem padece do estigma de ter o título que mais envelhece de todos os tempos.

E agora sei que o que me trouxe a lembrança foi o conto que ela leu na reunião de jovens que sonhavam com um futuro melhor, não para a humanidade, mas para si mesmos. Um futuro que não se parecesse em nada com o momento em que viviam. Um futuro no qual tinham parado de se importar com o futuro.

E, além de tudo isso, da cobiça e da frustração adolescente e idosa ao mesmo tempo – de saber desde já que nenhum de nós viajaria ao espaço sideral, nenhum desses jovens e entusiastas cosmonautas mentais teria a idade adequada quando chegasse o momento de subir no foguete, e que não seria deles a glória de pisar em novos mundos ou, descartados por não caberem na nave, na hora de deixar para trás o planeta, minutos antes do Apocalipse –, a voz dela dava forma a todas e a cada uma das palavras, como se as pronunciasse pela primeira vez, como se acabassem de ser criadas e seu significado ainda estivesse fresco e fragrante.

Voltei a me enxergar jovem. Antigo, porém transbordando de futuro. Voltei a me enxergar escutando a leitura dela. De pé, no centro de uma sala pequena. Sem ter tirado o casaco ou o lenço que cobria em parte a sua boca e deixava a sua voz um pouco estranha. Se ainda não a amávamos (se não começamos a amá-la na noite em que Darlingskill gritou seu último grito ou deixou de gritar o grito que vinha gritando por tanto tempo), foi naquele momento que Ezra e eu (e Jeff, cada vez mais condenado a ser um dócil e imitativo parêntese ao lado de nossos nomes) sabíamos que a amávamos. E o mais importante de tudo: sabíamos que não tinha problema o fato de nós dois a amarmos, pois o amor de só um de nós seria insuficiente, quase uma ofensa diante do que ela causava. Sabíamos que a amávamos e a felicidade de nos encontrarmos novamente, de nos unirmos ainda mais ao amar a mesma pessoa nos deixou muito felizes, pois estávamos convencidos de que ela não tinha escolha além de amar a nós dois. E de que, graças ao seu amor, nós dois estaríamos unidos para sempre.

Com ela.

Mas não.

Algo aconteceu em pouco tempo.

Um desses fenômenos inexplicáveis dos quais lembro de fragmentos que se dispersaram com a explosão: eu, Ezra e ela, Jeff lendo e gritando e saindo de uma das reuniões e prometendo, é claro, vingar-se de tudo e todos.

E a noite dos homens de neve.

Um tanto parecido com essas fotografias que os telescópios espaciais tiram de lugares tão distantes – imagens de frígidos corpos celestes em combustão, cores novas, formas inéditas – para as quais os cientistas dão um nome. Qualquer nome. Para enganar-se pensando que, ao batizá-las, têm alguma ideia do que são, do que se tratam, de como surgiram.

Já viram alguma? Tenho certeza que sim. Costumam aparecer nos cadernos dominicais dos jornais. Notícias que chegam não de terras longínquas, mas de céus distantes. E, abaixo, epígrafes como "Quinteto de Stephan", ou "O encontro entre NGC7318A e Be fez brotar uma formação estelar", ou "Panorama do núcleo galáctico em Raios X", ou "Disco protoplanetário de Alfa Piscis Austrini".

Coisas do tipo.

A pessoa lê e volta a olhar a foto e – como acontece com certos nomes que são dados a certas pessoas, como o nome que ela nos disse que era seu e, agora entendo, não mencionou ou não lembro porque não acrescenta nada, porque não a define ou a explica de modo algum – não entende como algo assim pode ter esse nome.

A pessoa não entende como pode existir algo assim lá fora.

Entende menos ainda a certeza de estar vivendo no centro de algo que, de longe, é visto assim.

A pessoa suspeita que tudo isso – cores e formas – foi posto ali por um instante, um piscar de olhos, por alguém que sabe que estão tirando uma foto de um lugar onde não há nada, só o vazio, e que não quer nos privar da alegria e do assombro de olhar e pensar "Oooooh!" e pensar "Aaaaah".

Oh.

Ah.

Pouco tempo depois, todos estavam separados.

Ela desapareceu.

(Jeff desapareceu, provavelmente esmagado pelos parentes.)

Eu permaneci, mas suponho que, para os outros, ao ficar, foi como se eu tivesse desaparecido para eles.

A vida continuou como nesses filmes antigos nos quais, para dar uma ideia da passagem do tempo em poucos segundos, vão tirando páginas de calendários, as estações do ano vão passando, os jornais vão girando no fundo da tela e param frente ao espectador, oferecendo manchetes em letras garrafais, notícias que marcaram época.

Ezra e eu nos comunicávamos de tempos em tempos.

Na verdade, era sempre Ezra que me encontrava. Sempre. Suponho que eu era muito fácil de ser localizado.

Voltei ao Brooklyn como quem retorna ao seu planeta de origem.

Adaptei-me rapidamente.

Eu me tornei um ser simples e fácil de catalogar. Minha espécie era tão numerosa que não corria risco de extinção. Embora, claro, ninguém se preocupasse muito com a minha espécie.

Quanto a Ezra, eu desconhecia seu paradeiro, só ficava sabendo dos rumores cada vez mais bizarros acerca de sua vida e carreira. Um telefone tocando na calada da noite, um pacote contendo objetos diversos, um cartão-postal como o que encontrei sob a porta do meu apartamento na noite em que, com os olhos cheios de estrelas, voltava do cinema onde assisti àquele filme.

O cartão-postal levava um selo com a Torre Eiffel. Era um fotograma de outro filme (um filme francês) na qual dois jovens corriam atrás de uma mulher em uma ponte.

O cartão-postal deixava claro, mais uma vez, os poderes especiais de Ezra em saber tudo o que eu fazia ou sentia, para além do tempo e das distâncias. No verso do postal, com a letra precisa e microscópica que se adquire, talvez, quando escrevemos mais números e siglas do que palavras, estava escrito: "Cher Isaac, os franceses mudam o nome de tudo. Por sorte, mantiveram o número. Mas aqui, HAL se chama CARL: *Cerveau Analytique de Recherche et de Liaison*. Você precisa ver esse filme. Quero saber o que ele te lembra. Seu irmão de sangue e oxigênio no espaço, flutuando, sempre. Ezra".

Agora, me lembrando disso, entendo: sou apenas um humilde astronauta descendente do macaco, que sonha em evoluir outra vez, e Ezra é um computador desordenado e confuso que tenta compreender os mistérios do universo.

Ela é o nosso monólito.

Já falei e repito: meu irmão de sangue e oxigênio no espaço desaparece.

E Jeff desaparece.

E ela desaparece.

E tudo parece indicar que sou o único que ficou, para dar conta do desaparecimento deles. Contar o que foi e para onde todos eles se foram.

Mas meu papel não é tão simples.

De repente sou um ator abandonado pelos companheiros de elenco, a sós no palco, sem nenhuma frase para recitar, sem nenhum texto indicando o que deve ser dito e, no entanto...

Alguns dias atrás, foi o ressurgido Ezra – durante O Incidente, em um dos últimos andares de uma torre de aço, vitrais e vento – quem me perguntou, entretido, com um sorriso torto que não se endireitou com o passar dos anos, se eu não achava um tanto estranho ter esquecido... não, não ter esquecido de tantas coisas, mas sim de não me lembrar "porque ninguém esquece o momento exato no qual a inocência acaba e compreende que, a partir de agora, a vida será uma sequência de culpas mais ou menos bem administradas".

Eu o encarei sem entender, e entendendo, de repente, que eu não tinha entendido nada.

E depois, a sua voz estranha e suas explicações estranhas.

E o rugido de trovões cada vez mais próximos.

E o relâmpago do impacto e o fogo e o nada e eu mais uma vez em casa, e já chegarei nessa parte da história.

Antes, muito antes, justo antes de desaparecer, um Ezra tão jovem, chorando de raiva, sem compreender por que ela foi embora e nos abandonou.

Um Ezra que é um novo Ezra.

Um Ezra que é o Ezra que sempre esteve ali, na sombra, esperando o momento certo, o motivo perfeito para liberar sua ira. Sua cólera, cativa durante tanto tempo. A erupção bestial da raiva contida por tanto tempo por não poder correr como os outros, presa no rancor dissimulado sob uma camada fina de ironia de se considerar diferente e, para muitos, pior. A necessidade de fazer justiça, de pedir explicações. Para Ezra, não basta a fuga mental a outros planetas. Agora, Ezra se concentrará na destruição do mundo que o rodeia e o encurrala. Para que sonhar com outros mundos quando a possibilidade de transformar este mundo em um pesadelo está tão próxima?

Volto a ver e a escutar Ezra, e é como ouvir o momento invisível no qual começa a se formar um tornado.

"Chega de ficção; agora me dedicarei somente à ciência", me diz Ezra. E depois explica que entrará no exército, "o lugar onde se encontra o verdadeiro poder".

Não posso impedi-lo, meu olhar se fixa, quase por reflexo, nas suas pernas cercadas de metal. Ezra me observa enquanto eu as olho e, em um segundo, percebo e agradeço o enorme esforço que ele faz para não me detestar para sempre (ainda que fique claro que há um antes e um depois desse meu olhar). E Ezra me fala palavras que mal conseguem sair de sua boca através das pequenas fendas nas duas fileiras de dentes tão apertadas: "Isaac: eles não vão se importar com o jeito que o meu corpo marcha ou desfila. Eles se importarão com a velocidade vertiginosa com a qual corre e voa o meu cérebro".

E aí Ezra se tranca no porão e passa a ler livros, destilar fórmulas, e mal fala comigo, e meses mais tarde envia um envelope com a papelada para uma unidade militar. Alguns dias depois, aparecem para buscá-lo. E informam que ele não precisa levar bagagem, pois não precisará de nada no local onde viverá a partir de então. Seus pais e irmãs não entendem muito bem o que acontece, mas não dizem nada. Leem mais de uma vez a carta assinada pelo presidente. Uma carta que precisam devolver logo depois de lê-la tantas vezes em tão poucos minutos. E Ezra entra com dificuldade em um grande carro preto. E acena pela janela com um sorriso estranho.

Muitos anos depois, tocou o telefone da minha casa, atendi e lá estava, dentro do alto-falante, a voz de Ezra:

"Não diga nada. Apenas escute", instruiu.

O que ouvi, então, foi um som novo, algo que nunca tinha escutado. O som de algo que, até então, estava atrás de uma porta para a qual ninguém encontrou a chave correta que encaixasse na fechadura. Era o som da luz e da sombra, de milhares de sóis que anunciam a chegada da escuridão.

"Se você pudesse ver o que estou vendo, Isaac", me disse Ezra, e sua voz parecia vir de um lugar muito distante. Era uma ligação de longa distância – podia ouvir com clareza os ruídos e o eco das várias centrais telefônicas que iam repassando a voz do meu amigo, como se passassem uma bola por centenas de quilômetros – mas também era uma ligação que vinha do outro lado da História, de um futuro repentinamente encadeado com o presente. E, em seguida, a comunicação foi cortada.

Com o tempo, fiquei sabendo que Ezra tinha me ligado de Alamogordo, Los Álamos National Laboratory, Trinity Camp, Manhattan Project, Novo México, na hora exata do dia no qual a primeira bomba atômica foi detonada.

Em seguida, o resto dos mortais – de repente tão mortais; ao mesmo tempo, tão indefesos e tão capacitados para acabar com tudo que existe no mundo e com o mundo que os abrigava – soube que alguém disse "Eu me transformei em Shiva, o Destruidor de Mundos", e que alguém acrescentou, "Agora todos nós somos filhos da puta".

Mas eu soube antes de todos eles.

E, dias depois do estrondo, outro estrondo, e eu recebia pelo correio – os primeiros entardeceres eternos de um planeta distante que não podia deixar de observar o nosso – as primeiras páginas de um romance chamado *Evasão*.

E de fato: as datas não se encaixam, os lugares são imprecisos, os rostos se confundem uns com os outros e eu apareço e desapareço em vários lugares ao mesmo tempo.

Espero que me desculpem por essas inexatidões exatas.

A letra pequena no documento de páginas amassadas me tornou um homem quase centenário, creio.

Um homem velho como o século.

Parte da História.

Na nota de rodapé e, apesar disso, testemunha de tantos acontecimentos. Não era o plano; mas está claro que alguém pensou e decidiu por mim.

Alguém ou algo deve ser responsável por este vigor injustificável, pela ausência de doenças, pelo fato de que, ao me olhar no espelho, me veja exatamente como eu algum dia fui, tanto tempo atrás.

Algo ou alguém decidiu isso. Que eu – e sei disso faz alguns dias – e Ezra tenhamos sobrevivido para contar a história.

Assim – tentando, em vão, dar uma ordem aos acontecimentos, mais por mim do que por ele –, respondi a quase todas as perguntas do "jovem jornalista" da melhor maneira possível, e, às vezes, não respondi da melhor maneira possível às perguntas que não queria nem poderia responder.

Às vezes, porque preferi responder na voz baixíssima, porém estrondosa, dos meus pensamentos. Às vezes, porque me aterrorizava a ideia de descobrir que não tinha respostas a várias de suas perguntas e que, de certo modo, tinha vivido tranquilamente sem me perguntar como era possível ter vivido dessa maneira.

Está certo, preciso confessar: fiquei comovido e lisonjeado ao ver seu exemplar xerocado de *Evasão*, sublinhado como se fosse uma Bíblia (eu o ofereci, e, comovido como um cavaleiro ante o Santo Graal, ele aceitou um dos meus livros, dos originais). Fiquei emocionado (e senti uma faísca de ciúmes por ter sido tão rapidamente descartado) com suas perguntas sobre a teoria de Ezra Leventhal ser o autor anônimo e misterioso por trás dessas páginas. Fiquei incomodado com sua insistência acerca dos boatos obscuros que circulavam sobre a participação de Ezra em episódios ainda mais obscuros da história militar recente.

Ezra – o primeiro admirado, e depois degradado, *coronel* Ezra Leventhal – participou não de grandes guerras mundiais, mas de pequenas guerras planetárias ocupando o cargo de "visitante". Ezra – contam – uniformizado, adotando diversos nomes falsos na China, na Coreia, em Moscou, no Vietnã, na África, na América Latina. Ezra como um dos ideólogos do Office of War Information e o principal responsável pela concepção do Operation Planning and Intelligence Board. Ezra como autor de um admirado e – pelo que entendi – ainda vigente manual de usos e aplicações da "guerra psicológica". Certa vez, vi um exemplar, reconheci sua prosa, seu senso de humor único, e claros ecos daquele MANUAL DO JOVEM VIAJANTE ESPACIAL / INSTRUÇÕES DE COMO SE MOVIMENTAR, RELACIONAR E PROSPERAR TANTO NESTE COMO EM OUTROS PLANETAS DE ACORDO COM OS PRECEITOS DE EZRA LEVENTHAL (ARCANO REX DA VIA LÁCTEA), quando recomendava "a) convencer o prisioneiro de que ele está em outro planeta, b) avisá-lo de que, se ele não colaborar com os interrogadores, nunca voltará para casa, c) explicar que daqui a alguns dias, habitará um mundo muito parecido com a Terra, e será liberado para viver ao lado de uma réplica perfeita de seus amigos e familiares, porém d) nenhum deles jamais o amará de verdade".

Histórias sobre Ezra pouco confiáveis, mas ainda assim imediatamente verossímeis.

Ezra ajudando a derrubar presidentes de países derrubados.

Ezra, que – cheguei a ler em algum lugar, ou alguém me contou – foi figura-chave na desativação (ou, segundo alguns, na ativa pela ativação como agente duplo ou triplo) da crise dos mísseis de Cuba.

Ezra bebendo e comendo mariscos de nomes absurdos (que pede aos garçons com um espanhol de perfeição robótica) em varandas sul-americanas com vista para o Pacífico enquanto, às suas costas, sobem colunas de fumaça escura e transbordam rios de gritos vermelhos.

Uma foto de Ezra na capa de um jornal. Fora de foco, em movimento, quase impossível de ser tirada. Afeganistão, está escrito. A parte superior do corpo coberta pela sombra de um toldo. Um nome incorreto e árabe identificando o homem velado na epígrafe aos seus pés: "Senhor da Guerra no auge da batalha no vale de Panshir". Mas ainda assim, reconheço a forma dessa cabeça que parece levitar sem ajuda do pescoço, as pernas estranhas que já estiveram cercadas de metal e que agora, na foto, estão dentro de botas aerodinâmicas cheias de cabos.

Mesmo que, talvez, tudo isso que conto, todos esses diversos vislumbres de Ezra não tenham passado de um desejo, uma necessidade de vê-lo e reencontrá-lo.

Porque eu acreditava enxergar Ezra por todas as partes.

Naquela filmagem dessa terrível manhã em Dallas, 1963 (Ezra contemplando o carro passar, do outro lado da rua), ou, no preto e branco da minha televisão, meu rosto petrificado por um sorriso orgulhoso e infantil, contemplando os homens de camisas de manga curta e nós frouxos das gravatas idênticas (era Ezra aquele de óculos de armação grossa e cabeça raspada?) aplaudindo as palavras de uma pessoa que chegou antes ao céu, palavras breves e aéreas, ditas na superfície da Lua. Palavras tão ensaiadas. O primeiro grande slogan espacial. Todos festejam aquilo de "um pequeno passo, mas um grande salto" e ignoram o que se diz depois. Um comentário espontâneo e quase infantil e, para mim, comovedor, porque me lembra aquele menino que eu fui algum dia, tantas vidas atrás, olhando para o céu: "É diferente, mas é muito bonito aqui fora", diz o astronauta.

E eu repetia que não, não podia ser, Ezra não podia estar em todas as partes, envolvido em todos os momentos históricos. Mas então, algumas semanas depois, alguém bateu à porta e era uma entrega especial de uma caixa com meu endereço escrito na inconfundível letra de Ezra e, dentro dela, havia várias pedras cinza e um cartão que dizia: "Adivinhe de onde são essas rochas, Isaac. Sim, você adivinhou".

Minha vida, insisto, não foi das mais extraordinárias. Pouca coisa aconteceu, e quase tudo foi chato e previsível. Uma vida que não se encolheu como no clássico *Shrinking Man* porque nem precisava: não tinha como se encolher muito mais do que já era: pequena, mínima, quase invisível.

Algumas noites atrás, assisti outra vez àquele filme medíocre baseado em um dos clássicos do gênero: a história de um viajante que se projeta em direção ao futuro sem precisar sair do laboratório. Sabem como funciona: o lugar era sempre o mesmo, o tempo é que mudava. E, entre efeitos especiais mal realizados e atuações nada louváveis, havia, sim, um detalhe genial que não lembro se aparecia no romance que inspirou o filme: o protagonista – sentado em uma máquina do tempo de elegantes linhas vitorianas que a transformavam em algo parecido como uma crono-super-cadeira – assimilava o passar das décadas contemplando as contínuas metamorfoses de um manequim na loja em frente à sua casa. As mutações de roupas e chapéus sobre a pele fria de uma grande boneca que permanecia imutável, sem envelhecer, mantendo sempre a mesma pose, mudando apenas o modo de vestir. Aparecia somente isso, e era melhor do que árvores, calendários e jornais perdendo folhas e ganhando letras.

Minha vida foi um pouco assim. A vida de um boneco para quem o decorrer dos anos significou uma lenta caminhada na qual tantas coisas passaram rapidamente.

Eu me olho e vejo um escritor que publicou alguns livros corretos e fáceis de esquecer, que editou algumas antologias mais ou menos respeitadas pelos colegas (pecarei por soberba se me considero responsável por ter descoberto um jovem médico inglês que acabou gozando de certa fama, primeiro como imaginador de catástrofes ambientais, e depois como narrador de paisagens terminais, piscinas desidratadas e desvairadas coreografias sociais nas quais, de repente, todos descobrem que não há motivos razoáveis para não perder o juízo?). Alguém que – com a chegada da televisão – foi um dos roteiristas mais respeitados da hoje lendária série *The Grey Area* ("Você é o melhor adaptador que conheço, Isaac", me disse algumas vezes o anfitrião do programa; e eu nunca soube se isso era um elogio frio ou um insulto cálido; eu continuava lendo contos fantásticos de ficção científica e sugeria candidatos e até assinei um roteiro considerado um dos mais lembrados da série: *The Traveller*, algo sobre um homem doente que viaja aos últimos dias do Império Asteca) e que mais tarde se juntou ao time de escritores de *Star Bound* (eu, ainda que ninguém admita, tive a ideia de criar o oficial frio e calculista Lok, o membro mais interessante dessa tripulação de funcionários siderais vestidos com seus pijamas colados; eu, também, sou o autor de um dos episódios mais admirados de *Star Bound*:

"A Message from Urkh 24", título através do qual, tem alguém aí?, eu enviava uma piscadela travessa ao autor de *Evasão*). E, ok, confesso: eu também estive envolvido num daqueles filmes para adolescentes, com jovens atores de penteado aerodinâmico e jovens atrizes de blusas justas e peitos mais aerodinâmicos ainda, que começavam, sempre, dentro de um automóvel com formato de nave espacial, estacionado de um lado da estrada, entre beijos e carícias e respiração ofegante e, de repente, um resplendor no céu e um meteoro se espatifando num bosque perto dali, e o resto vocês já sabem, já viram tantas vezes...

Eu me olho da mesma maneira como se observa uma relíquia, e compreendo que fui um péssimo turista (contemplei exatamente com os mesmos olhos um colossal calendário pré-colombiano, uma torre de aço, um afresco no qual Deus estendia sua mão sem chegar a alcançar a mão do homem) e um amante que nunca quis amar (os nomes de algumas mulheres, inclusive o daquela que me acompanhou durante um curtíssimo casamento – uma atriz coadjuvante que atuava em *Star Bound* no papel de "embaixadora de Ípsilon" e que depois me contou que "achava que os seus profundos silêncios eram inteligência, mas agora me dou conta de que é porque você não tem nada de interessante a dizer" – são, para mim, menos importantes, mas tão distantes como os nomes de nebulosas constelações).

Talvez, agora penso, fui um homem que – de forma consciente ou inconsciente, hoje, depois d'O Incidente, entendo isso com uma mescla de alívio e pena – decidiu que não precisava viver ou sentir muito, pois estava ocupado tentando lembrar os dias mais transcendentais de sua vida. Um homem que, de quando em quando, nos momentos menos esperados e de maneira um pouco obscura, recebia notícias intermitentes de provas irrefutáveis de vida inteligente de um remoto e – posso senti-lo, soa a resposta de seu eco na tela do radar e quase posso enxergá-lo – cada vez mais próximo planeta chamado Passado.

Mas, antes de aterrissar sobre a sua superfície repleta de desníveis de relevo, crateras e catacumbas, cabe analisar as observações anteriores, as transmissões difusas, as fotografias imprecisas, porém reveladoras, de uma presença inegável, um corpo flutuante na escuridão.

E como foram as nossas comunicações – os contatos entre mim e Ezra – ao longo do tempo.

Como *ver* um homem invisível que, em sua inapelável ausência, sempre parece estar exatamente aí, respirando sobre o nosso ombro, lendo o que escrevemos.

Não há tecnologia suficientemente avançada para isso.

Por isso, os meios de comunicação que utilizávamos eram primitivos demais.

Ezra tinha me dado o código de uma caixa postal na qual eu, de tempos em tempos, remetia pacotes de diferentes longitudes e intensidade. Páginas que iam de uma insone confissão à meia-noite ao *sketch* de costumes, que o colocava em dia com as batalhas e tréguas que ocorriam no cada vez menor e moribundo planeta da ficção científica, e também o deixava a par de quando ocorria um eventual e cada vez mais raro acontecimento insólito.

Como o que aconteceu naquele dia em que um conhecido e problemático magnata invadiu, sem aviso prévio, uma convenção de escritores de literatura fantástica em Milford, Pensilvânia, e subiu no palco, onde pronunciou com paixão alucinada um discurso igualmente comovente e aterrorizante; pois, de repente, tivemos a tremenda descoberta que talvez o nosso mais dedicado seguidor estivesse louco. Palavras descarriladas, porém muito mais poderosas e carregadas de emoção que qualquer um de nossos pronunciamentos, que, nessa época, estavam cada vez mais levianos e apáticos. Nos reuníamos, com rostos embalsamados de bocejos, em anfiteatros universitários grandes demais para o público que conseguíamos reunir. Nossas vozes ricocheteavam nos ângulos dos imensos lugares que devolviam o triste eco do nosso desamparo. Muitos dos assistentes apareciam fantasiados de personagem principal de sua série favorita: orelhas pontiagudas e olhos na testa. Seres desesperados que precisavam se considerar extraterrestres por alguns momentos para poder suportar seus muitos dias nesta terra. Seres que não se interessam nem um pouco pela escrita, mas que, não obstante, precisavam desesperadamente que alguém os *lesse*. E, apesar disso, não tinham esmero, e tentavam, em vão, apaziguar seu vício insaciável em *merchandising* gastando as economias em brinquedos que sequer tiravam da caixa para que "não desvalorizassem". Praticavam duelos estúpidos com barulhentos sabres de luz. E quase choravam diante de réplicas desses robôs tão enfadonhos – sabem a que me refiro, nunca consigo lembrar as siglas de seus nomes, e é melhor assim.

E o pior de tudo não eram os nossos seguidores absurdos (dotados de um jeito patético que nada tinha em comum com o nosso, da época em que éramos iniciantes, quando nosso jeito parecia épico, pois éramos filhos da Grande Depressão, e nosso amor pelo futuro se devia a uma ausência absoluta de presente, e não, como aconteceu décadas depois, à presença de um agora que parecia invulnerável e eterno na sua quietude e permanência), e sim alguns novos escritores que apareciam nas reuniões. Indivíduos estranhos. Fãs da quarta geração de Darlingskill e viciados em romances que antecipavam, movidos pela emoção, a chegada de um Quarto Reich que acabaria "com todas as sub-raças", assim como o advento e a ascensão de um novo messias psicodélico. Coisas do tipo. A ficção científica como poluição e catarse. A ficção científica como lugar que os incluísse e os dignificasse. Muitos deles, eu pensava, se tornariam assassinos ou assassinados por si mesmos na tentativa de seguir os cérebros parcial ou totalmente eclipsados de gente como Zack – que já começava a ser endeusado na França –, que estava mais uma vez ali, nas convenções, tagarelando sobre o nosso presente visto como um resplendor fugaz no espelho deformado do Império Romano, que nunca caiu de fato, e continuava de pé, nos contemplando com uma mescla da admiração e do respeito que se dedicam aos gladiadores cansados na arena cada vez mais manchada de vermelho.

Sim, nos reuníamos, quase por inércia, para discutir sistemas solares e raças distantes enquanto lá fora jovens rugiam, negando-se a participar de guerras exóticas. Muitos de nós, por outro lado, éramos veteranos de batalhas mais íntimas e nos incomodava o momento em que nos reconhecíamos, depois de tantos anos sem nos ver, nesses salões cobertos com pôsteres do último filme com invasores, como se fôssemos abduzidos dentro de nossos próprios corpos. Corpos velhos para nós, mas que eram uma novidade arruinada para aqueles que tinham uma lembrança diferente de como éramos e nunca voltaríamos a ser, e – de repente, compreendi – eles também nunca voltariam a ser.

As palavras do milionário que tinha um sobrenome perfumado foram fielmente registradas por vários gravadores e eu as transcrevi e enviei a Ezra, precedidas pelas palavras: "Nem tudo está perdido: os extraterrestres parecem nos amar". Foi isso o que disse o filantropo enlouquecido que – soube depois – estava prestes a ser declarado demente por uma variedade de advogados interessados em assumir o controle de sua fortuna:

"Amo vocês, filhos da mãe. Seus livros são os únicos que leio. São meu alimento e minha razão de ser. Meu destino. Vocês são os únicos que se ocupam das mudanças *realmente* impressionantes que estão ocorrendo, os únicos loucos o bastante para compreender que a vida, em si, não passa de uma viagem espacial. Uma viagem que não é exatamente curta, mas se estenderá por bilhões de anos. Vocês são os únicos com coragem suficiente para se preocupar *de verdade* com o futuro, os únicos capacitados a entender *a sério* o que as máquinas estão fazendo, o que as guerras estão nos causando, o que as cidades estão fazendo com a gente, o que as ideias mais simples e grandiosas fazem conosco, o que os maiores erros, acidentes e catástrofes estão fazendo. Vocês são os únicos malucos de verdade para se preocupar com tempos e distâncias sem limites, com mistérios que jamais morrerão, com o fato de que é exatamente agora que estamos decidindo se a travessia interestelar do próximo bilhão de anos será um paraíso ou um inferno".

Transcrevi tudo isso e, sim, senti vergonha e pena por não poder me reconhecer nessas palavras. Para mim, o futuro tinha se tornado uma profissão, um modo de vida. Nada mais. Nada me interessava menos do que o futuro cada vez menor, comparado com um passado cada vez maior.

Os comunicados de Ezra, no entanto, não chegavam por escrito, e sim à velocidade do som, em geral no meio da noite, via telefone. Eu escutava o toque na escuridão e atendia, e, vinda de um lugar sem dúvida distante, estaladiça de tantas interferências e do som de insetos eletrônicos que cravavam seus ferrões na linha, estava a sua voz:

"Não diga nada. Não pergunte nada. Apenas escute... Não importa o local e a data em que isto aconteceu. Não importa o contexto ou os nomes. É tudo confidencial. Tudo é *top-secret*. Foi nisso que a minha vida se transformou. De modo que me limitarei a dizer que tudo isso ocorre em uma pequena ilha de um imenso atol no Pacífico. Ou, se preferir, em Washington D.C. Aqui e ali, a radioatividade é a mesma. Altos níveis de radiação, às vezes física, às vezes mental, igualmente contaminável. Sabia, Isaac, que os criadores da bomba atômica nunca pensaram nos efeitos residuais, no que aconteceria *depois* e *para além* da explosão? Eles apenas pensaram no instante do estrondo e não nas consequências de sua onda expansiva. E talvez seja esse o problema: os cientistas verdadeiros quase nunca leem ficção científica. Seja como for, o protagonista desta conversa que, sinto muito, é um monólogo, atende pela alcunha de Doutor C. A inicial desse sobrenome que escondo é, na verdade, uma versão anglicizada de seu verdadeiro sobrenome italiano, que começa com a letra B. O Doutor C. está sendo interrogado por um comitê especial e, quando perguntam o motivo da sua troca de sobrenome, ele responde: 'Mudei meu nome por vários motivos. Era difícil de soletrar, pronunciar, ser compreendido e apreciado por muitas pessoas deste país que costumam se sentir imediatamente ameaçadas por um sobrenome estrangeiro. Mudei meu sobrenome da mesma maneira como alguém muda de moeda quando viaja a outro país'. O Doutor C. me disse, dias atrás, que tinha certeza que, todas as manhãs, um pássaro pousava em sua janela e entoava o seu nome de forma melodiosa. O Doutor C. está sendo interrogado por um comitê de especialistas cada vez mais preocupados com a oposição apaixonada de Doutor C. à exploração de regiões fora de nosso sistema solar. Ficou claro que os membros do comitê, que não são cientistas, mas burocratas ou empregados do governo, *esses sim* leem ficção científica, e estão mais do que preocupados com os avanços das outras nações nesse assunto. São pessoas assustadas. O Doutor C. explica que isso tudo é uma bobagem, ainda que admita ser prematuro concluir que somos a única civilização mais ou menos inteligente no universo. O Doutor C. oferece várias teorias a respeito. Jargão especializado que não vem ao caso e que não repito aqui para você não cair no sono. Sinais 'interessantes' em Tau Ceti, Constante de Planck, massas óticas, tempestades magnéticas, essas coisas que soam muito melhores quando não são explicadas e conservam o mistério puro das letras que formam as palavras. Um dos oficiais do comitê decide mudar a polaridade das perguntas e se refere ao 'caráter instável' do Doutor C. e a outros vários episódios que registram um temperamento explosivo. O Doutor C. arrancou as persianas de escritórios, esbofeteou subalternos, insultou aeromoças da linha aérea Pan Am, entrou numa igreja gritando que sabia qual era o local exato que Jesus usou de esconderijo esses anos todos, e arremessou um cinzeiro de quartzo em um colega durante um simpósio no qual postulava a anatomia mais adequada para um foguete destinado a levar colonos humanos a uma estrela cujo nome também não posso revelar, ainda que não importe muito: poucas coisas são menos reveladoras do que nomes de estrelas, acho. Os nomes de estrelas são, quase sempre, como os nomes dos remédios mais caros. Outro oficial abre uma maleta e começa a recitar cifras correspondentes a fundos governamentais que Doutor C. não soube administrar adequadamente, aplicando-os de forma exclusiva no desenvolvimento de armas teleguiadas e, conforme lê em um relato, em 'um programa de computador que nos permitirá ganhar sempre dos enxadristas soviéticos'. Alguém mais se refere a uma epidemia na base sob comando de Doutor C. causada, supostamente, por micróbios – 'um fungo do tipo Loremendrum' – que se reproduzem no combustível para mísseis de médio e longo alcance. O Doutor C. sorri, não protesta e, quando perguntam se ele acredita que haverá um inevitável conflito atômico, responde que sim e que, caso tenhamos de contemplar uma derrota, 'eu me pronunciaria a favor da destruição do planeta. Se não pudermos sobreviver, temos o pleno direito de destruir a Terra'. Neste momento, ocorreu o que mais interessa contar a você, algo equivalente a uma espécie de resposta espelhada e codificada à sua história do milionário supostamente louco. O que aconteceu foi que um homem idoso do comitê levanta a mão, que treme, pede a palavra e, com a voz fraca – mas que, ao mesmo tempo, parece alcançar, com intensidade intimidante, o ponto mais distante do lugar –, começa a falar dos amanheceres no pequeno povoado de sua infância, das cinco guerras que aconteceram durante a sua longa vida e da irresponsabilidade do mau uso de 'poderes prometeicos' para terminar soluçando um 'Ah, por favor, por favor, não destrua nosso mundo'. Depois dessa irrupção, cai um silêncio fraturado por uma nova série de perguntas um tanto estranhas. O Doutor C. admite que não lê nada além de romances de faroeste, reconhece que sabe tocar violino e, para demonstrar, saca o instrumento em questão de uma bolsa e executa toscamente uma peça muito simples de Bach; o que emociona o idoso, que emenda um discurso epifânico e alegórico destinado a habitantes de outras galáxias e conclui, antes de cair no pranto, com um 'Venham, venham logo a esta Terra... seus habitantes criaram belos jogos para capturar o coração ardente dos jovens. Inventaram cerimônias para exaltar o amor entre homens e mulheres. Vamos logo! Vamos lá!'. Então, depois de um silêncio incômodo, alguém pergunta ao Doutor C. se ele tem um filho e este, com a voz gelada, responde que sim, e que ele se encontra hospitalizado. Então, uma enfermeira fica de pé e oferece um testemunho de como o Doutor C. sempre tratou com crueldade seu filho, trancando-o em armários sem comida ou água por um dia inteiro, e, de repente, uma porta se abre e entra um homem adulto de cabelos brancos e traços mongoloides gritando 'Papai... Papai... Está chovendo', e então algo parece se romper no Doutor C., algo que nunca poderá ser consertado, e seu filho diz: 'Fica comigo, papai, está chovendo e eu quero ficar com você para sempre... Eu escrevo para você o tempo todo e você nunca responde as minhas cartas. Por quê?'. O Doutor C. olha para frente, sem encarar seu filho, olha como se encarasse um pelotão de fuzilamento ou a enseada, depois de muitas semanas em alto-mar, e responde: 'Não respondo as suas cartas porque elas me envergonham e porque, apesar de eu ter lhe enviado papel de carta de boa qualidade e envelopes, você me escreve em papel higiênico com uma letra incompreensível. Tenho vergonha de receber suas cartas, tenho vergonha de vê-las e elas me lembram de tudo que mais detesto na vida'. Dito isso, levam o filho embora, e o pai, o Doutor C., senta-se e fecha os olhos. E quando os abre, é como se nada tivesse acontecido, como se apenas com a força da vontade Doutor C. conseguisse apagar tudo de sua memória recente, como se tivesse ordenado que retirassem os pratos depois de um jantar muito longo e pesado. A seguir, quando os gritos do filho de Doutor C. se apagam, afastando-se pelo corredor, alguém propõe remover todos os poderes, credenciais e passes de segurança do Doutor C., e a moção é aprovada por unanimidade. E isso é tudo que tenho para contar hoje, amigo. Tarefa de casa: Quem é o Doutor C.? Boa noite e bons sonhos."

Um mês depois, o telefone – um telefone pesado de baquelite preta que me acompanhou por quase toda a vida e que me recuso a abandonar – volta a tocar perto da meia-noite. É dezembro e cai uma nevasca pesada. Lá fora, nas salas das casas, do outro lado das janelas, o resplendor intermitente das árvores de natal dá a impressão de que a rua se transformou em uma pista de aterrissagem e decolagem para trenós ou o que for.

A voz de Ezra – mais distante que o normal, ao fundo se distingue uma conversa em um idioma que não consigo identificar, trovões e gritos de pássaros e bestas – fala apenas: "Olá, Isaac. Liguei para dizer que não voltarei a falar contigo".

E isso é a última coisa que soube de Ezra por muitos anos, até algumas noites atrás, quando começa aquilo que passei a chamar de O Incidente.

De todas as formas de medo, o ser humano criou poucas tão eficazes como a de um telefone tocando no meio da noite.

Não há efeito especial mais eficiente do que este: um homem a sós, em uma casa às escuras, que não espera que ninguém ligue para ele, porque se considera o último ser vivo de sua história. E, de repente, o som, que se transforma em um ruído. Então a pessoa se levanta e caminha, quase flutuando de sono, avançando pelos corredores de uma nave espacial morta que nunca voltará para casa porque se transformou em um lar. Quando se aproxima do telefone, demora alguns segundos antes de atender. Alguns gritos a mais. Já falei: trata-se de um daqueles modelos antigos e pesados cujo toque soa mais orgânico do que eletrônico, como se fosse o uivo de um animal treinado para despertar a pessoa. E olha fixo para o telefone, como se não acreditasse que está funcionando.

Há tanto tempo não tocava (de quando em quando, o homem colava o ouvido no aparelho para comprovar que ainda funcionava e, portanto, o absurdo de sua existência nesse lugar) e agora toca outra vez, e finalmente tira do gancho e escuta uma voz próxima que se ouve ainda mais próxima:

"Aqui é o Ezra", diz a voz, "preciso te encontrar".

Não voltei a me deitar logo depois da ligação de Ezra. Não faria sentido: sua voz no telefone me tirou o sono (sempre me orgulhei de ser um velho que dorme como um bebê) e preparei uma garrafa térmica de café e comecei a revisar papéis do passado, como se me preparasse para uma prova e temesse não conseguir me lembrar de algum detalhe importante ou não saber responder uma pergunta decisiva. Fiquei surpreso de constatar que tinha pouca coisa. Poucos objetos e documentos capazes de provocar algum eco, de trazer de volta algo tão distante.

Dentro de uma caixa encontrei um caderno que tinha escrito na capa MANUAL DO JOVEM VIAJANTE ESPACIAL / INSTRUÇÕES DE COMO SE MOVIMENTAR, RELACIONAR E PROSPERAR TANTO NESTE COMO EM OUTROS PLANETAS DE ACORDO COM OS PRECEITOS DE EZRA LEVENTHAL (ARCANO REX DA VIA LÁCTEA), cujas páginas se desfizeram nos meus dedos ao folheá-las. Senti uma tontura e decidi que o melhor era ficar quieto e parado, sentar próximo à janela. Mas, de repente, a lentidão quase sádica do amanhecer me fez sentir o peso de cada um dos minutos nas poucas horas que faltavam para o meu encontro com Ezra.

Não há nada mais insuportável do que a proximidade súbita de algo que esperamos por tanto tempo: podemos aceitar sua distância, mas a proximidade imprevista se mostra insuportável.

Fui até a minha biblioteca e decidi que o melhor seria ler algo. Procurei meu exemplar de *Os tempos sem tempo* e não consegui encontrá-lo. O mesmo ocorreu com *Damitax* ou *Krakhma-Zarr*. Não estavam no local que eu jurava tê-los visto e folheado alguns dias atrás. Também não estava ali nenhum livro meu. De repente, minha biblioteca estava cheia de livros de autores que eu não me lembrava de ter lido. Eram – facilmente identificados, graças às capas com foguetes e robôs – livros de ficção científica. Mas, quem eram esses autores? Asimov, Clarke, Lovecraft, Bradbury, Sturgeon... De onde surgiram? O que faziam ali?

Algo estranho estava acontecendo e preferi não pensar que algo estranho estivesse acontecendo *comigo*. Tudo isso, pensei, não podia ser outra coisa que não o efeito da emoção de voltar a escutar a voz de Ezra, de saber que, em breve, voltaria a vê-lo.

Decidi não pensar mais sobre o assunto, atribuí o episódio a um último resquício de sonho, deixei os livros desconhecidos no lugar onde deveriam estar os livros conhecidos, falei que tudo voltaria ao normal e, sem me dar ao trabalho de comprovar o fato, caminhei tremendo até o banheiro, tomei uma ducha, saí para a rua e comecei a caminhar rumo à estação de metrô.

Foi no momento em que o ar estava cheio de jornais voando.

Então, o feliz espanto de ver alguém que não se vê faz tempo. Ver alguém que não vemos há anos equivale a *ver* o tempo. O tempo que passou, o tempo que não para de passar.

A mesma impressão que a pessoa tem ao contemplar, pela primeira vez, o milagre crível de um relógio aberto. Eu me refiro, é claro, aos relógios clássicos – muito mais *expressivos* que a fria luz vermelha e elétrica dos aparelhos digitais – cujos ponteiros são alfinetes que acabam te cravando junto com uma etiqueta/epitáfio que, se você tiver sorte, servirá de identificação para a posteridade. Nele, todas as minúsculas peças, engrenagens, molas e parafusos estão dando um impulso, dentro de um espaço frágil e pequeno, à sólida imensidão dos séculos.

Assim, ver alguém depois de tantos anos é como contemplar outra parte desse mecanismo. Uma parte invisível, mas que está ali, que não estava de início, mas que não parou de crescer: a parte que mostra o que o tempo causou nesse mecanismo. A erosão brutal de uma carícia de anos, uma carícia que não para de acariciar um rosto e um sorriso.

Ezra sorri.

Cruzei uma ponte e voltei a esta cidade e subi ao alto desta torre e as portas do elevador abriram e caminhei até o número na porta que Ezra me indicou e toquei e ninguém atendeu. Então girei a maçaneta e entrei em um imenso ambiente vazio, que ocupava todo o andar, que dava a volta completa no edifício. Um quarto vazio com vista para a cidade e um céu azul e limpo. Então eu o vi. Em um canto do recinto, sobre um tapete vermelho e brilhante que causava uma irritação imediata nos olhos, havia uma escrivaninha e duas cadeiras, e em uma delas estava sentado Ezra. E Ezra parecia ter essa qualidade entre o líquido e o gasoso que adquire quem se encontra no ponto mais distante de uma estrada ou ao final da pista de um aeroporto. Ezra como algo que não é completamente sólido. Ezra desenhado com as aquarelas e cores de uma miragem.

Caminho até ele. Foram poucos metros que pareceram quilômetros. Tremo. Não parei de tremer desde que saí de casa, de manhã, sem saber ao certo por que tremia. Agora, pelo menos, sei que tremo de emoção e de medo por me dar conta de que o conhecido pode, também, ser desconhecido.

Olho Ezra e o reconheço, mas, ao passo que me aproximo dele, vejo Ezra e não tenho certeza de que este é o Ezra que conheci. E o estranhamento não se deve apenas ao decorrer dos anos, à distância de décadas que foram subitamente reduzidas a segundos que me separavam agora de Ezra. Ezra fica de pé e caminha em minha direção não com a dificuldade que tinha na juventude, mas com uma graça incomum. Como antes, parece incapaz de andar em linha reta, continua se deslocando em diagonal. Como antes, mais uma vez, dá a impressão de que anda sobre rodas, como se estivesse suspenso a um par de centímetros do solo. Mas agora, o efeito era mais bem executado, pois não dependia de um considerável trabalho muscular que deformava os jovens músculos do rosto de Ezra por causa do esforço. Agora – suas pernas emitiam um zunido mecânico – Ezra caminhava imutável, com um sorriso perfeito. Abro meus braços e vou em sua direção e Ezra retrocede e diz: "Cuidado, Isaac! Ainda não tenho certeza de que seja conveniente que nos abracemos... Nossas composições interdimensionais poderiam ser incompatíveis e o contato poderia causar um cataclismo cósmico... E, sim, essa terminologia soa um tanto absurda, parece tirada de algo que o Jeff escreveu, se é que podemos chamar aquilo de escrever, não é?". Depois, ante meu desconcerto, Ezra sorri mais uma vez e me observa curvando um pouco a cabeça. Prefiro não imaginar o que ele está pensando ao me ver. Minha boa saúde não foi acompanhada por uma – parafraseando a língua *sci-fi*, não me ocorre outra maneira de pensar ou dizer isso – "adequada conservação dos tecidos faciais" ou algo assim. Suponho que um experiente viajante do passado poderia reconhecer, no panorama agora devastado do meu rosto, resíduo dos jardins com longos sulcos de ontem. A quem puder fazer isso, boa sorte e obrigado pelo esforço. Eu já não consigo.

O que aconteceu a Ezra foi, entretanto, mais estranho. Ezra não tinha envelhecido. O seu processo parecia ter sido mais de fossilização. Tudo – sua pele tinha aquele bronzeado permanente de quem se expôs demais ao sol sem tomar precauções – estava igual, mas também dissecado, reduzido ou destilado a uma expressão mínima, que era a mais expressiva. Eu tinha visto rostos como o dele em museus, nos restos imortais de faraós e imperadores. A pele sobre os ossos tão esticada como uma tela sobre a qual, com o passar dos anos, já pintaram tudo o que existe no mundo e, quando não sobra nada mais a pintar, só resta a aplicação de uma última camada de branco que não chega a ocultar ou cobrir o que está por baixo. Assim, Ezra, de perto, parece ter todas as idades ao mesmo tempo. Seus traços parecem não aceitar ficar quietos e fluem para trás e para frente, deixando a sensação perturbadora de se estar contemplando uma caveira insegura quanto à roupa que deve vestir para sair à rua. Compreendo que estou vendo mais do que Ezra: uma espécie de projeção de Ezra. Algo que solta um murmúrio ruidoso de energia: o fantasma da eletricidade uivando nos ossos de seu rosto. Ezra sorri e é um desses sorrisos que mordem.

Quero falar algo – Ezra levanta a mão – e descubro que não posso falar nada, que não tenho o que dizer, alguém resolveu baixar o volume da minha voz.

Ezra fala.

Ezra fala e, ao falar, me lembra aqueles filmes estrangeiros mal dublados em inglês: o movimento dos lábios está fora de sincronia com o som das palavras. Ezra fala e não entendo tudo o que me diz, às vezes suas palavras são cobertas por uma onda de estática. Mas o escuto como se estivesse lendo legendas que passam à altura de seu peito e as memorizo enquanto leio, sem a necessidade de reler linha alguma. Sou o seu melhor e insuperável aluno. Mais do que ouvir, vejo suas palavras e vou anotando-as sobre a superfície subitamente hospitalar de minha memória.

Ezra fala e suas primeiras frases são curtas, mas, à medida que as enuncia, vão se tornando mais longas.

Ezra fala:

"Coisas muito estranhas vêm acontecendo".

"Bem-vindo à Era das Coisas Estranhas, Isaac".

"O frio".

"Como ela pôde nos abandonar?"

"Um mundo sem ela ao nosso lado é um mundo destrutível".

"*Evasão*".

“Todos os tempos ao mesmo tempo, Isaac”.

“Ela, você se lembra?”.

“Dias atrás ou em alguns anos, voltei a vê-la”.

“No deserto”.

“Como ela pôde nos abandonar? Como pôde [*incompreensível*] fazer isso conosco?”.

“O palácio da memória... Minha memória não é um palácio. Minha memória é uma nave espacial girando em uma órbita morta ao redor do passado. Lá estou eu, de lá envio transmissões, em transe, como um disc-jockey da meia-noite”.

“Todas essas páginas. Todos esses entardeceres. Não sei como, mas eu as recebia em qualquer lugar, em todas as partes. Em embaixadas, bunkers e laboratórios subterrâneos, e logo compreendi que, como pensei desde o início, você não podia ser o autor de tudo aquilo. Você nunca escreveu tão bem. Eu também não. Logo soube que [*incompreensível*] a sua maneira de nos explicar o inexplicável”.

“Vi coisas demais. Vi tantas coisas que, agora, a sensação não é a de ver, e sim a de armazenar. Cada paisagem nova é um objeto a mais que se entrega e se deposita na ponta dos meus olhos, e, em seguida, se desloca cérebro acima e se amontoa em algum cômodo, ao lado de tantas outras coisas. Todas as noites rezo para que acabe o espaço disponível, para que não entre mais nada ali".

"A ideia tão ingênua de fazer máquinas e computadores cada vez mais parecidos com o homem quando, na verdade, o que se procura, o que desejam que eu encontre, é o oposto: que os homens se pareçam cada vez mais com as máquinas. Que pensem de forma sequencial, linear e apenas em uma coisa. Que não se distraiam pensando na ordem que recebem, e sim que apenas obedeçam a essa ordem... Ficou claro que, a muitos dos meus superiores, os resultados que obtive pareceram um tanto [*incompreensível*] em relação ao que se pretendia [*incompreensível*] e daí tive que procurar novos... digamos... patrocinadores e [*incompreensível*] cá estou eu".

"Liberdade de escolha? Livre-arbítrio? Para quê? Aonde chegamos pensando assim? Escolher a melhor maneira de nos destruirmos. Matar uns aos outros. Mas sempre de maneira parcial, pouco eficaz [*incompreensível*], postergando o final. Então, por que não simplificar a questão, facilitar a realização e [*incompreensível*] de uma vez por todas".

"Chegando ao cérebro e entrando à força, quebrando tudo que estiver no caminho no centro da memória [*incompreensível*] até que nenhum desses neurotransmissores incômodos continue funcionando, pois a única coisa que fazem é nos distrair do objetivo definitivo e absoluto".

"Sem sentimentos. Sem distrações. Sem dúvidas. Sem temores. Sem lembranças".

"Cada vez que consigo esquecê-la, não sei como, ela dá um jeito de voltar, para que eu lembre dela".

"Lembre-se. Lembre de tantas coisas que não posso me permitir lembrar porque [*incompreensível*] pouco apropriado".

"Lembre-se. Eu agora me esqueço de tudo perfeitamente: eu e você, trabalhando juntos sob a luz da Lua. A tempestade passou e não faz frio. Ou talvez seja o calor do nosso entusiasmo o que nos mantém abrigados e [*incompreensível*] para enfrentar a [*incompreensível*]. Somos os heróis de nossa lenda favorita. Somos, de repente, graças a ela, lendários".

"Lembre-se. Eu e você na neve e ela nos observando da janela. É uma imagem com certeza romântica: a bela prisioneira na torre mais alta do castelo e os dedicados cavaleiros que não se atrevem a resgatá-la. E a novidade do amor compartilhado – os irmãos de sangue e de seita são agora, também, irmãos de amor – faz com que eles se sintam invulneráveis, sim, mas não sabem o que fazer com toda essa força. Há momentos em que pensam que vão explodir. Combustão espontânea. Fulminados pela paixão que seus corpos e mentes geram".

"Ela. A neve. Seu cabelo solto. Nos olhando".

"Lembre-se. Passaram algumas horas desde a grande discussão. Todos contra todos. Os Futurianos, Os Cósmicos, Os Futurísticos, Os Dimensionais, Os Astronômicos, Os Futuréxicos. Questões políticas. Os que pensam que a ficção científica deve ser uma ferramenta para o novo homem, para o herói da classe trabalhadora. As ficções das revoluções. As máquinas trabalhando para a grande mudança. E os que preferem se sentir como uns aristocratas cósmicos e preservar as estrelas para uso exclusivo de uma elite. Lá estamos nós. Eu e você. E Jeff. Que pede a palavra para ler algo que considera 'imprescindível e esclarecedor'. E as risadas. As risadas".

"'Vocês vão ver só! Vocês vão ver!', grita".

"Lembre-se. Foi quando tudo começou. Desde então, vivemos um eterno final".

"Lembre-se. Uma noite sem igual. Uma noite como a que aparece em certos quadros. Ela. E eu e você. Nós dois começamos a erguer bonecos de neve. Um atrás do outro. Não são os bonecos comuns, aquele acúmulo tosco de bolas de neve. Não. Usamos galhos e desmontamos uma cerca de madeira de uma casa próxima. Nossos bonecos de neve são *homens* de neve: têm forma de homens. Fazemos outro e outro e outro até perdermos a conta e ela nos observa da janela. Está escuro e não temos certeza se ela chora ou sorri. As duas coisas, provavelmente. Ao mesmo tempo. Já disse, Isaac: todos os tempos ao mesmo tempo. E quando terminamos os homens de neve, sem trocar uma palavra, porque de repente é como se soubéssemos exatamente o que o outro está pensando, começamos a montar uma bola de neve gigantesca. Um planeta. Um planeta para ela. De repente, vem o amanhecer, de repente, surge a luz metálica do amanhecer, e lá estamos nós. De pé junto aos homens de neve. Sentíamos que éramos poucos, tão poucos. Sentíamos que éramos insuficientes e indignos de conter tanto amor por ela. Por isso, como se fôssemos pequenos e humildes deuses, criamos e construímos outros. Tantos outros que nos ajudaram a contar para ela o que fizemos por ela. Que sentíamos que [*incompreensível*] juntos, para sempre. E que tínhamos, como testemunha, todos esses adoradores que criamos por ela e para ela, todos esses habitantes desse planeta que era dela e nosso, e que vieram de um lugar muito distante sem se importar com o fato de que começariam a derreter muito em breve, cada vez mais rápido, quando o sol saísse".

"Não se esqueça nunca. Chegou a hora de lembrar para sempre".

"Olhe para nós".

E Ezra põe a mão no bolso interno do casaco, retira uma fotografia, me entrega, e sinto cócegas na ponta dos dedos quando pego a foto e a olho e ali estamos: Ezra e eu e ela. Eu e Ezra olhamos sérios para a câmera, mas ela está rindo. Rindo à beça. Ri como se fosse a inventora oficial e inquestionável das gargalhadas. A dona da patente mostrando ao mundo sua invenção com orgulho, com todos os dentes. Ao vê-la – e, de repente, lembrando dela e da força de seu amor por nós e do nosso amor por ela –, eu me lembro de tudo.

Então acontece algo estranho. Não que o ocorrido até agora não tenha sido estranho; mas acontece algo ainda mais estranho. Então, lá dentro, na torre, mesmo com o dia de sol cada vez mais intenso lá fora, começa a nevar. E olho para Ezra e Ezra é o Ezra que algum dia foi e não preciso me olhar – sinto uma vibração em todo o meu rosto, como se alguém corrigisse traços, retocasse detalhes – para me dar conta de que eu também sou quem já fui.

Somos, outra vez, jovens com toda a neve pela frente.

Ezra sorri.

"Até a próxima, amigo."

Eu sorrio.

E, de repente, um rugido horizontal faz tremer os vitrais e eu e Ezra olhamos para o céu e mal conseguimos ver o avião, primeiro em um ponto extremo do céu e de repente tão próximo, chocando-se contra a torre, contra nós.

Ezra fala:

"Lembre-se, Isaac: momentos maravilhosos".

E eu me senti feliz. Me senti renovado. Me senti em paz. Tudo desaparecia ao meu redor e eu, enfim, era parte desse todo. De repente, eu tinha uma explicação para o que tinha acontecido. Eu, no último segundo de minha vida, tinha consciência de tudo. Das muitas, excessivas, variáveis. Da infinidade de encontros ao longo de tanto tempo. De todos os finais possíveis que ocorreram ou não – acidente de caça, atravessar uma rua e nunca chegar ao outro lado, um ferimento no peito enquanto se come uma fatia de bolo no café do museu, afundar com um bote de pesca durante uma dessas tempestades que surgem sem aviso – e desse final que agora ocorria.

Eu pensei que, enfim, havia chegado a hora de descansar, de morrer, de viajar para bem longe, de subir aos céus.

O céu está cheio de mortos, porque os vivos, quando morrem, vão para o céu. Ou pelo menos é isso que – mais uma vez a ficção científica – nos ensinam e querem que acreditemos quando somos pequenos. Morremos e vamos para outra parte, para as mais altas alturas, onde viveremos nossa morte.

E então, soube que a morte era a coisa mais bela que já tinha me acontecido na vida.

A morte não era uma luz ao final do túnel.

A morte era o fim de todos os túneis.

E a morte era muito mais curta do que uma vida longa.

De repente eu estava em casa, mas não me lembro de ter voltado para casa. Lembro, sim, do ruído, do avião e do fogo. E recordo, também, que em um trecho de *Evasão* se falava de torres caindo.

Caminho até o rio e nada parece ter mudado. É uma manhã luminosa, a luz do sol reflete contra a superfície branca das torres. Um mímico insiste, com seu estrondoso silêncio, em caminhar contra um vento que não existe. Ele me olha, sorri e acho, não tenho certeza, que eu o insulto com palavras que não costumo pronunciar, que têm um gosto exótico na minha boca.

Recolho o jornal que alguém deixou no banco e descubro que hoje não é hoje.

Hoje é alguns dias antes de hoje.

Eu me pergunto se essa tontura que sinto, essas náuseas, são o efeito de eu ter sido projetado em direção ao passado, se isso é o que se sente quando se volta no tempo, quando o manequim na vitrine é, de repente, de um modelo mais antiquado.

Volto para casa, vou até a estante e escolho um livro ao acaso e abro em qualquer página e leio: "Uma alucinação não é, especificamente, criada dentro do cérebro; uma alucinação é recebida de fora pelo cérebro".

Olho a capa. Não faço ideia de quem é esse Philip K. Dick, mas ele escreve de um jeito muito parecido com o Warren Wilbur Zack.

Depois de alguns dias, volto para a cidade. Volto à cidade na manhã seguinte à visita do jornalista jovem que não era tão jovem.

O mesmo dia, alguns dias depois.

A mesma data, o mesmo clima.

Estou usando a mesma roupa.

Outra vez.

Mas provoquei algumas variações.

Quero saber o que aconteceu, o que está acontecendo comigo.

Marquei uma consulta com um médico, com um especialista.

Não me lembro de nada do que fiz nesses dias, além da chamada telefônica, a breve conversa com uma secretária, o turno cedido para que realizem algo chamado "mapa cerebral", e uma furiosa, porém resignada exploração de jornais e noticiários.

Sem novidades.

É um setembro lento e ordinário, e os últimos dias do verão têm essa aura avermelhada e dourada que prenuncia, sem pressa, o amarelo do outono.

Subo no táxi e, como sempre, quase sem pensar, olho o nome do motorista na licença que fica pendurada no assento dianteiro. Não é um sobrenome indiano, mas europeu, espanhol, que vem depois de um nome anglo-saxão. Na rádio, alguém canta e repete "*I've got you, babe... I got you, babe... I got you, babe...*".

O taxista sorri no espelho retrovisor. "Isaac Goldman, certo?", pergunta. Fico tenso por ele saber o meu nome e o dizer como se tivesse adivinhado ou lido a minha mente. Olho nervoso para a pasta cartonada que contém o meu histórico médico e que seguro contra o peito com afinco, como se fosse um escudo protetor, e comprovo que meu nome não está escrito nela, então lembro que a operadora da companhia de táxis pediu meu nome para marcar o dia e a hora da reserva, e respiro aliviado.

É quando o taxista fala: "Isaac Goldman, o maior escritor de ficção científica de seu tempo". E eu começo a tremer. O taxista continua falando enquanto avançamos pelas ruas arborizadas rumo à ponte e comprovo que, sim, as torres continuam lá, tudo parece normal, a única coisa estranha é esse taxista que agora fala: "Meu pai era um grande fã seu. Leu todos os seus contos. E até gravou em videocassete os episódios que você escreveu dessa série de TV tão legal... Meu pai era louco por robôs e foguetes, essas coisas. Por isso me deu esse nome, que, em espanhol, em Madri, significa *raio*. Meu pai queria que eu viajasse ao espaço. Mas a asma, sabe... Meu pai nunca se recuperou da frustração, e por isso se ofereceu como um dos primeiros voluntários para experimentar essa droga... a que te faz esquecer lembranças indesejadas, tristes, insuportáveis. Meu pai queria esquecer que alguma vez sonhou com um futuro estelar, um futuro nas estrelas. Mas eram os primeiros dias que se falava do assunto, as coisas ainda estavam em desenvolvimento. E esqueceu de tudo. Ele se esqueceu completamente de mim. E agora que penso... Mentira... Pensei muitas vezes desde então: talvez tudo ao seu redor, toda a sua vida, fosse insuportável para ele. Por isso ficou com a mente em branco. Como uma página vazia e nova. Tivemos que interná-lo em um hospital. Por sorte, o dinheiro da indenização do laboratório foi suficiente. Permitiu que eu me mudasse e comprasse o táxi e...".

Eu me pergunto: de que droga este homem está falando? Será que estou tomando essa droga? Seria por causa dela que tenho lacunas cada vez mais profundas e obscuras em minha memória? Não me lembro, mas talvez o não lembrar seja a prova inquestionável de que me submeti a um agora esquecido tratamento para não lembrar de muitas coisas, pois, se vou esquecer questões desagradáveis, imagino que não haja nada mais digno de ser esquecido do que a necessidade de ingerir tal medicamento. Talvez O Incidente não passe de um efeito residual. Uma faísca de revolta do meu cérebro sacudindo as correntes que o prendem. Ou um sinal de que estou há muito tempo tomando remédios sem nem me lembrar deles, ou lembrando apenas o suficiente, uns poucos minutos, para ingerir uma nova dose. Ou talvez meu próprio corpo tenha começado a produzir o composto que não pode esquecer.

Abro a pasta com a papelada, procuro os resultados e conclusões de minha última revisão médica. Não diz nada. Não há nomes estranhos de remédios sofisticados. Apenas o conhecido analgésico para o reumatismo. Um remédio antigo, da época em que tinham nomes que explicavam sua função: Outpainex 600mg.

O taxista continua falando: "... uma menina mexicana. Outro dia desses. E acabou que era a irmã do Manolo 'Bonequinho' Mantra. Sabe, o primeiro cosmonauta mexicano. Aquele que era pequeno. Como um boneco. O que decidiu ficar na Lua, você se lembra? O que cantou canções mexicanas até ficar sem oxigênio... 'Como estou longe da terra onde nasci...', cantava o insignificante astronautinha. A mexicana me disse também que o seu namorado foi mutilado pelas pás de metal de um ventilador industrial e que estava grávida. E me perguntou se eu não poderia arranjar um 'pozinho do esquecimento'. Depois fomos até o seu hotel e ela nadou na piscina, e nunca vi ninguém nadar assim. Deixe eu tentar explicar: era como se, em vez de ela nadar na piscina, era como se a piscina nadasse com ela. Depois fomos para a cama e ela chorava e dizia que queria esquecer tantas coisas, queria esquecer até mesmo a sua vontade de esquecer. Então, ela disse algo que me impressionou, uma frase tão incrível que anotei para não esquecer. Aqui está. Escute: 'A memória é o cão mais burro, você joga um pedaço de pau e ele traz de volta qualquer coisa'. Não é bonito?".

Respondo que sim e pego duas notas na carteira, deixando uma gorjeta generosa.

Na rua, sentado na sarjeta, está um mendigo com um cartaz que diz: "Sou um escritor de ficção científica desempregado que acaba de chegar das colônias de Urkh 24. Por favor, por piedade, preciso de drahleks para comer e recarregar meus androides".

Foi quando – tomando, de repente, a imaginação e o imaginário de meu pai, tanto tempo depois, como se, assim como ele, eu flutuasse apenas para cair – penso em algo na linha de: "Ó, Deus ausente, envie, por favor, um dos seus anjos exterminadores. Traga do futuro um robô implacável de aço e músculo e, rogo, programe-o para que me apague para sempre desta história. Ou, do contrário, obrigue o mais feroz dos lobos a sair de um ovo e entrar pela minha boca. Ele crescerá dentro de mim e sairá destroçando o meu peito e acabará com tudo o que se mexe na nave espacial arruinada de minha vida. Ou, melhor, ordene ao sol para que saia à noite e cante. Cante para mim até queimar os meus olhos aturdidos pela sua voz, que é a sua. Obrigado".

"Obrigado", digo. E não sei por que agradeço. Acho que é um desses reflexos automáticos da velhice: quando alguém chega à minha idade, agradece por tudo a todos, afinal, nunca se sabe: obrigado, por nada, de nada, não há de quê.

Me colocaram dentro de um cilindro de metal.

A assistente me deixou aqui dentro e foi para trás de um painel transparente.

Ela me olhou com esta mistura de admiração e repulsa à qual já me acostumei há tempos: sou muito velho e, ainda assim, continuo bastante ativo (caminho, falo, me alimento sem a ajuda de outros), então, em vez de parecer admirável, causo uma espécie de desconfiança. Gostariam mais de mim, suponho, se eu andasse de cadeira de rodas e precisasse de ajuda para ir ao banheiro. O fato de que recebi um prêmio raramente outorgado – uma velhice quase juvenil – desperta nos jovens a mesma suspeita provocada por um caloteiro de Wall Street ou um jogador profissional de Las Vegas.

Depois, me disse – me ordenou – para não me mexer e avisou que, se eu me movesse, seria necessário recomeçar o processo.

Eles me avisam que passarei por quarenta e cinco minutos de total ausência de movimentos embalada pela música de engrenagens e zunidos.

Perguntam se tenho algum implante metálico. Respondo que não, não que eu me lembre, mas que talvez tenha me encarregado de esquecer a minha participação em alguma guerra ou em algum acidente de trânsito. A assistente acha estranho, e continua recitando o regulamento e as instruções.

Diz que tenho sorte, pois esse modelo de *scanner* é de última geração e que, dentro dele, há uma pequena tela de vídeo que me permite contemplar, em tempo real, o horizonte de Manhattan naquele momento.

Diz que os fabricantes criaram essa inovação por causa da quantidade de pacientes claustrofóbicos que juram que não têm claustrofobia antes de entrar *ali* e daí descobrem que sempre tiveram, que claustrofobia de verdade era outra coisa, não tem nada a ver com um elevador preso entre dois andares ou um vagão de metrô transbordando de tanta gente.

Diz que vou estrear a tela, que sou o primeiro a entrar e ver.

Diz como se fosse um privilégio único, como se estivesse me entregando as chaves de uma cidade ou a tesoura para cortar a fita de inauguração de um estádio.

Diz como se a possibilidade de um tumor se aninhando no meu cérebro fosse uma questão secundária e um tanto incômoda, como um desses convidados que bebem demais e arruínam as festas arremessando taças e insultos ao alto.

Suspeito que ela fale isso quase desejando que eu tenha uma doença horrível e rara, dando oportunidade para que esse aparato maldito detecte a doença e assine com sua impressão digital e digitalizada a minha sentença de morte. Certificaria o começo de meu fim sem precisar de uma segunda opinião, pois, explica a assistente, a precisão e confiabilidade do diagnóstico será de 99,9 por cento.

A assistente – só então noto o seu uniforme de aeromoça mais ou menos futurista – me deixa a sós e lá estou eu, enfim na máquina, em parte um robô, contemplando essa dentadura irregular que é o horizonte de Manhattan.

Tzimtzum... tzimtuzm... tzimtzum... respira o aparelho.

E é quando eu o vejo, quando volto a vê-lo. Como se fosse um episódio velho, mas clássico, de uma série de televisão a que nunca cansamos de assistir. A repetição de O Incidente dentro dessa pequena tela: um avião (vejo que se trata de um avião, não tenho dúvidas, um avião grande) colidindo contra uma das torres, e o som do impacto tão próximo, porque a torre está muito próxima, sua sombra cobre o edifício onde está o consultório. Escuto, também, gritos e choros nos corredores, na sala de espera. E portas que abrem e fecham. E o som assustador de homens e mulheres correndo, mais assustador do que o som emitido pelos animais que correm assustados. Os seres humanos jamais aprenderam a correr da forma certa, penso. Ou, por equívoco, esquecemos disso em nome da civilização. Penso nisso, talvez, para justificar minha imobilidade absoluta, minha obediência que foi quase um ato reflexo à ordem exigida por uma mulher que, com certeza, agora corre escadaria abaixo. Entendo, de repente, que fiquei sozinho aqui dentro. E que deveria sair. Mas não quero estragar tudo e precisar recomeçar o processo desde o início. Já estraguei coisas demais na vida, não quero arruinar minha morte. Então permaneço ali mais um tempo, contemplando na pequena tela as chamas que brotam do lado de um dos edifícios. É quando – eu espero, sei que vai acontecer, embora não saiba como eu sei – um segundo avião atinge a outra torre. Fico mais alguns minutos. Depois, com certo esforço, me arrasto como uma serpente e saio do cilindro de metal, como se deixasse para trás a casca de uma pele, e saio do consultório.

O edifício parece estar completamente vazio. Entro no elevador e – o tipo de coisa que alguém pensa quando não quer pensar no que está acontecendo – desço até a rua me perguntando por que tem o nome de *elevador* e não de *descedor*.

Nas ruas, as pessoas correm e gritam. Todos correm e gritam como se fossem perseguidos por um desses monstros gigantes cujo sonho foi interrompido por uma explosão nuclear ou cujo tamanho aumentou até alcançar a altura de um pesadelo graças a radiações fugitivas.

As pessoas correm e gritam e o ar está cheio de papéis.

Cartas de amor, formulários, ações, notas, fotografias de entes queridos cujo amor logo ressurge mais forte do que nunca, com uma pena peculiar e irreprimível. Posso sentir as chicotadas dessa dor se esparramando pelo ar da manhã, abarcando tudo como garras que acariciam rostos úmidos de lágrimas.

Tudo flutua.

Agora sim, agora é real, agora aconteceu, agora está acontecendo, penso.

O ar transborda de coisas que não são ar, mas que agora são parte dele.

As pessoas saltam das alturas e no chão há peças soltas de pessoas que nunca serão reconstruídas.

As sirenes se confundem com os gritos e lá estou eu, com as mãos no bolso, pensando em como gostaria de ter muito tempo para descrever tudo isso. Milímetro a milímetro. A maneira como o panorama se alterou por completo e para sempre. O jeito como o solo resplandece com milhões de pedaços de vidro, brilhando como diamantes nesta manhã azul, rangendo como o gelo fino de um lago congelado sob as lâminas dos audazes patinadores. A maneira como milhões de cartões-postais se tornam, de repente, fotografias mentirosas e desatualizadas de um lugar que deixou de existir.

Eu me lembrei de meu pai, da voz dele, me contando sobre a Luz Divina que se estilhaçou em incontáveis fragmentos e caiu como uma chuva de cristais sobre a superfície do planeta. Lembrei-me de meu pai e senti como tudo viesse ao mesmo tempo: a totalidade do panorama devastador e, simultaneamente, cada um dos seus detalhes mais mínimos e secretos. Algo parecido com o que experimentamos ao folhear esses livros dedicados a obras clássicas da pintura. Primeiro, uma página dupla com uma reprodução completa de um desses quadros cheios de personagens e situações. E, a seguir, várias dobras destacando detalhes. Ampliações. O sorriso que, de perto, parece construído com a paciência de um mosaico. A falsa proximidade que nos faz sentir como orgulhosos portadores de superpoderes efêmeros que quase nos permitem observar o primeiro esboço arrependido do artista ou a inevitável brincadeira escondida (as patas do cachorro formando as iniciais de um mecenas na terra, a mão de uma donzela apontando para uma nuvem com forma de escudo ducal). As ranhuras no óleo, finas como cabelos (eu me aproximo para ver o que acho que é um pássaro ferido, mas não, é o couro cabeludo de uma cabeça perdida), como provas incriminadoras para os estudiosos que tentarão nos explicar como foi que algo desse tipo aconteceu sem que pudéssemos prever, como pistas condenatórias para os especialistas que já aparecem, já estão aqui, já virão nos mostrar tudo aquilo que sempre olhamos mas nunca vimos.

Então, eu a vejo.

Então, eu vejo você.

E a visão – a visão de uma pessoa que, sem dúvida, também me enxerga, esse breve incômodo nos próprios olhos quando encaram outros olhos – dura apenas alguns segundos. Porque, então, algo explode. E uma nova nuvem de pó e um ranger de ruínas flamejantes cobre tudo, inclusive nós – eu e ela, e não a enxergo mais – como se fosse a cortina que se fecha sobre o palco, sem aviso, antes que os atores possam se despedir, antes do final da obra.

E em que época se passa a obra?

Porque é óbvio que algo terminou. Não com um estrondo, mas com dois.

E tanto pranto.

Porque é óbvio que adentramos uma nova época, que começa, aqui, um novo ato da História.

Estamos na Era das Coisas Estranhas.

Sejam bem-vindos.

Certa vez, muitos anos atrás, recortei de uma revista de ficção científica – não lembro qual, não tenho certeza se era *Amazing* ou *Fantastic* ou *Thrilling* ou *Marvel* ou *Sartling Stories*, dá na mesma – uma ilustração da qual, na época, não conseguia tirar os olhos. Carregava-a comigo por todos os lugares. Tirava a imagem de minha carteira no metrô, no banho, ou quando acordava e não conseguia voltar a dormir.

Não me lembro do que se tratava o conto que acompanhava o desenho (tanto faz, provavelmente ele não tinha nada a ver com o que estava sendo narrado; muitas vezes, as ilustrações eram espalhadas ao acaso pelas páginas das revistas, sem importar o que aparecia ou o que as histórias contavam), mas logo memorizei cada detalhe e, acredito, se me pedissem, poderia redesenhá-lo de olhos fechados.

A ilustração tinha a seguinte legenda: "O retorno do cometa Halley em 1986". Enxergava-se o cometa – um desses cometas que, na antiguidade, eram portadores de agouros, um desses cometas que justificariam o suicídio em seitas familiares até o fim do século – rasgando o céu escuro sobre uma cidade do futuro. Uma cidade do futuro retratada de um modo como nunca chegaram a ser as cidades no futuro, e a maneira como era imaginada em 1986 se mostrava tão distante quanto outro planeta. Detalhes de edifícios altos com formato esférico e um foguete no qual entravam pessoas prontas para fazer uma viagem e, em primeiro plano, sobre uma espécie de mirante curvo, um homem e uma mulher enfurnados em trajes espaciais, segurando os capacetes nas mãos, olhavam para o alto, contemplando a passagem do cometa. E eu olhava para eles e imaginava que eu era ele e ela era ela.

Mas também dizia a mim mesmo que eu aceitava que ele fosse Ezra, e não eu, se isso fosse trazer ela de volta, se trouxesse ele também, e eu pudesse vê-los novamente.

Ainda que fosse para vê-los a distância, por um curto período.

Como se eu estivesse passando por ali e acenasse lá do céu.

Como um sorriso de antiga poeira cósmica.

Como um feixe de luz passageiro na imensa escuridão, iluminando o amor deles.

Como um cometa que voltava, e que o fazia apenas para vê-los.

O que vem a seguir é o final.

Não lembro ao certo como foi que cheguei em casa.

Caminhando?

Cruzei a ponte, coberto de cinzas, junto a uma multidão de estátuas vivas que arrastavam os pés, falavam com palavras breves e não fechavam os olhos, com homens e mulheres e crianças que não podiam nem queriam fechá-los porque tinham consciência de que estavam vivos e faziam parte de um acontecimento que se enterrava agora e para sempre como uma espécie de espada impossível de ser arrancada da pedra da memória do planeta?

Abri a porta de minha casa quando o sol já começava a se pôr?

Tomei um banho para tirar um odor que não era o cheiro da morte, mas sim o cheiro do morto?

Quem sabe?

O que isso importa?

A única coisa que importa é que estou em paz.

E trata-se da terrível e consoladora paz que só se alcança quando supomos que a História, nossa História, a História de nossa História chega ao fim.

Neste momento, gostamos de pensar e sentir que, com nossa partida, tudo se acaba.

Ao atingir esse ponto, as piores pessoas vão dormir todas as noites com os dedos cruzados, para sonhar que o momento exato de seu último suspiro coincidirá de forma mágica e justa com o último suspiro do universo. Você já sabe quem são essas pessoas, costumam aparecer no noticiário noturno: esses elevados profetas que, das alturas, lançam ameaças de Apocalipses de diferentes signos e formas. O resto das pessoas – podemos chamá-las de *gente normal* – não tem tais aspirações e se conforma com a fantasia de que se continue pensando nelas, de que suas memórias subitamente apagadas acendam uma faísca nas memórias daqueles que sobreviveram e que seus rostos e ações se perpetuem nas ações dos rostos mais jovens.

Compreendo que esse não será meu caso.

Vivi tempo demais. Mais do que imaginava. Tanto que – de contar com relevos – eu teria causado problemas nos ciclos naturais do sistema. Eu acabaria me lembrando de mortos mais jovens do que eu. Teria sido algo triste e incômodo, então não me queixo.

Só resta eu para se lembrar de mim mesmo e sobra pouco tempo.

Minha obra, como disse, não foi importante. E meu sobrenome jamais conseguiu se impor à minha obra. Meu sobrenome nunca se transformou num adjetivo derivado e qualificativo; a única coisa que resta do meu trabalho são enredos, histórias, momentos que alguns se lembrarão, mas que jamais serão ligados a um *Goldman*, e muito menos a um *Isaac*, e suspeito – dado o ocorrido nos últimos dias – que o jovem que veio me visitar e fazer perguntas não passou de uma centelha otimista, uma ilusão desesperada de minha imaginação.

Um – outro – fantasma visitando um fantasma.

Só resta eu, aqui, debaixo do céu.

Sob a indiferença desse céu que poetas e religiosos insistem em pluralizar (*os céus*, dizem e recitam, românticos, perdidos), mas que, na verdade, é um só, indivisível.

Esse céu que está no céu e que cresce a partir do horizonte.

Esse lugar ao qual, quando éramos jovens em chamas, nos dirigíamos com a tranquilidade de quem sabia ser inalcançável, felizes porque tínhamos todo o tempo do mundo, sem suspeitar que – agora eu sei, agora eu sinto – é o horizonte que avança, sem pressa e sem parar, em nossa direção. O horizonte que vem desde o horizonte até finalmente nos alcançar e penetrar em nós, e, de repente, nos tornamos o horizonte.

Na noite anterior, enquanto começava a escrever tudo isso – quando? – vi na televisão uma entrevista com um escritor de livros infantis. Best-sellers sobre um garoto que viaja pelo tempo em sua bicicleta em busca da mãe. Ou algo assim. O homem respondia com o rosto oculto em sombras, porque afirmava que não gostaria que conhecessem o seu rosto ou o identificassem pela rua. O que importava não era ele, e sim as histórias, insistia. E, em certo momento, falou algo que nunca esquecerei: "Escrevemos para nos vingar da realidade".

Essas palavras me soaram afiadas, verdadeiras e até incontestáveis.

Mas não tenho certeza de que esse foi o meu caso.

Comigo, a questão tinha mais a ver com o fato de escrever primeiro para só então poder me sentir mais ou menos real.

Mas não acho que essa foi uma opção melhor.

Também não acho que exista uma melhor que a outra.

Cada um – Ezra, eu, Zack, qualquer outro – escreve por motivos muito diferentes, unidos por um único impulso: não poderíamos parar de escrever e, quando não escrevemos, sentimos que estamos, sim, escrevendo, ou que deveríamos fazer isso.

Como um computador, nos confins do universo, cantando suas últimas palavras, que foram as suas primeiras palavras.

Como um androide que se desliga enquanto monologa sob a chuva acerca de tudo o que viu e que ninguém verá.

Como o último habitante de um planeta tão distante que, rodeado de entardeceres, desaparecendo, não para de nos olhar, até o último momento de sua vida.

Como seres originais dentro do gênero no qual procuram recuperar o reflexo daquela Luz Divina perdida e rompida da qual meu pai falava. *Tzimtzum... tzimtzum... tzimtzum...* o som do inseto da eletricidade se exaurindo nos cabos de máquinas mais sensíveis do que os seus criadores. Engenhos geniais que, no início, se conformaram em ser incompreendidos porque tinham consciência de que, em breve, iriam ascender a entidades clássicas, citáveis, invocadas inúmeras vezes.

Assim como eles se foram, em um passado futuro, eu gostaria de ir também.

Não é possível, é claro.

O meu caso foi diferente, mas não deixa de ser *algo*: um humilde figurante dentro do extraordinário, uma participação tímida e passageira no livreto de uma trama cuja importância não chega a ser compreendida, mas que, pelo menos, enfim, se deduz.

Agora é noite, agora escrevo o meu final, que é um final aberto.

Existe, é claro, a tentação de fechá-lo, de eu mesmo ser a pessoa que irá fechar, de me autoneutralizar.

Procurar e encontrar as rochas lunares, contemplar por um segundo sua fosforescência pálida e minguante. Voltei a vê-las há pouco, enquanto organizava um closet, e achei-as gastas e vulgares como qualquer pedra terrestre, e mal resplandeciam, como se tivessem se acostumado a viver aqui e a não serem tratadas como algo especial, espacial. Pensei em pegá-las uma por uma, encher meu bolso delas, e ir até o lago artificial de uma represa próxima e afundar ali, como um escritor romântico de outro século, até que a água enchesse os meus pulmões e as ideias de meu cérebro se esgotassem.

Ou talvez um banho quente e uma taça de vinho gelado e eu me esvaindo em sangue, pouco a pouco, como um antigo tribuno romano.

Ou arder junto a meus livros como em um funeral viking – a fumaça dos meus papéis se fundindo com a fumaça das torres – antes que cheguem aqueles que queimarão livros quando isso for um prazer.

Ou pensar bem em um último bilhete (o melhor que conheço é o de um inglês que escreveu apenas: "Esta é a minha última" e, na linha seguinte, "palavra"), mas imagino que ninguém se interesse pela sua leitura; e meu corpo seria encontrado muitos dias depois, arruinando completamente toda a intenção patrícia e clássica. E a notícia do meu sacrifício não provocaria a pena ou a alegria de ninguém. Nem sequer levaria alguém a pensar em sua própria morte ao ficar sabendo da minha, à própria mão, escrevendo o meu próprio final, esperando aquela outra mão aberta que seria usada pela primeira e última vez para fechar esse último olhar que já não enxerga.

Além do mais, acho que acabar comigo seria algo mais fácil do que covarde. E a facilidade é um privilégio que não mereço.

Então não o farei.

Meu destino é outro, e é um destino incerto. Minha última página não tem nenhuma das conclusões rígidas que costumam figurar nas ficções científicas mais populares: páginas futurísticas que raras vezes questionam sobre o que não virá.

Porque hoje em dia – diferentemente do seu início; será que algum dia conseguirei parar de pensar nisso tudo, no meu gênero e ofício? – a ficção científica não se interessa mais por antecipar o que ocorrerá aqui, e sim pelo que pode ocorrer lá, nos lugares mais distantes possíveis.

Ou a brincar com um quase presente alternativo.

Além do mais, de um tempo para cá, os leitores do gênero parecem ter migrado para outras terras, mundos alternativos governados por mitos mais fantásticos do que científicos. A suposta inovação surgida há alguns anos – a megalópole como uma Via Láctea azeda e pródiga, o espaço exterior suplantado pelos cabos dos computadores, as luzes dos neons e drogas digitalizadas; o caçador informático ocupando o lugar do intrépido domador de meteoritos – nunca me convenceu. Toda essa gente colada diante de uma tela, quase sem se mexer ou sair de casa e, no melhor dos casos, contemplando em suas televisões, com nostalgia pelo que já se foi (seguindo os parâmetros do gênero) e (no que se refere a um possível amanhã) nunca voltará a ser: a odisseia de uma espaçonave galáctica que não consegue encontrar o caminho de volta para a Terra e, enquanto isso, perdida, luta contra uma raça de androides fabricados por humanos que se cansaram de não ser humanos. E nunca fui completamente convencido por essas teorias sobre visitantes de outro mundo. Não me parece lógico. Quem gostaria de vir *aqui*? Para quê? Não acho alguém um dia se interessou em viajar ao nosso mundo e, se vieram, imagino que foi algo como uns adolescentes rebeldes. O equivalente a garotos vestidos com jaqueta de couro preta montados em motocicletas grandes demais para eles, garotos que fazem piruetas (todos esses relatos de pilotos de linhas aéreas comerciais com um monte daquelas garrafinhas no tanque de combustível), assustam e se divertem aprontando com os habitantes de um pequeno povoado (todas essas histórias absurdas de coitos astrais) e que acabam se explodindo na primeira curva mais complicada (ah, os blues de Roswell), ou crianças mais ou menos inteligentes que aterrissaram aqui, à margem da galáxia, e construíram uma pirâmide ou duas de areia e em seguida voltaram com seus pais ao cair o sol. E só. Nada além. Sinto muito, não sinto muito, não sinto nada: nunca existiram homens de preto com pupilas prateadas, nem triângulos devoradores de barcos e aviões no Caribe. A Terra não é oca e ninguém nos ajudou a edificar templos sagrados e seus derivados. Nenhum enviado chegou aqui para nos guiar ou nos paralisar, e a auréola do Messias não é um escafandro ou um escudo de energia. O Sol e a Lua jamais foram deuses; e por que idolatrar um eclipse lá no céu quando o que mais acontece aqui embaixo são eclipses, o tempo todo, dia após dia... Que horas são? Hora de me eclipsar, de me apagar, como se apaga uma televisão que ficou ligada tempo demais sem que ninguém a assistisse, e que já perdeu o controle remoto de sua programação.

Alguém comentou comigo que existe um canal só de ficção científica, Sci-Fi Channel. Porém, com certeza não será muito diferente do History Channel: versões do que virá, propostas a partir de formas do que já foi. Ou – todos e cada um dos ingredientes previsível e perfeitamente calculados – um desses canais dedicados à alta gastronomia onde aparecem *chefs* de baixa estatura andando por aí com a pompa de um alquimista.

O resto vocês já conhecem: dragões tenros, mestres da feitiçaria e belos vampiros. Como se agora os jovens preferissem sentir o cheiro acre das espécies extintas em vez do aroma cromado dos prodígios do futuro. O que pode vir a acontecer não lhes interessa, ou gera certa desconfiança. E não porque o passado foi uma época melhor, mas pelo menos se sabe no que desembocou e como terminou. O futuro, pensam, é superestimado. E é menos confiável do que um desses jogadores de carta que escondem o ás na manga como se fizessem malabarismos.

Claro que há exceções, e é isso que conta. São elas que permanecem, com a força imóvel e monolítica do clássico e incontestável: o fim daquele filme a que assisti uma vez, com o título que coincide com esse ano e que já começa a ficar datado. Aquele filme com um astronauta velho, moribundo, renascido e evoluído que retorna ao lar para, talvez, dar ordem às coisas, ou, talvez, para acabar com tudo, para nos apagar da face do planeta e recomeçar de forma melhor.

Mas essa é e será outra história, e eu não apareço nela, então acho adequado que a minha história pare por aqui, neste ano, ou em algo que garante ser o ano no qual se passa aquele filme. Nesse número que desafia a cifra redonda com uma irregularidade pequena e mínima que muda tudo para sempre. O ano, sim, no qual supostamente haveria colônias na Lua, aeromoças flutuantes e entraríamos em contato com uma inteligência superior e alienígena.

Não obstante, ninguém parece ter vindo nos ajudar. É possível que não estejamos a sós no universo, mas não tem nada que nos interesse menos do que estar acompanhados, e não por acaso existem guias turísticos com o nome de *Lonely Planet*. Nós nos transformamos em terráqueos extraterrestres, colidimos uns contra os outros e percebo, do outro lado do rio, o resplendor quente de fogos subterrâneos, a fumaça escura de uma escuridão diferente da escuridão da noite.

Agora – última contagem regressiva, tudo pronto para a decolagem –, eu estou de saída.

Vou até o jardim e as estrelas ainda não apareceram, mas falta pouco. Eu me deito sobre a grama cor de sombra que não voltará a ser verde antes do amanhecer.

Ainda não me sinto completamente seguro para escrever certos detalhes com uma mínima e breve licença poética, mesmo estando prestes a vivenciá-los. Escrevo agora, que logo será passado, tudo aquilo que farei nos próximos minutos com a certeza de que quase nada pode variar, de que não minto nem mentirei, de que posso ver o futuro e escrever sobre ele sem que isso seja parte de uma história de ficção científica.

Porque o meu futuro é *tão* breve.

Meu futuro, agora, se contrai rumo ao presente, como se fosse um bumerangue retornando ao ponto de partida.

Meu futuro já passou.

Meu futuro se estende, no máximo, até esta noite.

E isso é tudo.

É um futuro tão pequeno que a única coisa que deseja é que a noite se feche sobre si mesma para depois se abrir para a imensidão do meu passado.

É uma noite de frio incomum nesta época do ano.

É uma noite que me lembra muito aquela outra, ainda que não tenha neve, que não tenha Ezra ou ela.

O solo já está coberto de folhas secas, eu estou nu, me servi uma dose generosa de uísque, um casal discute próximo a uma janela aberta, vários cachorros de raças diferentes cantam partes distintas de uma mesma ópera que os homens jamais entenderam, os olhos azuis de todos os canais de todas as televisões emitem sem parar as mesmas imagens e as mesmas explosões e quedas e derrubadas (nada nos torna mais parecidos, nada nos une mais do que as más notícias) e chega, da cidade, um perfume de metal queimado e de tantas outras coisas que não pararam de arder nessa pirâmide invertida de fumaça que agora se ergue sobre o lugar onde uma vez estiveram duas torres de aço. Um pouco mais longe, a estátua de metal que foi aniquilada tantas vezes nos filmes continua com seu braço e sua tocha no alto, iluminando os humanos brutais e os símios inteligentes, como se nada tivesse acontecido, como se já não sobrasse nada para acontecer.

E abro os braços. Os braços abertos como o meu pai algum dia abriu (Solomon Goldman, meu pai voador, meu pai caído, meu pai suspenso e preso para sempre pelo âmbar flutuante de minha memória, nesse monstro que invadiu com violência o meu corpo, e que saiu fazendo explodir o meu peito, rompendo o meu coração, e que agora percorre os corredores de uma nave defunta na qual todos morreram menos ela) e olho para o alto.

Um pouco mais ao alto.

E um pouco mais ainda.

Aí.

Aí surgem, ainda que sempre tenham estado ali.

Estão aparecendo.

A luz se apaga para que elas se acendam.

As estrelas, as estrelas.

Como era aquilo.

Como terminava tudo isso.

Os versos de um poeta antigo. Tenho certeza de que é italiano, porque me lembro deles em italiano. Mas não me atrevo sequer a pensar em seu nome, por temor que jamais tenha existido, por medo de não encontrá-lo em minha biblioteca.

Melhor assim.

Melhor me conformar com a imagem e a língua daquele que, ao deixar para trás o Inferno – "*E quindi uscimmo a riveder le stelle*" – reencontra um céu pulsante de estrelas. Ah, sim, as últimas palavras daquele consolo rimado de uma ordem justiceira estabelecida por crimes e pecados nos quais a polaridade dos atos se traduz facilmente em castigo ou prêmio. Inferno, Purgatório e, encerrando tudo, o Paraíso. "*A l'alta fantasia qui mancò possa; / ma già volgeva il mio disio e'l velle, / sì come rota ch'igualmente è mossa, / L'Amor che move il sole e l'altre stelle*".

O fim da elevada fantasia, que fica sem forças para continuar sua ascensão até o fundo do céu. Sem ar, quase cega de tanto ver, mas que, ainda assim, insiste, esforça-se um pouco mais. Porque, na linha de chegada, nessa meta que é o fim, encontra-se o revelador prêmio de conseguir lembrar o seu nome, o nome dela. Até então, resta o desejo que rodopia e a vontade que gira. Ambos elevados pelo impulso da inércia do amor, posando sobre a luxúria acesa e vermelha dos corpos celestes. Não as estrelas no céu, descubro agora, tarde demais, mas sim o céu nas estrelas.

Começo a contá-las.

Da direita para a esquerda.

Uma por uma.

São muitas, são tantas, são demais.

Juro que não vou me levantar daqui até terminar de contá-las, até contar todas, até não restar nenhuma estrela a contar.

II

O ESPAÇO ENTRE ESTE PLANETA E O OUTRO PLANETA

O espaço entre este planeta e o outro planeta é suficientemente pequeno para que possamos observá-los a partir do nosso mundo esquecido e, ao mesmo tempo, grande o bastante para que, em vosso mundo inesquecível, vocês, tão ocupados olhando uns para os outros, não possam se dar conta de que os estamos observando.

Que observamos vocês o tempo todo.

E que está tudo bem, ficamos felizes com o jeito que as coisas são.

Uma das maneiras – talvez a única – de não se render à dor de compreender que ninguém se lembrará de você, de não ficar arrasado ao tomar consciência de que, de agora em diante, ninguém mais perguntará o que você fez na vida, é esquecer-se de si mesmo antes que todos se esqueçam de você. Se você consegue se esquecer antes que alguém o esqueça, então você atinge uma espécie de imortalidade. Você se transforma, de certo modo, paradoxalmente, em alguém inesquecível.

É o meu caso.

E – hey, hey, hey, fogo no céu e morte na terra – lá vou eu e agora me vou.

Mais uma vez.

Falando sozinho.

Alguma vez alguém falou sozinho no deserto, nesse lugar onde só se pode falar sozinho?

Aqui estou eu, em algum lugar de lugar nenhum, falando sozinho, como se fosse o último extraterrestre que desaparece nas páginas de meu romance favorito.

Agora desapareço. Ou, melhor, agora desvaneço. Desvanecer é desaparecer lentamente, sem pressa, sem drama, sem refletir que se está desaparecendo.

Sou o último de minha espécie.

Assim, não sou apenas eu quem desvanece, mas a história das pessoas que são como eu. Imagino que seja algo dramático. Mas não me comove muito. Vou sentir muita falta deles, mas acho que ninguém sentirá muito a minha falta. Não restará ninguém para sentir saudades de mim, e não acho que nossa passagem por este universo tenha sido particularmente interessante aos habitantes de outros planetas.

A perfeição não interessa.

De modo que lá vou eu – lá vou eu embora – e lá se vão o passado, o presente e o futuro (ainda que sejam categorias temporais que nunca concebemos e ensinamos da maneira como vocês fazem) de todos os que alguma vez sonharam em sobreviver invadindo outro planeta e, de repente, acordaram do sonho compreendendo, tarde demais, que os invadidos tinham sido eles.

Esta é a história de um dos fracassos mais triunfais (utilizarei, a partir daqui, o jargão espacial terrestre para que me entendam melhor; mesmo que, na verdade, esteja falando ao vento) que já ocorreu nesta galáxia ou em qualquer outra.

Esta é a história (para contá-la, utilizarei também nomes terráqueos no que diz respeito a medidas, cores, distâncias e até sentimentos) do que aconteceu. Ou seja (mais uma vez, por respeito à precedência dos leitores anfitriões destas páginas que não têm forma de páginas, mas de leves esferas transparentes, por afeição à sua hospitalidade – incrédula, mas hospitalidade, no final das contas –, invocarei aqui a maneira como figuramos em vossas infantis cartas astrais, cortesia dos telescópios que nunca retornaram ao lar), esta é a história, insisto, do que deixou de acontecer num lugar conhecido como Urkh 24.

Um lugar cujo verdadeiro nome (numa tradução apressada e imperfeita fustigada pelos éons, partindo dos nossos símbolos jamais pensados para resultar em vossas letras escritas e lidas) teria a aparência e a sonoridade de algo mais ou menos semelhante Àquele-Lugar-Onde-Se-Escutam-As-Melodias-Mais-Tristes.

Agora leio; mas é como se escutasse. Porque poderia ler tudo isso com os olhos fechados e a boca aberta. Ler com os dentes, mastigando a areia que entra pela boca aberta e tragando a lembrança exata das palavras, o que é muito mais preciso. Porque nem sequer tenho que seguir as curvas e as retas das letras ou fazer o esforço de segurar o livro. O melhor é ler lembrando e recitando todas e cada uma das palavras, como se estivessem aparecendo na minha mente, ou, melhor dizendo, como se fossem transmitidas por um planeta distante. Um planeta que não aparece nos mapas disponíveis do céu porque ainda não existem mapas tão grandes, mapas que abarquem tanto espaço, mapas que enxerguem tamanha distância.

Se alguém estendesse sobre a areia ardente deste deserto um mapa do universo tal como ele é conhecido até hoje, o planeta do qual me enviam esta mensagem – o planeta que li várias vezes, até decorá-lo – ficaria em algum lugar nos polos: entre blocos de gelo que alguma vez foram considerados eternos e que começaram a derreter, da mesma maneira como certas ideias, certos sentimentos, certas perguntas.

E assim, de repente, uma pessoa se pergunta como chegou até aqui e o que veio fazer neste lugar, e não encontra resposta.

Então – talvez aí, quem sabe – abro o livro e fecho os olhos e leio e descubro que, de um tempo para cá, como disse, falo sozinho e penso ainda mais sozinho, de um jeito cada vez mais parecido com a maneira como falam certos extraterrestres de certos livros. Lentamente e com cuidado, como se praticasse a autópsia de palavras e ideias, como se as assimilasse no mesmo momento em que as aprendia, como essas impiedosas crianças loiras que vêm de uma estrela distante para nos dominar enquanto olham fixamente para o professor da escola, que, de repente, compreende que se aproxima a hora de uma prova final para a qual ninguém se preparou.

Falo com o idioma das liturgias de seres distantes. Penso como pensam aqueles que, se conhecêssemos, passaríamos a idolatrar como deuses. Mas – isso que é o interessante – foram eles os que nos idolatraram, que acreditaram em nós. Quando já não lhes resta nada a fazer, quando alcançaram a perfeição absoluta, aos deuses só restam a distração e o consolo de se maravilhar perante as imprevisíveis imperfeições dos outros. Toda perfeição é igual, idêntica, sem surpresas. Por outro lado, há tantas maneiras divertidas e diferentes e tão interessantes de cometer erros... Eu me lembro dos filmes que via quando era garoto. *Ulisses, Jasão e os Argonautas*... As partes que eu mais gostava não eram aquelas nas quais os aventureiros enfrentavam perigos e monstros, mas sim os interlúdios quase plácidos e olímpicos onde se viam os deuses, em suas residências nas alturas, contemplando tudo, jogando xadrez com figuras que representavam os heróis e os vilões, intervindo na trama quando achavam pertinente, entretidos, passando o tempo, passando a eternidade enquanto aqui embaixo, na Terra, os homens elevavam suas promessas e prestavam oferendas sem ao menos suspeitar que a única coisa que os deuses queriam não eram suas riquezas, e sim suas histórias, suas imprevisíveis histórias.

E que os deuses acreditavam nelas, e rezavam para que nunca chegassem ao fim.

Agora é o momento das orações, no qual reflito sobre tudo isso.

Agora. Imagino o espaço que nos separa, ao mesmo tempo que nos une, enquanto rezo. E minhas ideias penetram nas minhas súplicas, que não rogam nem agradecem: apenas afirmam. As preces que sustentam nossa religião não são estruturas rígidas e imóveis, e podem ser conquistadas por tudo aquilo no qual decidimos crer. Um dogma líquido e aparentemente inapreensível, mas imenso como os oceanos que algumas foram e deixaram de ser, como a lembrança imortal desses oceanos.

Acreditamos em tudo, não há nada no que acreditar, e talvez nesta forma absoluta e ao mesmo tempo impossível de pregar e contagiar nossa fé, tenha residido o princípio de nosso fim. Acreditamos - acreditávamos, acredito, pois sou o último - em nós. Com o fim dos deuses, nos assumimos como divindades inoperantes e ociosas. E assim O Tempo - esse verdadeiro Deus que não atrasa nem adianta, simplesmente está no aqui e no agora e abre seus braços em direção ao que foi e ao que será - foi passando, e nós passamos com ele. A nós - um plural falso e mentiroso que utilizo para, em vão, tentar negar o fato de que resta apenas eu e que, em breve, será o nada - só nos resta observar vocês a partir deste lado do espaço que separa um planeta do outro.

O homem que afirmou amar o deserto "porque é limpo" estava louco. Ou teve a sorte de ganhar outro deserto num sorteio.

O deserto – pelo menos esse deserto, esse deserto tão povoado – está cheio de lixo. Lixo que não aparece nos mapas do deserto, mas que aqui está. Pedaços de várias guerras, restos de veículos encouraçados, farrapos de uniformes, ossos difíceis de identificar se são de humanos ou de animais, bandeiras que passaram do prazo de validade flamulando ao vento, recipientes de alimentos e garrafas vazias, pequenos lagos de petróleo em chamas, cadeiras metálicas como aquelas nas quais sentamos à beira-mar ou nos arredores de um campo desportivo, vários oásis fechados por mudança de proprietário, páginas soltas de revistas com fotografias de mulheres nuas, armas desarmadas, dois camelos sem donos perambulando com ar desorientado de quem sobreviveu a uma festa catastrófica e já não se lembra como voltar para casa, peças soltas do quebra-cabeças de um helicóptero, uma barraca com uma cruz vermelha no teto e ninguém dentro dela, cachorros tão magros que parecem ondular como uma miragem...

Caminhem e vejam.

E, sim, a comovente necessidade dos humanos de saber exatamente onde estão para, quase em seguida, se perderem. Seus desejos incríveis e incontroláveis de acreditar em qualquer coisa. Onde estou? Que diferença faz? Será que gostariam que eu me expressasse com a dialética obsessiva dos romances de ficção científica e os sepultasse debaixo de toneladas obsessivas de dados irreais, tentando, assim, ganhar em termos de verossimilhança? Seriam mais felizes se eu apontasse para um ponto no céu e dissesse: "Ali... bem ali..."? Prefeririam que eu enchesse páginas com as medidas e a luminosidade do astro de onde nasce a poeira estelar de meus últimos pensamentos, essa poeira estelar varrida pelos ventos solares e da qual todos somos feitos? Será que se deleitariam ao serem submetidos, quase sadicamente, a números e vetores e quadrantes e composições geológicas e até a um amplo resumo de nossa história e nossa ciência?

Sinto muito, não posso ajudá-los: há milênios, renunciamos a certas noções e ideias por considerá-las inúteis. Matéria morta. Já faz muito tempo que decidimos que não faziam sentido o ato e o esforço de recordar. Ou melhor: foi quando decidimos não esquecer. Saber que sabemos tudo, que nada se perdeu e, portanto, não faz sentido ficar buscando várias vezes para armazená-lo e, depois, implorar para que não se perca de novo. Cada um de nós era um museu perfeito de sua espécie. E eu sou o último museu. Um desses museus no qual agora se escuta, nos alto-falantes, uma voz educada, porém firme, que informa aos visitantes que em quinze minutos as portas serão fechadas e as luzes serão apagadas e que, por favor, dirijam-se de forma ordenada rumo à saída.

O passado e o presente são a mesma coisa para nós.

O futuro não existe.

O futuro é para os covardes e os loucos.

Então, é claro, conhecemos vocês.

E nada nunca mais foi igual.

Sem nomes de pessoas ou de lugares.

Sem coordenadas geográficas.

Sem datas.

Sem espaço ou tempo, e o tempo da guerra – espasmódico, inconstante – é tão diferente do tempo linear da paz, ou do tempo suspenso da trégua, no qual sabe-se tudo, no qual há tempo para conhecer tudo.

É assim – esse desconhecimento total, esse detalhamento obsessivo em saber que não se sabe nada, que o plano é que não existe um plano e vejamos o que acontece – porque estas são as ordens dos superiores.

Não sei se é o certo.

Não sei nem se é uma decisão inteligente.

Eu me refiro a essa ausência absoluta de toda forma de localização.

A ideia de que, se nós não sabemos quem somos ou onde estamos, há mais chances de o inimigo – O Desfeitor – e seus seguidores também não saberem de nossa existência. Desaparecer para nos tornarmos invisíveis a eles. Essa é a explicação oferecida pelo nosso superior imediato. Alguém que nos confessa, com um sussurro, que o método funciona, que nesta mesma manhã não conseguiu encontrar o próprio rosto num espelho de mão. Eu, é claro, não estou completamente convencido. Mas qualquer desobediência das regras estabelecidas e das leis implementadas aqui, tão longe de casa, será castigada.

Ainda assim, sonhamos com Grynarya, em passar uns dias lá, na colônia que fundamos nesta terra, no único lugar mais ou menos seguro desse lugar. "Grynarya", suspiramos, e um colega me conta que esteve lá, isolado do resto, durante algumas semanas e narra coisas fantásticas e os chefes nos dizem que logo chegaremos lá, no próximo período de descanso.

"O lugar exato onde, na Bíblia, afirmam que era o Paraíso", diz meu colega. E eu me permito duvidar dessa afirmação, enquanto outro soldado intervém na conversa e responde, indignado, que "Não, não, não: lá era Sodoma e Gomorra. E nós estamos aqui para exterminar pecadores em nome de Cristo e...".

E algumas pessoas dizem que devemos nos sentir muito orgulhosos de Grynarya porque ela é nossa, é parte de nosso lar, de nossa pátria transplantada nesses desertos inóspitos (e aí descubro que não há nada mais fértil do que um deserto para semear ideias e pensamentos; no deserto é possível pensar muito mais do que nas cidades ou nos bosques ou em alto-mar) e que nem mesmo a expedição anterior a este mundo, há mais de dez anos, foi capaz de fundar e construir uma maravilha assim.

"Grynarya", nos é repetido várias vezes, com voz firme; mas trata-se da firmeza que se obtém a apenas alguns metros de distância do pranto.

Grynarya é a Terra Prometida e a Terra Comprometida.

Grynarya é miragem e oásis ao mesmo tempo, e nós avançamos ou retrocedemos, quem sabe, cantando a canção daquele filme sobre a fina arte de caminhar por um caminho de tijolos amarelos.

Grynarya é como penso em *Green Area*, sempre que escuto o seu nome. Só assim – *Grynarya* soa melhor no estilo *sci-fi*, e combina melhor com essa sensação de me sentir cada vez mais extraterrestre – é possível suportar a ideia de que só sonhamos em descansar um pouco neste bairro de Bagdá, supostamente seguro, onde todos os dias explodem carros-bomba e caminhões-bomba e homens-bomba e mulheres-bomba e crianças-bomba de ambos os sexos aos gritos de "Alá é grande".

E vamos nesta direção, rumo à Terra Esmeralda.

Somos homens de lata sem coração.

Somos leões covardes.

Somos espantalhos sem cérebro.

Somos anões de voz estridente e melodiosa.

E Dorothy ficou em casa, em preto e branco. Aqui há cores, sim, mas é como se não existissem, como se o sol tivesse desbotado as cores até atingirem a encantadora e suja limpeza do preto e branco.

Somos jovens perdidos em uma paisagem horizontal sulcada por tornados verticais e, não, nós não partiremos em busca do Mágico de Oz. Não. O Mágico de Oz vem em nossa direção, e o Mágico de Oz é todo-poderoso, imenso, incomensurável.

Oz é grande.

Oz é maior do que Alá e – ao contrário do Mágico de Oz – é alguém com poderes de verdade.

Oz é O Desfeitor.

E o que o Mágico de Oz mais gosta de fazer é testar seus poderes conosco.

E nós temos *tão* poucos poderes, nós somos *tão* fracos...

É assim que são as coisas por aqui.

Muito em breve, não será mais possível protegê-los de vocês mesmos.

Muito em breve, não poderemos mais intervir em suas brigas e discussões.

Muito em breve, a única coisa que me restará será a observação dos entardeceres perpétuos de nosso planeta e estas memórias (é tão estranho isso, de começar a recordar tudo no momento em que deveria começar a esquecer) se transformarão em um catálogo de luzes e céus e formas e nuvens e estrelas e cores. Entardeceres constantes que, muito em breve, serão anoiteceres como alguma vez foram eternos pores do sol ou melodias incessantes: aqui, não aproveitamos ou sofremos, como vocês, com a repetição dos curtos dias, aqui sempre foi um único e longo dia. E temo que agora tenha chegado não a hora, mas a era, do anoitecer. É uma pena não ter uma janela para, pelo menos, contemplá-los como se estivessem dentro do quadro de uma tela...

Uma pena.

Muito em breve, não poderemos continuar observando vocês, nossos atores favoritos.

"Meu nome é Tenente George Clooney", fala o oficial. O homem que afirma se chamar Tenente George Clooney não é, claro, George Clooney. O Tenente George Clooney não é muito alto, é careca e tem uma voz absurdamente aguda que fica ainda mais absurda e aguda quando nos reúne e diz:

"Certo, já sei, posso imaginar o que vocês, imbecis, estão pensando... Com certeza estão fazendo o impossível para não sorrir, e estão caprichando nisso. Aquele que sorrir vai ter que dar voltas pelo deserto com pouca água e pouca munição... Mas, só para deixar bem claro: eu sou o verdadeiro George Clooney. O *autêntico* George Clooney. E posso provar de forma rápida e eficaz. Escutem, imbecis: George Clooney, esse ator com quem, quero deixar claro o mais rápido possível, não tenho nenhum vínculo familiar, nasceu no dia 6 de maio de

1961. E, claro que vocês não sabem: seu segundo nome é Timothy. Um nome ridículo. No entanto, eu me chamo George Clooney. E só. E nasci no dia 1º de novembro de 1960. Mais de seis meses antes do George *Timothy* Clooney chegar a este mundo. O que significa que fui o número um, cheguei antes dele, sou o legítimo, certificado, genuíno, original, verdadeiro, incontestável e autorizado George Clooney, certo?".

E, claro, todos sorrimos. Uma pessoa, inclusive, deixou escapar uma risadinha.

E lá vamos todos nós rumo ao deserto.

Já sabem: esse é o tipo de pessoa que nos comanda e é responsável por cuidar de nossas vidas.

Oremos.

Agora rezo.

Agora me curvo e rezo de costas para nossos sóis. O sol morto (é como se o céu tivesse entortado) e o sol quase morto que, lá do alto, aquece e ilumina tudo que está abaixo.

Agora rezo, mas o que faço ou penso não é exatamente rezar tal como vocês entendem.

Eu não rezo a alguém – nunca fazemos isso –, a um deus ou a um ser superior.

Nós rezamos à sua ausência.

E a única coisa que pedimos a essa ausência é que se mantenha, permaneça aí, ausente, para podermos continuar rezando a ela.

Em nossas preces, dizemos que não é necessário, rogamos para que não apareça, clamamos pelo seu abandono eterno. Informamos a ela que tudo está bem e estamos lidando perfeitamente com tudo sem a sua intervenção divina. Explicamos que nos transformamos em nossos próprios deuses e que está tudo bem assim, não esperamos nenhum milagre depois de tal milagre.

Assim, em nossas preces, por pura diversão e curiosidade, imaginamos como seria o nosso deus, caso ele aparecesse e se manifestasse, preenchendo a ausência com sua presença. Acreditamos com fervor nessa ausência que não é bem uma inexistência ou um vazio. É outra coisa: parece uma lembrança fiel de algo que não nos lembramos e que não nos interessa lembrar, como a vibração que uma pessoa deixa em um ambiente logo depois que vai embora. Nos rendemos e nos prostramos perante esse mistério que nunca se solucionará e estamos contentes que seja assim. Por isso, cada um de nós sempre teve um deus próprio, diferente e único.

O próprio deus, o deus que vive e habita em nós mesmos.

Por isso, jamais lutamos ou matamos em nome de deus.

Porque seria um absurdo.

Porque nunca houve, entre nós, duas pessoas que acreditassem na mesma coisa, na mesma variável divina.

Porque havia muitos, tantos deuses, até em excesso. E eram tão diferentes, independentes e privados que - os territórios do invisível não possuem limites ou fronteiras - sempre houve espaço para todos eles.

Agora, só resta o meu.

A adorada e iminente ausência absoluta do meu deus.

Porque aqui dentro continuará existindo; mas não estarei aqui fora por muito mais tempo.

Nos ajoelhamos e dizemos um Pai-nosso.

"Que estais no Céu", dizemos.

"Pelos séculos dos séculos", dizemos.

A voz do capelão, vestido com uniforme militar, recitando aquilo de "Seja feita a vossa vontade, assim na Terra como no Céu".

Não.

Difícil pensar que aqui se respeita e obedece a vontade de algum ser superior e tudo mais.

Não há um grande plano.

Nem sequer sabemos em que merda de lugar estamos, exatamente.

Sabemos, sim, que é um deserto, que faz calor e que a luz sem anestesia do sol o ilumina e queima tudo e até as nossas sombras acabam evaporando-se.

É uma luz terrível.

Uma luz ofuscante.

Uma luz divina, sim, mas também uma luz infernal.

"Amém", diz o capelão, e mal se entendem as suas palavras, quase sem vogais, em sua boca seca.

Nos levantamos, trocamos olhares e a paisagem não tem cor.

Nem sequer está em preto e branco.

É uma paisagem em branco e branco.

E mais um branco.

Depois passa o – vamos chamá-lo assim – Encarregado de Assuntos Químicos e distribui os comprimidos.

Como se fossem hóstias.

Hoje, nos informa, não teremos que dissolver em nossa saliva algo chamado Fúria Exterminadora (os vigias nas montanhas nos alertam acerca de uma atividade repentina d'O Inimigo), mas sim a Felicidade Contemplativa.

Formamos uma fila e, ao chegar à frente, abrimos a boca e um sabor ácido e de nome complicado – só consoantes, um hífen e algum número – aterrissa na ponta da língua e, em seguida, desce ao estômago e volta para cima, ativando diferentes centros do cérebro como quem acende, uma a uma, sem muita pressa, as luzes de uma casa em chamas.

Depois, a cabeça do soldado que rezava ao meu lado – tenho quase certeza de que era o Tenente George Clooney, que já sorria com a falsa felicidade dos iluminados artificialmente – voa pelos ares em centenas de pedaços.

Estilhaços de carne e ossos.

E, por um instante, acho bonito todos esses fragmentos suspensos daquilo que uma vez foi um rosto.

Também começo a sentir os efeitos, uma espécie de gozo lento, e de repente tenho todo o tempo do mundo para pensar que estou feliz de estar *ali*. Pedaços flutuando em câmera lenta, como se sentissem o desejo de se unirem novamente, como se fossem partes de um desses modelos anatômicos de plástico transparente que nos dão quando somos crianças e já não sabem mais o que nos dar de presente, quando esperávamos qualquer coisa, menos *isso*.

Mas a ilusão dura menos de um segundo e tudo cai no chão e ninguém poderá montar esse quebra-cabeça de uma cabeça quebrada.

Um jato de líquido vermelho – há meses aprendemos a não pensar nele como sangue – cobre a minha cara e quase agradeço por esse vermelho; pois ele altera o horror branco e branco de tudo que está ao nosso redor.

E nos jogamos ao chão e começamos a disparar em direção às dunas, ao ar, a qualquer coisa, e o ruído das armas se confunde com o ruído das vozes. Bang, crack, kapow, stuk-stuk-stuk-stuk, swap, kaboom, gritamos todos no idioma internacional do metal e da pólvora, no esperanto da guerra.

Temo que será mais um desses dias inesquecíveis, penso.

Rat-tat-tat.

Ontem foi uma jornada inesquecível.

Ontem, por alguns instantes, voltei a receber um sinal por parte de vocês.

Ontem, voltei a vê-los.

E os observei observando as torres caindo.

Me contam que, no refeitório das tropas, em Grynarya, há uma ampliação gigantesca de uma foto que mostra as torres tais como eram antes daquela manhã de setembro.

Me contam que é muito estranho comer próximo dessa foto, que parece que estamos comendo ao lado de uma paisagem da Atlântida, uma terra que deixou de existir e que, cedo ou tarde, crescerá até alcançar as dimensões de uma lenda cujas origens e certezas serão impossíveis de averiguar.

Me contam que – quando a moral está baixa – os chefes recomendam rever a gravação das torres caindo, de diferentes ângulo, até compreender por que estamos aqui e o que estamos fazendo.

Me contam que, no cinema para as tropas, em Grynarya, projetam a queda das torres, para variar um pouco, logo antes de exibir a última superprodução com efeitos especiais, explosões e todo o resto.

Me dizem que, no início, as tropas mantinham um respeitoso silêncio, mas que, com o passar dos dias e das semanas, ficavam de pé e lançavam brados de vingança.

Me dizem que, agora, tantos anos depois, as tropas contemplam a queda das torres soltando risadas.

Me dizem que as contemplam como se fossem desenhos animados. Como se fosse algo envolvendo o Coiote e o Papa-léguas, como um desses acidentes da marca ACME.

Vi os aviões se espatifando contra as torres, vi as torres em chamas, vi homens e mulheres caindo das torres e vi as torres caírem da mesma maneira como vi, certa vez, um transatlântico naufragar, esses homens se arrastando pelas trincheiras, uma família russa fuzilada contra uma parede soviética, aquela atriz loira morrendo com um telefone nas mãos, terremotos derrubando igrejas lotadas, alguém dizendo pela primeira vez "*To be or not to be...*", todos aqueles homens marchando diante de bandeiras com cruzes exóticas, astrônomo ajoelhado diante de um homem que se dizia representante de Deus na Terra, cabeças cortadas pela guilhotina, essa gente cantando "All You Need Is Love", esse foguete espacial explodindo nos céus.

Vi os aviões se espatifando contra as torres, vi as torres em chamas, vi homens e mulheres caindo das torres e vi as torres caindo e me senti tão triste de saber que, muito em breve, não veria mais tantas coisas maravilhosas.

Caímos como torres. Fulminados. E eu estava ali, cercado de mortos, de cadáveres com os olhos abertos. Fechei os meus olhos para não enxergá-los, mas isso não solucionava nada: por mais que não os visse, apesar de estar escondido nesta palidez escura que brota atrás das pálpebras, sabia que eles estavam me vendo, que não tinham como não me enxergar, que eu, vendo-os, era a última coisa que eles tinham visto. E que jamais me permitiriam esquecer isso. Todo aquele sangue e todos aqueles buracos e todo aquele sangue saindo pelos buracos. Os buracos causados pelas metralhadoras. Corpos esburacados que, de repente, adquiriram a textura dessas histórias em quadrinhos que, ao ampliarmos – lembro de como gostava de observá-las, quando criança, com uma lupa em mãos –, descobrimos que são feitas de pontos. Todos aqueles pontos vermelhos e todo aquele sangue pontuando, e me pergunto se o mais lógico não seria que, quando alguém morresse, o sangue deixasse de escorrer, de brotar, de avermelhar. Se tudo se interrompe, penso, então o sangue também deveria parar.

Que o sangue pare de funcionar.

Agora noto como os meus fluidos vitais circulam mais devagar. Posso ver. Nossos corpos são transparentes. Entendíamos perfeitamente como funcionava nosso organismo só de olhar para ele. Estruturas complexas em sua simplicidade. Nada em comum com as estruturas de vocês, tão cheias de partes que podem parar de funcionar, de problemas insolúveis, de acidentes impossíveis de prevenir. Nada tão apaixonante e absurdo e mágico como a noção do mesmo sangue circulando, indo e vindo, para cima e para baixo, sem pausas, entre os planetas opostos do cérebro e do coração.

Nunca nos perguntamos o que poderia dar errado.

Nunca precisamos de profissionais que nomeassem o horror do desconhecido para, em vão, tentar transformá-lo em algo menos horrível.

Nunca houve medo.

Nunca houve mistério.

Foi assim que, também, percebemos uma pequena mudança na atmosfera que começou a nos afetar.

Primeiro, tivemos algo parecido com um resfriado leve. Depois, uma febre baixa.

Então, pela primeira vez, adoecemos.

Foi assim que começamos a desaparecer.

Foi assim que decidimos que tinha chegado o momento de abandonar o nosso mundo, sair de Urkh 24, Aquele-Lugar-Onde-Se-Escutam-As-Melodias-Mais-Tristes.

Foi assim que procuramos e encontramos.

Foi assim que começamos a observá-los.

Foi assim que ficamos viciados em vocês.

Foi assim que nos tornamos viciados em Terra-Ficção.

Depois, em Grynarya, me contam que as fotografias de satélite e as imagens térmicas dos observadores indicaram que, como todos nós disparamos para o ar, o ar se encheu de buracos que logo foram preenchidos com ar e que, então, voltamos a disparar no ar que se enfiava dentro desses corpos.

Contam que o primeiro a disparar foi o Tenente George Clooney, que enlouqueceu, que eles o observavam havia tempos – seus últimos relatórios não passavam de frases do filme *Onze homens e um segredo* – e que tinham optado por substituí-lo logo que voltou a Bagdá.

Fogo amigo, me contam.

Fogo amigo.

O fogo é o melhor amigo que você já teve, amigo.

Fogo que, quando você o coloca no corpo, faz com que você sinta um frio como nunca sentiu antes, e como nunca sentirá novamente, porque esse fogo, depois que entra em você, é a última coisa que você sente antes de não sentir mais nada, antes de parar de sentir qualquer coisa.

E, assim me dizem, cansados de disparar para o alto, começamos a atirar entre nós, entre amigos que mal se conhecem, mas que compartilham o fogo, o uniforme, a bandeira e esse é o tipo de coisa que acontece quando se passa tempo demais sem ver o inimigo, mas que está aí, invisível: se atira para o alto, e no que está no ar ou no solo.

E, enquanto me prendem a uma maca e me colocam em um helicóptero, dizem – para mim, que não sou culpado de nada, porque agi em legítima defesa; para mim, que sou admirado pela pontaria – que sou o único que sobreviveu para contar a história.

E, claro, mentem.

Contam tudo isso suspeitando que não estou acreditando neles, mas acreditar é uma ordem, e vou obedecer.

Então concordo e não falo que o Tenente George Clooney (que, de fato, estava completamente louco) foi o primeiro a cair e que todos nós fomos fustigados por um vento escuro, que surgiu de lugar algum para soprar sobre nós e apagar o nosso fogo, nos fazendo arder como nunca ardemos.

Começamos a nos extinguir de forma doce, como se adormecêssemos. Alguns de nós, inclusive, se habituaram a ir até a montanha para morrer, onde construímos a nave para a invasão, as naves que nunca decolariam rumo à Terra e que já quase formavam parte da paisagem, como se sempre estivessem ali, do início ao final dos tempos.

E, tratando desse assunto, sempre me fascinou este hábito tão humano, tão primitivo, tão infantil, de se perguntar: "Que horas são?", ou "Em que dia estamos?". E, a seguir, responder com a mais absurda das abstrações. Com números.

E se sentirem tão satisfeitos.

Quatro dias depois, acordo em um hospital militar da Zona Verde de Bagdá (chega desse tal de Grynarya) e acabam aqui as minhas intenções de contar tudo isso como se fosse um romance de ficção científica, como se fosse algo que acontecesse em outro planeta distante.

Eu, agora, sou outro.

Eu mudei.

Estou longe de casa, certo.

E, de algum modo, estou em outro planeta.

Mas se trata de um outro planeta que está neste planeta.

Aqui estou eu.

Lá estão. Lá estavam. Encontramos. Vocês. Habitando um mundo com as condições ideais para a nossa sobrevivência e, ao mesmo tempo, tão diferente do nosso. Muito mais divertido.

"O NOME É *LIBERTY FRIES*, CADELA!!!", grita o soldado da cama ao lado da minha. O soldado está estrangulando a pobre enfermeira que teve a péssima ideia de lhe oferecer *french fries* para acompanhar o hambúrguer.

O soldado perdeu as pernas e está pendurado no pescoço da pobre garota. Os braços do soldado estão cobertos de tatuagens e o rosto da enfermeira começa a ganhar uma cor azulada, então entram três policiais militares e batem na cabeça do *marine* uma, duas, três vezes, até que o coitado do maluco despenca e cai no chão, mas, apesar disso, ele não chega a perder a consciência, embora tenha perdido a razão. Espetam duas seringas nele e o carregam sobre os ombros, como se fosse um bebê gigante, enquanto, com a voz doce, para que pare de chorar, explicam que essa história de *liberty fries* já não vale mais. Voltaram a chamar as batatas de *french fries* e os franceses voltaram a ser nossos amigos e está tudo bem, e, então, lá fora, algo – um carro, uma mulher, uma criança, os três ao mesmo tempo – voa pelos ares.

Tudo voa pelos ares aqui.

Muito mais divertido... E, sim, nós fomos educados para contemplar os nossos entardeceres constantes. Aprendemos a elucidar histórias e mitos em suas tramas de cores. Fábulas plácidas e leves, nas quais quase nada acontecia. Somente um movimento leve, uma irrupção delicada do violeta sobre o amarelo demorando vários séculos. Mas, com vocês, tudo era tão diferente, nas histórias de vocês aconteciam muito mais coisas. E eram coisas tão absurdas que, de repente, não conseguíamos falar ou pensar em outra coisa.

E, sim, é claro, continuamos desvanecendo.

Na outra cama próxima à minha está um soldado chamado Kowalski.

Sempre me perguntei por que sempre tem um soldado com o sobrenome Kowalski. Nos livros, nos filmes, em séries televisivas, na vida real. Me pergunto se todos esses Kowalski pertenceram a uma mesma família ou a uma irmandade secreta. A uma tribo oculta e ocultista que se dedica exclusivamente à produção de militares da marca Kowalski. Pilotos de avião, marinheiros, tropa de elite, o que for, o que estiver precisando. Nas alturas dos céus ou nas profundezas dos oceanos ou nas selvas mais impenetráveis: temos o Kowalski que você precisa.

O fato de que o soldado da cama ao lado se chame Kowalski me tranquiliza. Porque – estatisticamente – os Kowalski não costumam ter um final feliz; enquanto os que andam próximos aos Kowalski quase sempre sobrevivem para contar a história, para, com um copo ou uma taça na mão, tempos depois, em um bar ou em uma festa ou sozinho, diante de um espelho, relembrar esse grande sujeito que foi Seymour ou Mark ou Johnny ou até mesmo Jerzy Kowalski.

E – preciso confessar – esse Kowalski é o meu segundo Kowalski. Meu primeiro Kowalski não era um Kowalski clássico. O Kowalski clássico é o que morre em seus braços pedindo para que, quando você voltar para casa, visite a mulher e a mãe dele e entregue uma carta manchada de sangue ou um relógio estragado ou um beijo. O Kowalski clássico é, também, aquele que cai ferido e ordena – pois tem um cargo superior na hierarquia – um "Vá em frente, não se preocupe comigo".

Mas essa guerra é estranha, diferente.

Todas as guerras ficaram diferentes e estranhas desde o Vietnã porque, de um modo ou de outro, todas as guerras continuam sendo o Vietnã, me disse alguém, e essa pessoa tinha razão.

O que significa que os Kowalski já não são mais como eram.

O que me traz de volta ao meu primeiro Kowalski: nós o encontramos vagando pela areia, com o uniforme esfarrapado, cabelo loiro, olhos azuis e um sorriso idiota, e o tempo todo repetindo: "Desenhe um cordeiro para mim... Desenhe um cordeiro...".

O essencial não é o que está invisível aos olhos. O essencial é o visível. O essencial é não parar de enxergar. Nunca. Por isso, de repente, tomamos a liberdade de interferir, de realizar certas mudanças.

E, ao chegar nesse ponto, talvez eu devesse pedir desculpas.

Mas não seriam desculpas sinceras.

Faríamos tudo outra vez.

E outra.

Como é aquela frase de vocês?

Ah, sim: "O show não pode parar".

Esse Kowalski – o segundo Kowalski que encontrei, aqui no hospital – também não tem um aspecto muito bom: as mãos cobertas, o rosto avermelhado por queimaduras e bolhas, as pupilas brancas.

"Armas químicas?", pergunto.

Kowalski deixa escapar um suspiro que pretende –

mas não consegue – ser uma risadinha. "Armas químicas" se transformou, de um tempo para cá, em algo na linha de "Missão cumprida".

"Não. Miragem. Pelo menos é o que acho que foi...", responde.

Não preciso pedir explicações. Kowalski está com vontade de falar. Não é tarefa fácil. As palavras saem entrecortadas. Suas frases são curtas. Mas, ainda assim, tem uma história e precisa dividi-la com alguém, passá-la para outra pessoa antes que seja tarde demais. Entregá-la como se entrega um cachorro para que viva em outro lugar. E lata e não morda:

"Andávamos por aí... Em alguma parte do deserto... Sem saber o que estávamos fazendo... Não saber o que fazemos é o que melhor fazemos... Sabe como é... Uma pequena patrulha... Uns dez homens... Dois veículos... De repente vimos algo... Primeiro, achamos que era um grupo de beduínos... Ou algo assim... Gente da areia... Umas vinte pessoas... Ordenamos que levantassem as mãos... E nada... Nos aproximamos devagar... E logo vimos que... E aqui vem a parte realmente divertida. Não eram homens... Quer dizer, eram homens... Mas homens de neve... Não, não eram *bonecos* de neve... Eram *homens* de neve... Ali, sob o sol... Sem derreter... Todos nós vimos... E nos entreolhamos, sem acreditar... Nos aproximamos deles... Eu tirei as luvas e os toquei... Estavam frios... Frios como a neve... E pareciam emitir um leve resplendor... E era como se zunissem... Enlouquecemos... Todos... Tiramos os uniformes... E começamos a brincar... Como crianças... Uma guerra de bolas de neve... Desarmávamos os homens de neve... Alguns de nós provávamos a neve... E era a melhor neve que já comemos na vida... Ou bebemos... Depois, quando voltamos à base, ninguém acreditou em nós... Nos colocaram sob observação... Começamos a passar mal... Altos níveis de radiação, parece... Não se preocupe... Já averiguaram que não é nada contagioso... Mas sou o último restante... E tenho certeza que não tenho muito tempo de vida... Mas, se você me perguntar se eu faria isso de novo... Ou se valeu a pena... Bem..."

"Bem", é a última palavra que Kowalski diz. De repente, o quarto se enche de enfermeiras e médicos.

"Está frito! Como as *liberty fries*!", grita outra vez o soldado na cama ao lado.

Esse soldado não se chama Kowalski.

Não me lembro de como ele se chama.

E, sim, a pergunta óbvia para todos nós - que tínhamos de tudo e não precisávamos de nada - era o que nos atraía em vocês, o que nos fez sucumbir.

E a resposta é simples.

A resposta está nisso que vocês tinham e que nós nunca tivemos.

A resposta está nisso que vocês chamam de neve. Não podíamos evitar: olhávamos a neve da mesma maneira como vocês enxergam um quadro, uma escultura, uma obra de arte.

A neve, a neve, a neve...

Nos enviaram em uma missão para vigiar um museu, mas deixaram claro que não devemos intervir em caso de roubo. Só dispararemos em legítima defesa, nos explica uma voz estalada, uma voz que caminha e fala. Uma voz walkie-talkie.

É uma ordem esquisita.

Mais uma ordem esquisita acrescentada à lista cada vez maior de ordens esquisitas.

Estamos em quatro. Duas equipes. Franco-atiradores.

Minha boa pontaria foi responsável por essa promoção que não entendo direito. Mas os meus compatriotas me olham com respeito, como se contemplassem o olho infalível de uma máquina. Existe, parece, uma mística instantânea no franco-atirador que consiste, sobretudo, em falar pouco e por meio de monossílabos. E andamos em duplas. O *sniper* e o *spotter*. O atirador e o avistador. O segundo usa o olho e o primeiro, a bala. O primeiro aperta o gatilho logo depois que o segundo proporcionou as circunstâncias perfeitas para atingir o alvo: condições atmosféricas, distância do objetivo, possíveis variáveis do último momento.

Às vezes, invertemos os papéis.

Ou trocamos de dupla com alguma outra equipe.

Para não ficarmos entediados.

Então lá estamos, é noite e, de repente, começamos a escutar um rumor crescente que se aproxima, vindo do horizonte. Um resplendor de tochas ilumina a noite e são centenas de pessoas que avançam pela avenida rumo ao lugar onde estamos. Preparamos nossas armas, porém a multidão segue avançando e começa a subir as escadarias do museu e derruba as portas, entrando aos gritos. Parece o final desses filmes nos quais o monstro perseguidor acaba virando o monstro perseguido. Contemplamos a cena com nossos visores infravermelhos, mas não são necessários, pois, da nossa posição, é possível enxergar claramente e acompanhar o trânsito das chamas das tochas pelos corredores e escadarias do museu. "Pac man", comenta alguém que está próximo de mim, o *spotter* do outro franco-atirador. Não o conheço, não sei o seu nome, mas – ainda que se trate do típico humor do recém-chegado, um humor que logo desaparecerá – preciso admitir que tem razão: luzes passam por detrás das janelas e, de quando em quando, uma das janelas se espatifa e alguém despenca e alguém ri em uma varanda, assistindo-o cair. De repente, uma coluna de fumaça começa a subir em um dos pátios internos e se escutam disparos e – isso sim é estranho – música dançante. Não restam dúvidas de que se trata de uma festa inesquecível que está acontecendo lá dentro. Relatamos o que acontece ao quartel central, mas nos dizem para não nos preocuparmos, que tudo está bem e "sob controle". *Sob* e *controle* são as duas palavras que mais escutei desde que cheguei aqui, os dois sons cujo significado menos vezes vi materializados na realidade deste tempo e espaço.

Mas suponho que isso não importa.

Suponho que essa questão de *sob* e *controle* seja um assunto pessoal, um problema meu. E que também está, de certo modo, sob controle.

No amanhecer, os invasores do museu começam a sair. Têm o aspecto de quem passou não uma noite, mas vários milênios trancados. É como se eles tivessem se tornado, em poucas horas, peças de museu. Peças de museu pouco valiosas, mas, ainda assim, dignas de serem expostas.

Os primeiros a sair carregam as tochas levantadas, agora com o fogo apagado, inúteis, mas eles não as soltam. São parte e continuação dos seus braços. Nós os vemos se afastarem correndo.

Depois, perto do meio-dia, tudo fica mais estranho.

Vejo um homem sair vestido com o traje dourado de um rei antigo, marcial e lúgubre, seus amigos o reverenciam e não parecem que fazem isso como se fosse uma brincadeira ou uma piada.

Vejo outro homem sair, sem calças e com um pedaço de pergaminho pendurado no pescoço.

E vejo outro sair, carregando duas múmias sobre os ombros que se desfazem sob o sol. As múmias são transformadas em pó ao serem golpeadas pelos punhos de luz e o homem tenta sustentá-las, abraça-las; mas a areia da múmia escapa entre os dedos dele como se fosse areia do deserto.

Querida mamãe, esteja onde estiver: hoje vi algo que nunca imaginei que veria. Hoje vi o pó voltar ao pó.

De verdade.

Vejo coisas – coisas demais – que não gosto de ver e que sei que nunca esquecerei. Se estiver vivo para contar tudo isso, em alguns anos acordarei aos gritos de um pesadelo, na cama, ao lado de alguém que, espero, me amará pelo que sou e não pelo que eu deveria ser. Alguém que me perguntará com o que eu estava sonhando e eu responderei, como quem vai para a frente da classe responder à chamada oral: "Voltei a sonhar com aquilo que sempre sonho: múmias se desfazendo sob o sol do Iraque".

Mas, agora, com certeza, ainda falta muito para isso.

E, de repente, uma das paredes do museu é derrubada, e pelo buraco sai um trator arrastando uma estátua enorme: a efígie de um deus com cabeça de homem e corpo de leão e asas de águia que passa justo em frente ao lugar onde estou acomodado. Um desses deuses antigos e combo-mix. Deuses que eram melhores e mais poderosos que os homens porque conseguiram capturar, para o corpo deles, as melhores partes dos melhores animais. E me olha. E acho que percebo, em seus olhos de pedra cega, uma tristeza infinita.

O homem que conduz o trator me olha enquanto eu o olho e me encara e sorri com um sorriso branquíssimo e me lança um beijo com a mão e grita: "Alá é grande!".

Em breve cruzarei o deserto. Em breve peregrinarei rumo à montanha das naves. Em breve...

As noites do deserto estão repletas de sons. Na escuridão, o deserto branco soa como uma selva verde. Na escuridão, escutam-se todos os ruídos que todos os animais do deserto que você não consegue ver durante o dia fazem. Durante a noite, os animais do deserto vêm nos visitar. E conversar sobre o que veem.

Estamos em quatro.

Duas equipes de franco-atiradores.

Dois *snipers* e dois *spotters* que podem se transformar em dois *spotters* e dois *snipers*.

Não interessam os nomes.

Não sentimos falta deles. O equipamento que carregamos já é pesado o bastante, não precisamos deixá-lo ainda mais pesado com nomes e sobrenomes.

Somos, sim, os melhores.

Ouvimos falar dos outros e ouvimos falar de nós.

Somos algo que só entra em atividade em grandes ocasiões.

Então nos reuniram em um porão em Bagdá.

Nos mostraram mapas e fotos. Fotos borradas, mas, apesar disso, soube que estava no caminho certo.

Nos falaram que nossa missão era acabar com O Desfeitor.

"Desativá-lo."

Explicaram que O Desfeitor era o responsável por tudo. As torres e todo o resto também.

Um dos *spotters* ou dos *snipers* interrompeu e disse que achava que o responsável era outro, aquele que, de uma caverna, mandava mensagens e... Primeiro pediram que ele se calasse. A seguir, explicaram – a todos nós – que não, não era assim. Esse homem não passava de uma fachada. Uma cortina. Uma das muitas cortinas escondendo o verdadeiro responsável por todos os feitos. Alguém que se chamava O Desfeitor.

Depois nos fizeram ouvir umas gravações. Sons e ruídos. E uma voz recitando uma contagem regressiva em um inglês perfeito demais.

"É ele", falaram.

Em seguida, nos colocaram em um helicóptero.

E nos mandaram para o deserto.

Aqui estamos.

Vocês não sabem, não estão conscientes, de como são sortudos, de como sempre foram.

Vocês não sabem que é um imenso privilégio ter histórias para contar.

Então, nas primeiras noites no deserto, contamos nossas histórias. Todas começavam da mesma forma, todos usávamos as mesmas primeiras palavras, uma variante da apresentação usada nas reuniões de alcoólicos anônimos ou viciados em seja lá o que for: "Sou da tropa de elite e não faço a menor ideia do que estou fazendo aqui e...".

No início, sob a luz da primeira lua, todos nós mentimos.

Todos garantimos que nos alistamos poucos dias depois da queda das torres, seguindo a crista de uma febril onda de patriotismo. Mas, no segundo anoitecer, já contamos outras histórias. Na guerra, dizemos a verdade quase imediatamente e descartamos as mentiras, porque ninguém quer morrer mentindo em nome de uma mentira bolada em escritórios no outro canto do mundo. Ninguém se torna supersticioso de forma mais instântanea do que um soldado em combate. De repente, tudo vira um presságio, um sinal, um agouro, uma maldição e, pensamos, só se pode neutralizá-los dizendo a verdade ou o que achamos ser verdadeiro.

De modo que, rodeados pela possibilidade da morte, nos alternamos para contar a história de nossas vidas.

"Bom... sempre fiquei intrigado pelas teorias de deuses como sendo astronautas extraterrestres. As pirâmides. Sabem como é... Então pensei que era a maneira mais rápida e fácil de vir ver tudo isso. As ruínas. Nunca tive dinheiro o bastante. E, para falar a verdade, pensava que tudo isso ia durar menos tempo. E que o Egito era mais perto", conta Sniper 1.

Nós três o olhamos como se olha para algo que não entendemos por completo.

"Ah... bom, meu avô trabalhou na construção da bomba atômica. Meu pai me disse que ele morreu brilhando, radioativo, e que pensou que era um extraterrestre, que tinha sido suplantado por seres de outro planeta, como naquele filme antigo... o das coisas que vinham do espaço e se transformavam em réplicas de humanos, lembram? Um dia vieram buscá-lo e ele nunca mais foi visto", conta Spotter 2.

"Eu nasci no Novo México... Sabem, perto do lugar onde supostamente caíram discos voadores... e, ei, vocês já notaram que todos nós gostamos de ficção científica?", pergunta Spotter 1.

Ele fala com uma voz fina, a voz da criança que alguma vez foi e, de certo modo, continua sendo: o garoto que não faz muito tempo prometeu que, quando fosse grande, conseguiria um trabalho no qual pudesse falar o tempo todo coisas como "Alpha-Tango-Charlie".

Não falo nada. Eu poderia contar quem é o meu suposto pai, qual é o meu livro favorito.

Digo que é hora de dormir um pouco.

E nem termino de falar isso quando somos tomados como prisioneiros e nos atam as mãos e nos levam enfileirados, caminhando na noite e, sinto muito, não posso oferecer mais detalhes sobre como foi possível que não os tivéssemos visto chegando. Direi apenas que aquilo que não se enxerga na selva é muito mais difícil de ver no deserto, pois no deserto não há nada para enxergar. No entanto, o deserto te observa o tempo todo. Você sente os olhos dele fincados nas suas costas e no seu perfil e entre os seus olhos e não tem a menor ideia de para onde deve olhar. A Meca vive mudando de lugar; e me pergunto como farão para localizá-la e para ajoelhar-se e orar, aqueles que nos caçaram sem necessidade de balas ou tiros, aqueles que nos derrubaram com a pontaria perfeita de quem nem sequer precisa apontar e pressionar o gatilho. Não tenho dúvidas de que conhecem e reconhecem a localização exata do mais sagrado com a mesma precisão e velocidade com que são capazes de apontar para o local onde batem seus corações. Suponho que seja uma espécie de reflexo, um sexto sentido, uma magia sem truques. Suponho que se deixarão levar e fitarão os olhos do deserto e o deserto dará uma piscadela, indicando a posição exata do que mais importa para todos eles.

E há algo agradável, consolador, em deixar-se levar: nossos capturadores – ao contrário de nós – parecem saber perfeitamente onde estão e em que direção devem se deslocar, e a verdade é que sinto inveja, mas também consolo e calma, e até agradeço o cansaço da caminhada. Enfim temos uma direção, um lugar aonde chegar.

Horas depois, paramos junto ao que parece ser uma piscina vazia, cercada por dunas.

E uma comporta se abre no fundo da piscina e nos fazem descer rumo ao centro da Terra.

Subo a montanha. Lá no topo me aguardam as naves e o resto de todos aqueles que...

Mostram os corpos sem cabeça dos meus companheiros. Pior do que alguém mostrar uma cabeça sem corpo, é alguém mostrando um corpo sem cabeça. E me mostram agora três corpos sem cabeça. Não há nada pior do que saber que são eles, e mesmo assim ser incapaz de distinguir quem é quem, qual é qual.

Por alguma razão, não me decapitaram. Sobrevivi outra vez. Estou me tornando um sobrevivente profissional. Talvez, penso, meus três colegas, cujo sobrenome nunca soube, se chamassem Kowalski.

Tiraram todo o meu equipamento.

Eu me sinto tão leve.

Me colocam de joelhos.

Tiram a venda dos meus olhos.

À minha frente, em uma espécie de trono, há um homem vestido com uma túnica negra e uma máscara negra. Parece a versão Darth Vader de Lawrence da Arábia ou algo do tipo.

"De onde você tirou isso?", me pergunta e, pela sua voz, reconheço que é O Desfeitor.

O Desfeitor fica de pé e caminha em minha direção. Caminha de um jeito muito estranho. Como em uma diagonal no ar. Como um cruzamento de caranguejo com gazela. Como se flutuasse e como se o ar que o cercava fosse feito de pequenas luzes, como se estivesse envolto num exército de vagalumes.

"De onde você tirou isso?", O Desfeitor pergunta outra vez. E mostra o meu exemplar de *Evasão*. Segura o livro com a ponta dos dedos, com a mesma reverência com a qual outros seguram bíblias, fotos dos filhos ou o programa de corrida de cavalos com anotações nas margens. Nunca ninguém segurou assim, desse jeito, um romance de ficção científica, penso.

E quando estou prestes a responder, me dou conta de que é uma pergunta retórica, e sobre algo que não entendo bem e cuja resposta O Desfeitor conhece perfeitamente – ou, pelo menos, intui.

Depois, sem esperar pelas minhas palavras, O Desfeitor começa a falar:

"Estava esperando por você. Sabia que cedo ou tarde você chegaria. Aguardava ansioso pela sua presença. E estou tão contente que você esteja aqui... Você é o escolhido. Ou, pelo menos, é o escolhido nesta variável desse mundo. E tudo bem que seja assim... Fico contente e feliz. Estava tão cansado dessa variável, desse papel para o qual fui designado desta vez... Por algum motivo estranho, sempre me cabem os... digamos *destinos* mais extremos. E não consigo esquecê-los. Lembro-me de todos. Idas e vindas e *arrivals* e *departures*. Enquanto isso o meu amigo recebe situações quase normais, entediantes e felizmente domésticas. Talvez tenha a ver com o fato de que seu pai era rabino. Talvez isso desconte uns vários pontos nas rodas do karma. Ou talvez porque o meu amigo sempre tenha sido uma espécie de testemunha tranquila. Não faz muito tempo (embora seja difícil, hoje em dia, entender o tempo) que eu o vi, e ele continuava mais ou menos igual. Sem entender. Sem querer entender. Apenas desejando. Puro sentimento e nada de lógica. Suponho que foi por isso que ele se dá melhor do que eu. Aconteceram tão poucas coisas na sua vida *real* que também não lhe acontece quase nada nessas pós-vidas. Mal se dá conta de que ele se acende, se apaga e recomeça. Eu, no entanto, estou tão consciente dessa imortalidade feita de mortes... Várias e várias vezes... Um perpétuo (*continua...*). E ela olhando, como se fosse capaz de nos ler, como se escrevesse a nós, como se descartasse umas versões, preferindo outras. Ela, que não parou de nos observar desde aquela noite na qual fomos vê-la e construímos bonecos de neve e criamos todo um planeta e... Por que fizemos isso? Por amor, sim. Mas também para fazer *algo importante*. Juntos. Porque sentíamos que ali, naquela noite, na neve, terminava a nossa breve infância para que começasse uma velhice longa, longa demais. O tempo de nossas vidas está mal diagramado. A velocidade do homem não se adéqua bem à velocidade das coisas e... Odeio esse deserto. Odeio tantas coisas... Talvez aí esteja a diferença: meu combustível sempre foi a fúria perante o incompreensível. A fúria perante o inexplicável de seu desaparecimento e, portanto, cabem a mim destinos horríveis, apareço nos lugares mais detestáveis... E, suponho, o castigo pelos meus pecados: eu que quis criar um planeta de neve vim parar em um planeta de areia ardente... Ainda assim, não me parece justo... Essa guerra. Essa guerra absurda. Essa *outra* guerra absurda na qual o homem já não é o lobo do homem. Não: agora o homem é o extraterrestre do homem, e talvez tudo ficasse mais claro se assumíssemos essas ridículas excursões como viagens a outros planetas, como se enfrentássemos aliens, e não estrangeiros... Depois de tudo, olhe para você: seu uniforme já se parece muito com uma roupa de astronauta... Roupas assim é que são necessárias para viajar à guerra, ao espaço mais sideral que podemos encontrar neste mundo. Não há gravidade aqui, flutuamos, voamos pelo ar e o ar é irrespirável e... Entende algo do que estou dizendo? Imagino que não. E, sinto muito, mas acho que não tenho muito tempo para explicar. É algo complexo. Ouviu falar da teoria dos múltiplos universos e das diversas mentes, da mecânica quântica e ondulatória, do falso vazio, do estado relativo de todas as coisas desse mundo? Suponho que sim, porque vejo que você se interessa por ficção científica. E, depois de tudo, boa parte dos conceitos científicos mais revolucionários tem como origem textos religiosos e folclore antigo. Então não é uma ideia nova: os primeiros multiversos são as casas das diferentes deidades... E, sem querer, me transformei numa espécie de deidade. Digamos que aqui e que, considerando minha idade, deveria estar morto. Mas também poderia ter sido outro. Também poderia ter sido outros. Um desenhista de quadrinhos de super-heróis invulneráveis, cuja única debilidade é se aproximar demais de pedaços de seu planeta e de sua pátria – nada mais mortal para eles que as radiações de seu passado a anos luz de distância –, e que escondem seus poderes atrás da máscara de humanos toscos e inofensivos. Ou um escritor de ficção científica que escreve sob pseudônimo e se esconde sob a fachada de um empregado governamental enquanto imagina histórias nas quais uma força policial rege vários planetas com um código estrito que segue o lema de "Supervisione, mas não execute, preserve, mas não domine". Ou alguém que morreu faz anos, bastante jovem, de ataque cardíaco. Alguém que fumava muito e que trabalhou por um tempo para o exército e o Pentágono, mas depois se dedicou ao terreno da física e postulou teorias revolucionárias. Teorias nas quais ninguém acreditou completamente. Por isso fui me isolando. Eu e minhas teorias. E minha família também foi uma família mais teórica do que prática. Mobília. Uma mulher que logo morreu de câncer, uma filha suicida que deixou um bilhete explicando que ia se encontrar comigo em outra dimensão e um filho que se especializou em compor músicas belas e deprimentes:

letras tristes e melodias com essa alegria falsa e mecânica das caixinhas de música. Um filho que encontrou o meu corpo estirado no chão da cozinha e, ao tentar ressuscitá-lo, me trazer de volta, me abraçou pela primeira vez; porque eu jamais permiti que me abraçasse e nunca o tinha abraçado. De certo modo, aqui e agora, você é o filho que nunca tive. Por isso peço e imploro e ordeno a você, meu filho. Não que me abrace para tentar me reanimar, mas sim que me abrace agora (ninguém o impedirá, dei instruções a meus seguidores para que se suicidem aqui, junto de nós), e, em seguida, com aquela espada que você vê ali, me mate".

Já estou aqui, no alto. Acima, o céu se contrai e se expande e, por um momento, parece que neva.

Atrás e abaixo restam as ruínas, a fumaça, o fogo nas entranhas da Terra como a língua de um dragão moribundo.

Sou o único sobrevivente.

Sou – meus companheiros mortos, os súditos do monarca que se imolaram para se sentir parte inseparável de seu fim – o único que saiu vivo pela comporta da piscina vazia. Subi a escada e aqui estou, sentado à beira do trampolim.

No bunker d'O Desfeitor encontrei um desses celulares de última geração. Conexão por satélite. O equivalente telefônico de um desses canivetes suíços. Botões e letras tão pequenos, um objeto tão ínfimo e leve... Eu me senti o mais idiota dos gigantes ao ativá-lo. Os grandes avanços tecnológicos são cada vez menores em tamanho e, inevitavelmente, dão a impressão de que precisam se parecer cada vez mais com brinquedos muito complexos. O melhor de ambos os mundos, imagino: a sofisticação extrema de um impulso infantil.

Como era aquilo que a minha mãe cantava para mim como se fosse uma cantiga de ninar? Ah, sim: "*Having read the book, I'd love to turn you on...*". E, depois, o som do início do fim do mundo. Um som que não chega de lugar algum porque, de repente, parece estar por todas as partes, por aqui também.

Acho que enviei corretamente a minha posição. Mas são coordenadas difusas, aproximadas, desorientadoras. E é difícil achar que alguém do alto escalão – ou mais ou menos alto – ache que vale a pena montar toda uma operação para resgatar só um homem, alguém que sobreviveu para contar sobre uma missão secreta que, com certeza, ninguém quer muito que seja contada.

E, além do mais, o que tenho para contar é inverossímil, complicado, incômodo.

Dificilmente alguém se mostrará muito entusiasmado em transcrever minhas palavras, em colocar por escrito a maneira como obedeci à ordem ou ao pedido d'O Desfeitor e como cortei sua cabeça com um golpe de espada. Na verdade, não cheguei a cortar a cabeça dele: levantei a espada, abaixei-a, O Desfeitor estava de joelhos, oferecendo sua nuca nua e não seria capaz de garantir que o fio cortou algo; porque no momento exato do impacto, todo o recinto se encheu de luz e, depois, não restou nem corpo, nem cabeça. Seu cadáver – embora eu também não o tenha visto morto – despareceu, como se alguém tivesse repentinamente aberto uma porta para que entrasse um desses ventos capazes de varrer e limpar tudo. O melhor seria, imagino, que esse mesmo vento me arraste também, que não sobrem rastros nem fios soltos, que a minha missão se perca para sempre e, com um pouco de sorte, se torne o equivalente a uma lenda urbana. Uma lenda de quartéis e regimentos. Um rumor caminhando nas pontas dos pés pelas cantinas dos quartéis e gabinetes. Uma história de fantasmas e o fantasma serei eu, porque, agora, sentado nesse trampolim, já sou um fantasma. O fantasma da piscina-fantasma no centro de um deserto amaldiçoado.

O melhor seria me esquecer, me condecorar, e seguir adiante.

Sim, estou aqui.

Sim, dou três batidas na madeira do trampolim, mesmo que ninguém me peça para fazê-lo e assim poder confirmar a minha presença.

“Porque eu queria viajar, queria deixar para trás o meu povoado de merda, queria sair para conhecer o mundo”, é a resposta que os militares costumam recordar, com um riso nervoso enquanto tudo explode ao redor, sem poder acreditar que alguma vez foram idiotas de responder *isso* sempre que perguntavam por que entraram no Exército, por que foram para a guerra.

Eles também se lembram que certa vez mentiram para si mesmos e para os outros, e até acreditaram um pouco nisso, que estavam lá "porque queria defender o meu país".

Mas a tarefa de se lembrar fica cada vez mais difícil para eles e – quando já estão muito longe, quando o ar que respiram parece blindado pelo chumbo das balas e tudo tem gosto de pólvora, quando saíram e deixaram para trás tudo aquilo que não podiam suportar ter em frente, porque nada os enchia mais de medo do que a paz morta de acabarem se tornando réplicas de seus pais – só pensam em voltar ao lugar do qual partiram e ao qual juraram nunca mais voltar.

Retornar àquelas paisagens imensas de pequenos povoados onde nada acontece, exceto a felicidade tranquila de saber exatamente o que acontecerá amanhã, porque não será muito diferente do que aconteceu ontem e do que está acontecendo agora. Caminhar por aquelas ruelas curtas das quais se conhece até a última pedra e, no pior dos casos, chegar lá em um caixão envolto em uma bandeira que irá jazer em um cemitério próximo a um cinema de *drive-in*, um dos últimos cinemas do tipo no qual, de tempos em tempos, são projetados filmes antigos de monstros radioativos e mulheres gigantes e robôs que paralisam a Terra enquanto os militares apontam para eles, gritam e atiram com armas inúteis. Quando era garoto, sempre quis trabalhar como aquele ator que está fugindo e se vira para trás, olha para cima, grita e é esmagado por uma pata gigante ou fulminado por um raio mortal.

Descansar em paz.

Embalado pelo rumor desses filmes.

Qualquer coisa é melhor do que se perder para sempre no deserto.

Não é o meu caso, não foram esses os meus motivos.

Eu não tenho um lar.

Não tenho um X no mapa para onde voltar e desenterrar um tesouro que sempre esteve ali.

Estou há muito tempo vagando e correndo.

Tanto tempo que nem me lembro onde estava a linha de partida.

Eu me lembro, acredito, de nada além do indispensável; como se alguém tivesse decidido até que ponto é conveniente recordar, como se alguém tivesse pautado a quantidade adequada de lembranças: uma memória limitada, porém suficiente para me manter caminhando.

Eu me lembro, sim, do tiro de largada que me levou a tentar alcançar dois homens que nunca conheci. Eu me lembro, sim, das fotocópias de um livro estranho na biblioteca ainda mais estranha da minha mãe.

Minha mãe – que certa vez foi uma rechonchuda hippie conhecida, que adotou um desses nomes aquarianos absurdos, como Mothership Rainbow – faz anos que colidiu contra o asteroide de uma dessas doenças com dois sobrenomes.

Minha mãe – como boa parte de seus amigos lisérgicos – era uma consumidora dedicada de romances de ficção científica (especialmente das trilogias, tetralogias, pentalogias...) e quis me dar o nome de Sandworm e, por sorte, o funcionário do cartório se negou a registrá-lo.

Seja como for, minha mãe conseguiu me contagiar com sua paixão por esses livros que nos colocavam fora de órbita, livros que às vezes eram como uma trip.

Nunca conheci o meu pai, mas, antes de morrer, minha mãe me mostrou uma foto e entregou uma carta que ele tinha deixado. A foto mostrava um homem corpulento, de barba escura e grisalha, com um sorriso tímido, e cercado de cachorros. O homem tinha o ar inconfundível de alguém que acha que todos os dias são domingo. A epígrafe – a foto tinha sido recortada de uma página de jornal, era um obituário – informava que se tratava de "W. W. Zack, explorador dos impossíveis mundos possíveis". E, então, eu senti que algo estranho acontecia: as letras pareciam se mover sobre o papel, como se dançassem umas com as outras. E esse homem não se chamava, até onde eu saiba, W. W. Zack, mas sim Philip K. Dick.

Minha mãe disse que mal o conheceu, passou apenas uma noite em sua casa no início dos anos oitenta, que tomaram duas garrafas de vinho californiano enquanto conversavam sobre a chegada de extraterrestres benignos, guiados pelas mentes jovens, todos juntos agora, deslizando suas naves pela estrada traçada com muitas horas de meditação transcendental. Mas o único que chegou fui eu, é de lá que venho, minha mãe disse, e sorriu um sorriso cheio de sardas.

Abri a carta e a única coisa que tinha dentro eram algumas linhas escritas com uma letra torta, descendo o morro, como se quisesse se escapar pela parte de baixo da página: "A resposta está em *Evasão*". E dois nomes: "Isaac Goldman & Ezra Leventhal".

E só.

Não era um grande legado, mas era algo.

Um sinal.

Uma estrela pela qual se guiar.

Algo apontando para alguma direção.

Minha mãe disse que Zack (Dick?) tinha aparecido enquanto fugia do FBI ou algo do gênero, e procurava por uma mulher, outra mulher, mas que encontrou a ela, e ele pareceu se conformar com isso naquele momento. Ele disse que a mulher que procurava era uma "mulher estranha". Alguém tinha comentado que ela poderia estar vivendo perto dali, em um subúrbio residencial chamado Sad Songs. E Zack falava o tempo todo de *Evasão*. E minha mãe entendeu que Zack *real-*

mente estava fugindo de algo ou alguém. Que não mentia ou delirava. Zack não estava fugindo de alguma de suas várias ex-mulheres, mas sim de algo que tinha descoberto e que, imaginava, ninguém podia saber.

Zack falava o tempo todo de sua ideia de realidade ("A realidade é o que não desaparece quando você para de acreditar nela") e de coisas que minha mãe considerava completamente irreais: de androides que não estavam conscientes de que eram androides, da Disneylândia como um "organismo vivo que está evoluindo", da mensagem que tinha encontrado dentro de um biscoito da sorte num restaurante chinês ("O que foi feito em segredo sempre arranja uma maneira de vir à tona", dizia o pequeno rolo de papel), de Parmênides, "para quem as únicas coisas reais eram aquelas que nunca mudavam", e de Heráclito, que insistia que "não há nada real que não mude"), das muitas aplicações do I Ching, das "muitas verdades que costumam ser consideradas ficção científica", das supostas "coincidências de enredo" entre os seus romances e partes da Bíblia e, algumas vezes, sobre a manhã na qual uma jovem desconhecida – a mulher que dizia estar procurando – tinha batido à sua porta:

"Dias antes de sua chegada, me extraíram dois dentes do siso. Não conseguia escrever por causa da dor, então telefonei para uma farmácia próxima e pedi que me enviassem algum remédio. O mais forte que tivessem. Meia hora depois, tocaram a campainha, abri a porta e lá estava ela. Uma mulher jovem, mas que parecia ter muitos anos a mais do que aparentava. Há pessoas assim: que parecem estar vivendo há muito tempo dentro de mausoléus de sua própria grandeza secreta. Vi que ela tinha pendurado no pescoço um pingente dourado em forma de peixe. Não sei por que perguntei a ela o que significava isso, e ela me respondeu que era um símbolo com o qual os antigos cristãos se reconheciam. De repente, parei de sentir dor e, enquanto contemplava o peixe dourado, experimentei aquilo que os gregos antigos chamavam de *anamnesia*: a perda completa do esquecimento. Lembrei-me de tudo. E não apenas lembrava, como também via: contemplei entardeceres flamejantes em terras que não podiam existir em nossa Terra, escutei conversas em um idioma sem nome, me perguntei se essa era a voz de Deus conversando consigo mesmo e lembrei das palavras de Xenófanes de Colofón: 'Existe somente um deus supremo entre os deuses e os homens; nem seu corpo, nem seu pensamento se parecem com o dos mortais. Tudo vê, tudo ouve, tudo pensa. Sem esforço algum, seu pensamento rege tudo. Permanece sempre no mesmo lugar, sem se mover; não lhe convém ir a outro lugar'. Talvez, a chave esteja em uma noite dessas saltar as cercas da Disneylândia e substituir os pássaros-robôs por pássaros de verdade. Talvez, então... Mas é ela quem eu preciso encontrar. Depois que ela foi embora, lá estava eu, diante da porta aberta, sem saber o que tinha acontecido, como se um relâmpago de conhecimento absoluto tivesse apontado com o dedo... Liguei para a farmácia e me informaram que nenhuma mulher semelhante à descrição que eu oferecia trabalhava lá. Achei que a tinha visto certa vez em Nova York. Segui-a até Sad Songs. Me perdi dela. Encontrei você. Tudo significa algo. E a única coisa que eu quero é recuperar esse momento único e definitivo. Voltar a me lembrar de tudo para que não reste nada esquecido".

E eu me esqueci de tantas coisas desde que cheguei aqui...

Até do meu próprio nome.

Espero que meu nome não seja Kowalski.

Talvez por isso tenha me esquecido.

Nunca os esquecerei, meus filhos. Vocês nunca me conheceram, mas nunca deixei de amá-los.

A tela do telefone me permite acessar tantas coisas...

Poderia ligar para alguns amigos – mais conhecidos do que amigos –, mas não me lembro do número deles.

O único número de telefone que tenho (anotado na última página de *Evasão*, no exemplar que ganhei de presente na tarde em que eu e minhas perguntas invadimos a sua casa) é de Isaac Goldman. Disco e demoram um bom tempo para me atender.

A voz de uma mulher jovem (não me atrevo a garantir que se trata da voz de uma mulher jovem) me informa que o senhor Goldman desapareceu faz um tempo.

Pergunto quando ele morreu.

"Falei que ele desapareceu, não que morreu", responde a voz jovem feminina.

Ela me pergunta se sou um parente dele.

Respondo que, de certo modo, sim.

E não sobra mais o que falar ou conversar.

A voz jovem feminina me explica que está ocupada, cozinhando e cuidando dos filhos, pede desculpa e é como se eu, de onde estou, conversasse com alguém de outro planeta, com a nativa de um lugar onde ainda se cozinha e se cuida dos filhos.

Descubro que acabou a bateria do celular, que em poucos instantes não passará de um pedaço de metal e plástico. Um objeto tão sofisticado como inútil. Um fóssil instantâneo.

Então decido entrar na internet para procurar por mim, para me encontrar.

Acesso um desses sites que oferecem – ao vivo e em cores – subir aos céus, contemplar o mundo de fora, com o mesmo olhar que alguma vez foi privilégio exclusivo dos astronautas e dos anjos, e orbitar lá em cima até localizar mais ou menos exatamente o ponto onde você se encontra aqui embaixo.

E, então, começar a descida.

Nem muito rápido, nem muito lento.

Experimentar a aceleração fria, a bofetada quente de entrar na atmosfera e continuar descendo, ficando cada vez mais próximo, sobre o deserto, daqui venho, aqui vou, e, de repente, lá estou.

Cada vez mais próximo: um homem cercado pelas dunas noturnas.

Sentado no trampolim de uma piscina vazia.

Eu me aproximo de mim guiado pela débil, porém clara, luz da tela do celular e, de repente, na tela do meu celular vejo a tela de um celular na qual se enxerga uma tela de celular.

Abduzi a mim mesmo.

Troquei essa terra de ninguém – esse espaço vazio – pelo planeta de outro.

Sou infinito e começo e termino em mim mesmo.

O universo sou eu.

Cheguei em casa.

Bem-vindo.

Queríamos tanto viajar... Queríamos tanto conhecer vocês... Podíamos ter feito isso de modo limpo e rápido. Poderíamos conseguir isso apenas com a força de nossa mente, nos projetando como feixes de luz através do espaço e chegando até vocês sem aviso prévio. E vencê-los de modo que vocês mal se dariam conta de que tinham sido derrotados.

Mas não nos parecia pertinente ou apropriado.

Não parecia justo.

Não era correto em termos narrativos.

Vocês – que tantas vezes sonharam, durante tanto tempo, com o dia de nossa chegada – mereciam algo muito melhor.

Algo muito mais ficção científica.

Por isso construímos as naves.

Fizemos naves grandes, sinistras e elegantes, e ficamos muito felizes ao imaginar vocês detectando-as, primeiro com as pupilas de seus telescópios míopes em órbita, depois nas telas de seus radares distraídos, e depois, por fim, as naves descendo dos céus e flutuando graciosamente sobre as cidades.

Nossas naves – como as naves flutuantes nos seus filmes – posando sempre próximas a monumentos históricos e santuários turísticos. Queríamos muito realizar todas as suas fantasias... Fizemos tantos planos: adquirir um aspecto ameaçador, ou absurdo, ou sensual.

Ou todos ao mesmo tempo.

Tentáculos, crânios enormes funcionando como caixas para megacérebros, mulheres lindas envoltas em trajes sensuais tecidos com metais vaporosos... Como se fosse uma festa à fantasia. E até pensamos em destruir algo usando armas ridículas. Derrubar a Torre de Pisa ou colidir contra alguma pirâmide, esse tipo de bobagem. A seguir, revelaríamos como de fato somos e nossas verdadeiras intenções. Invadir, sim. Conquistar vocês, também. Submetê-los, claro. Mas, também, fazê-los participar de nossa perfeição que, com sua ajuda, deixaria de ser entediante. Porque existiria em vocês, sempre, um fator imprevisível, um núcleo de surpresa, um possível estouro do catastrófico.

E juntos seríamos felizes.

Mas não foi possível.

Agora é tarde, agora é tarde demais.

Este é o último dos meus entardeceres: cores raivosas, um tumulto de nuvens, formas mutáveis sobre um céu que não fica estático.

Um de seus poetas, um poeta nas trincheiras da guerra que gostamos tanto de acompanhar e que tanto nos angustiou, escreveu certa vez que "os soldados são sonhadores".

Nós nunca fomos soldados, mas, sim, sonhadores.

E vocês foram os sonhos que sonhamos.

Agora, o sonho acaba e eu quero dormir para sempre.

Já era.

Apagou.

Acabou a bateria.

Out.

Off.

K.O.

Fecho o celular e abro o livro, e os livros nunca ficam sem bateria, os livros sempre funcionam, os livros sempre estão muito dispostos a serem lidos... Máquinas *unplugged* que se conectam instantaneamente aos nossos cérebros, nos possuem e nos invadem. Talvez, pensando agora, os livros sejam organismos extraterrestres. Seres que nos abduzem e nos levam a outros mundos, a mundos melhores, a mundos muito melhores escritos que o nosso.

... e não custa nada deixar claro, mais uma vez, que agora penso e escrevo com terminologia terrestre. Após tantos anos (é claro que nossos anos não são iguais aos anos terrestres e nem sequer têm esse nome) observando e aprendendo (será?), considerando a situação à qual cheguei, faz mais sentido – e o resultado é muito mais poético?, irônico?, poético e irônico? – me expressar dessa maneira. Afinal de contas, essa não é uma mensagem para o meu povo, porque não restou ninguém, mas para os outros, os que se tornaram o meu povo.

Aqueles seres distantes que contemplei daqui, tão de perto; porque o olho de quem observa é o que enfim determina a realidade das distâncias.

E ficou claro que na calma resignada e final de meus olhos desiludidos (que não são olhos, que não se chamam olhos) bate um desejo impossível, o sonho absurdo de que alguém, em uma noite de verão, com fogos de artifício explodindo no céu, experimente uma estranha sensação de se sentir observado por alguém muito distante, e olhe para cima e que, sem me ver, me observe enquanto eu o olho pela última vez.

Abro, mais uma vez, o livro *Evasão*.

Há pouca luz.

Não há noites mais escuras do que as no deserto mas, também, não há noites mais luminosas que as no deserto.

Não há luz no solo, mas há tanta luz no céu...

As estrelas brilham com mais intensidade no deserto.

Não há brilho da Terra capaz de entorpecer o brilho do espaço.

Assim, é possível ler sob a luz das estrelas.

Abro o livro na última página – apesar de não precisar disso, pois seria capaz de reconhecer cada uma das palavras sem a necessidade de vê-las – leio, leio com os olhos abertos:

De certo modo, o nosso desaforado, porém tímido e secreto amor por vocês foi, também, uma espécie de traição. Não chegamos a tempo, não cumprimos o horário combinado do encontro. É que gostávamos tanto de observar vocês... E, desse jeito – sem poder parar de contemplá-los como agora contemplo os entardeceres eternos de Urkh 24, de Aquele-Lugar-Onde-Se-Escutam-As-Melodias-Mais-Tristes –, foi passando o tempo e o tempo escorreu como água entre os dedos, como areia de um relógio de areia. Por favor, nos perdoem, mesmo sem nunca ter tomado conhecimento de nossa ausência e de nosso fracasso.

E nunca se esqueçam de nós, apesar de nunca termos nos conhecido.

De certa maneira, sempre estivemos ali, junto de vocês, adorando-os.

Teria sido lindo nos encontrarmos, conversar e trocar histórias.

Tínhamos tanto para contar...

Por isso registro esses pensamentos, essas últimas ideias do último que desaparece, que desvanece.

Estas são as memórias de alguém que – apesar de já não estar mais aqui, apesar de já começar a fazer parte da incomensurável matéria do esquecimento – nunca se esquecerá de vocês, lembrará de vocês para sempre.

O último d'Os Distantes.

Fiel para sempre.

Semper Fi.

III

OUTRO PLANETA

E então, em poucas ocasiões, este planeta se transforma em outro planeta.

Assim, viajamos de um planeta a outro sem precisar cruzar nada de espaço.

Basta atravessar o tempo e não permitir que o tempo nos atravesse, nos rasure, nos apague do mapa.

Não é fácil, não é nada simples conseguir isso.

No entanto, eu fui capaz.

Porém – para evitar confusões – não me sinto especialmente feliz de ter conseguido.

Eu não escolhi isso.

Fui escolhida.

Se há alguém aí, por favor, não mude de canal nem de emissora.

Continuaremos noticiando.

Apesar de saber que não há ninguém, nem aqui nem lá.

Não resta nada.

End of the World News.

Mesmo assim, eu – e não há ninguém mais distante de tudo do que eu – continuo sintonizada e transmitindo.

Fantasmas, ecos, reflexos, resíduos de vozes e paisagens.

Não posso evitá-lo, não estava nos cálculos de ninguém; mas, de certo modo, continuo acesa, emitindo todos os programas ao mesmo tempo, todos os episódios de todas as temporadas, tentando localizar o único episódio que me interessa.

Mas essa não é uma tarefa simples.

São muitos, muitos capítulos.

E o que procuro não é dos mais interessantes, nem o de maior sucesso.

Mas é o meu episódio favorito.

Nesse episódio, eu apareço, eles aparecem, e tem apenas uma cena. Mas, para mim, é a melhor cena possível, o momento mais importante da minha vida, de nossas vidas.

Algum dia – juro – vou encontrá-lo, serei capaz de alcançá-lo, conseguirei emiti-lo.

Várias e várias vezes.

Até o fim do mundo, até o fim de todos os fins do mundo.

Sejam bem-vindos aos fins do mundo.

O primeiro fim do mundo – o primeiro dos muitos fins do mundo de todos vocês, que também é, em parte, o meu – ocorreu no mesmo instante de seu início.

Ou seja: não aconteceu nada.

Mais um Big Crack do que um Big Bang.

Ou, melhor ainda: um Big Pfff.

Algo como um estalo de dedos em um quarto escuro. Um breve crepitar de energia pura que não encontrou nada para queimar, para se expandir e se tornar um incêndio incontrolável, contente em existir e arder. Então, apenas uma ordem a desobedecer; porque, simplesmente, não é possível responder a ela, por mais que se queira.

Assim, a cortina que se abre ou que sobe para não revelar nada além de um cenário vazio, sem cenografia ou atores, iluminado só por uma pequena lâmpada que alguém esqueceu e que nem sequer voltará por ela, pois não importa, pois ninguém se importa: nenhuma entrada foi vendida para essa peça disfuncional que não começa e nem começará enquanto vocês não chegarem.

Não há mais lugares porque não há teatro.

O segundo fim deste mundo foi devidamente registrado. O segundo fim do mundo do qual tive notícias teve como centro a pequena ilha de Santorini – mar Egeu, a uns cinquenta quilômetros de Creta –, batizada assim em memória a santa Irene de Tessalônica, que ardeu, extática, na fogueira, no ano de 304 dC por recusar-se a renunciar à fé cristã. Os nacionalistas gregos preferem se referir ao lugar usando nome de Thera, em homenagem ao primeiro comandante espartano que pisou em suas margens depois do grande desastre.

Foi mais ou menos no ano de 1500 aC – para que me entendam, utilizo essa vulgar e inexata forma de notação temporal – quando os habitantes da ilha à qual não se referem como Santorini ou Thera, mas sim, indistintamente, como Caliste (a mais bela ilha dentre todas as ilhas) ou Strongulē (mais conhecida como "a ilha circular") se acordam com um rugido que parece brotar da garganta de mil leões do mar.

O vulcão da ilha abriu o seu olho.

Alguns correm à praia e lá enxergam: uma onda que vem correndo na direção deles, como se fosse impulsionada por um amor de mãe que precisa afogar os filhos em um abraço. E a grande onda os afoga e os abraça e não os solta. Não conformada com isso, a grande onda cobre por completo a ilha (nunca se viu nada assim, mas também não há muito tempo para pensar em uma maravilha igualmente terrível) e logo retrocede e procura um novo destino, e assim vai afundando, uma a uma, todas as ilhas do Egeu. E quando acaba com elas, a onda segue seu trajeto até novos mares e novas terras e novas civilizações. Essa onda é como uma navalha cortando o pescoço do mundo de um canto a outro e, em alguma parte, nesta versão da história e da História, essa mesma onda, muitos anos depois, continua dando voltas por aí, sempre alerta, pronta para extinguir com sua espuma qualquer marca de firmeza, de terra firme.

Essa onda é a mesma onda que, noite após noite, sacode a minha cama e a transforma em uma balsa que, com o tempo – e com sorte – encalhará para se tornar uma ilha onde brotará uma única palmeira. E eu ali, escrevendo mensagens como esta, à espera de que as correntes arrastem até as minhas margens uma garrafa onde eu possa colocá-las.

Lá vai, lá vou eu.

Então – sinto tanta falta da minha ilha – acordo para que o pesadelo continue.

O mundo inteiro é feito de barro e está rodeado de água que os cubos de gelo fabricam ao se derreterem no meu copo.

Outro uísque duplo para mim, por favor, e não há nada mais perturbador do que a luz de uma cozinha vazia, à meia-noite, e uma pessoa abrindo e fechando gavetas, tentando se lembrar onde foi que escondeu essa garrafa que não encontra.

O terceiro fim desse mundo que pude captar (agora, sozinha, capturo faíscas de velhas transmissões de antigos transmissores daqueles que me precederam nesta tarefa) ocorreu em algum momento durante o Império Romano.

Os deuses – irritados ou felizes por alguma dessas questões tão caprichosas e infantis que costumam incomodá-los ou alegrá-los – desceram das alturas, todos juntos, ao mesmo tempo. Deuses demais sobre a superfície de um planeta que, agoniado com tal peso divino, altera a sua órbita e se aproxima muito da Lua e...

... me desculpem, mas vou me servir uma dose. Uma dose grande. Quase tão grande quanto a minha sede e, é claro, *quase* está sendo usada aqui como uma palavra de efeito, porque ninguém bebe para se sentir satisfeito. As pessoas bebem para poder continuar bebendo. Uma rodada para todos (embora não tenha sobrado ninguém para rodar) e aqui estou eu rodando, virada do avesso como uma luva, como uma fantasia que você tira e deixa de lado em uma festa, em um quarto do andar de cima, em uma casa que não é a sua. E, de repente, você sente frio e, então, outra bebida para aquecer, e não sair dali e continuar sonhando com cristais onde cubos de gelo flutuam. Sonhar que estou bebendo no cristal de um desses copos altos e largos que conseguem acomodar algo como um quarto de uma garrafa.

Agora entro – logo entrarei – em armazéns que estão desertos de pessoas, mas repletos de garrafas a serem esvaziadas. Esvazio garrafas – descobri que o álcool, pelo menos por um tempo, me permite sentir que não sinto nada além do que sinto – com a desculpa perfeita de que só faço isso para poder enchê-las com mensagens que dizem: "Esvazio garrafas com a desculpa perfeita de que só faço isso para poder enchê-las com mensagens e...".

... o quarto fim do mundo aconteceu quando o cavaleiro templário Enric Coriolis de Vallvidrera, após as Cruzadas, voltou ao lar – perto dos Pirineus, em uma ladeira de pedra, no local onde, séculos depois, o cetro luminoso seria elevado em uma torre de comunicações altíssima – aferrado a um pedaço de madeira que, lhe contaram, pertencia originalmente à suposta cruz na qual pregaram um suposto Messias.

O pedaço de madeira era, na verdade, o habitat de esporos exóticos e altamente tóxicos. Um vírus antigo como o mundo.

Enric de Vallvidrera adoece – febres e delírios infiltrando-se nas rachaduras enferrujadas de sua armadura de súbito amolecida e desarmada – e contagia primeiro a sua família, e depois a aldeia, aos pés do castelo. A seguir, o vírus viaja através da tosse dos viajantes e, de repente, quando se agarra às asas das aves e às nadadeiras dos peixes, a sorte está lançada.

Para uma doença, não há diferenças entre o Velho e o Novo Mundo.

As regras do jogo não mudam.

O tabuleiro é o mesmo.

A partida terminou.

E todos perdem.

O quinto fim do mundo… não lembro qual foi o quinto fim do mundo. Algo relacionado a um suicídio em massa, com vários profetas enlouquecidos.

Mas, na verdade, pouco importa.

Seja como for, eu me refiro aqui aos fins do mundo que eu *vi*, que importam para mim. Mas há muitos outros que não conheço, que são como um rumor ao final de um corredor da última ceia para a qual não me convidaram, mas que, ainda assim, sei que está acontecendo, tão distante e tão próxima.

Como um eco de um eco de um eco.

O sexto fim do mundo foi cozinhado em fogo baixo nos laboratórios dos talentosos cientistas loucos do Terceiro Reich. Raios e relâmpagos e eletrodos e frascos borbulhantes e torneiras com formas de suásticas e cenários de tetos inclinados e, assim, uma raça de super-homens. Arianos gigantescos de quase três metros de altura. Soldados invencíveis.

Primeiro a série Tristão, seguida pela série Siegfried. E, uns e outros, magníficos.

Botas impecáveis, uniformes perfeitos e monóculos tamanho ciclope que entram, perfeitamente sincronizados, desfilando em Washington D.C. e derrubam o presidente Roosevelt, em sua cadeira de rodas, das escadarias da Casa Branca. De repente, entediados, após terem conquistado o mundo inteiro e eliminado uma por uma todas as raças inferiores, os Tristãos e os Siegfrieds retornam de todos os cantos do globo e caminham sobre Berlim e executam o patético e tão imperfeito Adolf Hitler, arremessando-o em um caldeirão de lava fervente.

Depois, quase em seguida, não sobra nada para fazer. E os Tristãos e os Siegfrieds tornam-se lânguidos e se extinguem escutando óperas de Wagner em palácios vazios; pois os talentosos cientistas loucos do Terceiro Reich esqueceram de fabricar Isoldas e Kriemhilds.

E isso é uma piada, isso não aconteceu, pensei nisso agora e juro que pediria desculpas se tivesse alguém a quem pedir.

Até pagaria uma bebida.

Duas.

Três.

O sétimo fim do mundo – no século xx, os sucessivos fins do mundo acontecem com frequência cada vez maior, como se o planeta quisesse testar todas as possibilidades de adeus, como se não soubesse com qual dos bombons da caixa ficar – acontece naquela manhã no Novo México, Los Álamos, Trinity Site. Óculos escuros pesados, a areia do deserto e o zunido das câmeras que registram tudo; pois o homem aprendeu a registrar acontecimentos históricos e é o poder de registrá-los que, de certo modo, o obriga a provocá-los, para ter, assim, algo a registrar.

Dessa maneira, a Terra se tornou um lugar perigoso e Robert Oppenheimer e sua turma (que o chamam de "Oppie" e que escutam ele dizer algo sobre ser o destruidor do mundo, algo retirado de um texto sagrado e exótico); e a imensa explosão que acharam que foi controlada, mas não foi; e as hipóteses brincalhonas do catastrofista Enrico Fermi se revelaram corretas, mas não muito engraçadas.

A explosão atômica incendeia o nitrogênio no ar e nos oceanos, e a atmosfera toda se desnuda como uma mulher que tira em um só gesto o vestido – um desses vestidos que, mais do que cobrir, descobrem – depois de ter dançado a noite toda em movimentos rápidos e quentes, sabendo, feliz e feroz, que todos a olhavam e que não podiam deixar de observá-la.

Da mesma forma que não se pode deixar de olhar essa nuvem com forma de cogumelo que sobe aos céus, cresce e não para de crescer até cobrir a luz do sol com seu resplendor de mil sóis.

O oitavo e o nono fins do mundo são muito parecidos.

Um satélite norte-americano que, de repente, descola-se do céu, e os russos acham que se trata de um míssil dirigindo-se diretamente para Moscou.

E é tão fácil e ao mesmo tempo tão complexa a arte efêmera de pressionar botões vermelhos depois de conversar aos gritos em telefones vermelhos.

Antes ou depois disso, o presidente John Fitzgerald Kennedy sobrevive ao atentado em Dallas, mas retoma suas funções um tanto alterado e errático. E, certa noite – durante uma visita guiada e fora do programado à Sala Oval, para impressionar uma jovem universitária –, dá uma ordem inflamável, extrema, ativa, e se esquece de cancelá-la, de anulá-la.

O décimo fim do mundo que eu conheço...

Interrompo aqui para deixar claro que nem todos os fins do mundo que ouvi (são contados por uma voz que soa como o vento soprando para trás, como uma dessas mensagens satânicas ouvidas ao contrário nos velhos LPS que existiam por volta dos anos setenta) são tão espetaculares ou histriônicos.

Há outros fins do mundo – ou deveria dizer *finais*, apesar de que em toda a finalidade estão implícitos a vontade e o destino de alcançar e ter um fim? – que são quase secretos: acidentes, idiotices, tropeços nas escadarias da História.

Finais – como os anteriores – dos quais fiquei sabendo, como disse, revisando os arquivos do meu operador, minha antena captando ondas perdidas e encontrando-as.

Finais suspensos pela ação – às vezes sutil e quase secreta, às vezes tola e apressada – de outros e outras que me precederam neste cargo.

Não conheci pessoalmente nenhum deles, mas soube de sua indubitável existência porque não podia ser a única, porque, em todas as partes, semicerrando meus olhos, eu detectava a presença deles, seu segredo tão desesperado quanto o meu.

Como quando eu vi esse quadro que agora está pendurado – ou que alguma vez esteve – na sala da minha casa em Sad Songs; mais detalhes sobre isso a seguir.

Agora, mais uma vez, outro desses fins do mundo (fins, como disse, mais íntimos, quase domésticos) revela uma criança de cerca de oito anos brincando com um desses kits de introdução ao maravilhoso mundo da química. Sabem como é: tubos de ensaio pequenos e frágeis, um microscópio rudimentar, um aquecedor inofensivo e vários frascos pequenos contendo materiais supostamente inofensivos aos quais esse garoto acrescenta um pequeno pedaço de chiclete, o chiclete que estava mascando, misturado com os reagentes de sua saliva e...

Em outro final, um rabino enlouquecido, internado em um hospital psiquiátrico de Manhattan, descobre, depois de tanto pesquisar, a maneira exata de reunir todos os fragmentos soltos e estilhaçados do recipiente que algum dia conteve a presença divina de Deus e começa a levitar, a flutuar rumo aos céus e... Não sei muito bem o que acontece depois. Perdi a imagem. Sei apenas que a sua história não termina bem, que dizem que ele se suicidou, que cai das alturas, ou que o arremessaram de uma janela, vai saber...

Outro final ocorre em um aeroporto de uma província. Um passageiro que já despachou sua bagagem não aparece na porta de embarque e um funcionário o chama pelo sistema de alto-falantes – o sobrenome do passageiro é complicado, cheio de consoantes – e lê errado o nome, e, sem querer, pronuncia o nome de Aquele-Que-Espera-Do-Outro-Lado-De-Todas-As-Coisas-E-Cujo-Nome-Jamais-Deve-Ser-Pronunciado porque ele seria libertado ao ter seu nome pronunciado e, para a felicidade de Phineas Elsinore Darlingskill, sairia de sua casa em um buraco dourado no espaço-tempo e viria até nós para acabar com tudo e...

O último dos íntimos e domésticos fins do mundo do qual me recordo tem como protagonista um homem que escova os dentes em frente do espelho do banheiro. A sua mulher o abandonara, levando consigo a filha, e ele acaba de ser demitido do trabalho. Não foi um bom dia. De repente, a escova de dente quebra dentro de sua boca com um estalo. Passou do limite. Não pode suportar mais. O homem vai até a sacada do apartamento, salta e morre, sem saber que ele era o responsável pelo seu tempo, que uma pessoa como ele nasce de tanto em tanto, e que as vidas de todos os homens dependiam dele. Ao seu redor, enquanto o homem agoniza na rua, todos começam a se jogar pelas janelas. Alguns, de janelas do térreo, das quais se jogam várias vezes até que, enfim, uma batida na cabeça ponha fim a esse desejo suicida. Outros se jogam pelas escadarias de estações de metrô ou saltam da balaustrada de barcos ou abrem portas de aviões no meio do voo. Todos, de um jeito ou de outro, caem e não param de cair. Pessoas caindo das alturas, gente que certa manhã descobre que vive em um mundo sem leis e se abraça, como último e único consolo, à Lei da Gravidade.

Há outro tipo de fim do mundo que, suponho, é que mais alegrará os leitores de techno-thrillers, colecionadores de armas e viciados na insônia provocada pelos jogos de guerra, pessoas para as quais o branco dos dias se funde com o preto das noites e, ao final, acabam habitando um cinza sem tempo ou espaço que é a inconfundível e confusa cor da paranoia.

Esse cenário apocalíptico específico está situado nos últimos anos – os mais quentes – de uma Guerra Fria que passou da data de descongelamento. O Muro não caiu e não terá tempo de cair e, na Casa Branca, um homem suspira, sua e desce até as profundezas de um bunker onde homens o esperam com rostos tensos e uniformes militares perfeitamente passados, dotados de uma empolgação aguda que mal conseguem dissimular com suas vozes graves. Telas e documentos com etiquetas que dizem TOP SECRET e toda essa informação. Satélites norte-americanos que pararam de transmitir e que agora – danificados e derrubados – são classificados como "desaparecidos em combate". Satélites com nomes supostamente engraçados como OLD BLUE EYES ou SPACEY LOOK ou STAR STRUCK. Depois, precisões e movimentos de satélites russos que, de repente, parecem ter ocupado as frequências dos satélites ausentes, colorindo o ruído branco com letras invertidas e cirílicas. Satélites que se chamam VODKA ou MISHKIN ou TOVARICH. E o sintético resumo do que vem ocorrendo e que é assimilado pelo presidente como um filme projetado a toda velocidade, com o ritmo supostamente divertido, mas tão triste, da vertiginosa mudez do *slapstick*. Como se se tratasse de um daqueles curtas-metragens nos quais todos caem, se levantam e voltam a levantar apenas para ter mais uma vez o prazer de bater contra outra parede ou outra torta que aparece voando em direção aos seus sorrisos.

Assim, a queda do Afeganistão, a bomba atômica de fabricação caseira explodindo em um apartamento de

Beirute, os grupos fundamentalistas uivando que Alá é grande e brigando na disputa pelo prêmio das virgens paradisíacas (porque não pode existir tantas virgens lá em cima), a Índia atacando o Paquistão e o Paquistão retribuindo o ataque e o céu riscado pelos rastros nucleares e esses entardeceres avermelhados e violetas tão parecidos com os entardeceres de outro planeta, às cores de certos quadros.

A seguir, o Irã lança sobre o Iraque – ou foi o contrário? –, mísseis de fabricação soviética e norte-americana enquanto a África é destruída em guerras fronteiriças a golpes de facão e o solo coberto por braços e pernas e cabeças.

Enquanto isso, um grupo de narcotraficantes mexicanos comandados por um tal de Moisés Mantra gastou boa parte de suas economias em armas de alto calibre e atravessam El Paso com sangue e fogo, dispostos a recuperar a Terra Prometida do Texas e da Califórnia.

E um piloto norte-americano a bordo de um bombardeiro decide que essa voz que vem escutando na cabeça há semanas – e que os comprimidos não conseguem calar – é a voz de Deus lhe informando que ele é o Avatar dos Últimos Dias, e dispara sobre uma frota de submarinos russos atracados no porto de La Guayra, Venezuela. Vários navios grandes que se dedicam ao negócio de cruzeiros pelo Caribe partindo de Miami desaparecem e não respondem às chamadas e ninguém mais acredita na história do Triângulo das Bermudas, e acaba de chegar a confirmação de que, próximo a Curaçao, foram avistados os restos pertencentes ao *S. S. Sunflower*. Sobre a mesa circular de reuniões piscam as luzes e as datas se estendem em uma tela, e o presidente relembra a sua juventude, seus dias de treinamento como astronauta, a primeira vez que contemplou, lá da Lua, o rosto desse planeta pronto para sair de órbita, para mudar para sempre, sem possibilidade de voltar atrás. A única coisa que ele quer é terminar com isso tudo. Descansar. Descansar em paz. O presidente rompe o lacre de uma pasta de arquivos metálica, lê o que está escrito e começa a digitar números e letras em um computador. Depois, pressiona a tecla ENTER, fecha os olhos e, em voz baixa, recita as preces de uma contagem regressiva.

Felizes?

Satisfeitos?

Gostaram?

Querem mais?

Mas no episódio que agora se repete – para que ninguém além de mim o *veja*, a minha memória como se fosse uma imensa abóbada onde se armazena tudo o que aconteceu, para que não acontecesse o que pode ter acontecido –, partimos, viajamos e chegamos a Sad Songs.

A um desses reluzentes bairros residenciais que ficam fora da cidade grande.

Todas as casas são novas, impecáveis e quase idênticas. E o que distingue umas das outras são os sobrenomes nos interfones, os vários tipos de brinquedos no jardim da frente, as várias espécies de plantas e flores, os estilos dos móveis das salas de estar e das salas de jantar que podem ser vistas da rua, os inúmeros modelos de cães e automóveis.

Chegamos lá e o caminhão de mudanças já está estacionado em frente ao nosso novo lar e um grupo de homens retiram caixas e as carregam até o interior da casa pela porta da cozinha.

Eu entro, acendo um cigarro e olho de dentro para fora. Mais do que acender um cigarro, o que faço é incendiá-lo: eu o mergulho completamente na chama do meu isqueiro, que consome metade do cigarro antes de se reduzir a uma pequena brasa. Fumo-o com umas poucas tragadas profundas. De um tempo para cá, fumo cigarros como se fossem copos de uísque. Eu os esvazio em um par de goles, com a minha boca bem aberta, como um nadador que de repente decide se afogar.

O meu marido não gosta de me ver bebendo.

Também não gosta de me ver fumando.

Apesar disso, e apesar do pequeno detalhe de que ele tem certeza que a sua mulher está completamente, totalmente, absolutamente louca, meu marido continua gostando de me ver. Não acho que tem algo a ver com amor.

Não mais, pelo menos.

Não, o meu marido me olha como se contemplasse um troféu que ganhou num dia inesquecível. Um dia que dificilmente se repetirá. Mas, por sorte, lá está o troféu, provando que esse dia ocorreu.

O troféu como lembrança desnecessária do inesquecível, mas que, por outro lado, serve como objeto imprescindível para convencer incrédulos segundos e terceiros, todas essas pessoas que aparecem para conversar em festas e reuniões de negócios.

E, sim, sou capaz de perceber que estão se preparando para a invasão, assomando sobre as grades e as sebes das casas vizinhas: espiando quem seriam os recém-chegados, se têm filhos, se ganham mais dinheiros do que eles ou se suas joias são mais caras, se seu refúgio antiatômico tem mais ou menos conforto.

Estão a caminho, em breve chegarão.

Carregando cestas envoltas em papel metálico com alimentos para dar as boas-vindas, convidando-nos para o baile de sábado no clube, me perguntando se eu gostaria de entrar no coro da igreja ou ter aulas de equitação, ou participar de grupos de leitura, ou contar qual é o meu segredo para continuar tão jovem ou... Os rituais dos nativos que, na verdade, são colonos; pois ninguém nasceu aqui, até pouco não havia nada além de colinas, bosques e animais selvagens, que, de tanto em tanto – cervos e javalis – se aproximam das lixeiras em busca de comida ou ficam parados diante das luzes de um carro dirigido por alguém que, bêbado, volta para casa depois de uma festa na qual V foi até o quarto das crianças para poder beijar W às escondidas (as crianças contaram isso no dia seguinte, durante o café da manhã, e seus pais, movendo-se em câmera lenta por causa da ressaca, gritaram que aquilo foi um sonho que eles tiveram), X de repente começa a chorar, Y se joga nu na piscina e Z começa a berrar que precisavam lançar a Grande Bomba "ali, ali e ali também".

A inequívoca sensação de estar em outro planeta.

A sensação que me acompanhou ao longo de quase toda a minha vida e que me acompanhará por toda a eternidade.

Agora, aqui, é o início dos anos sessenta.

Minha época favorita.

Vivo em todas as épocas ao mesmo tempo; mas esta é a minha favorita, a que sintonizo com mais frequência, o momento no qual me sinto mais confortável para contar a minha vida, minhas vidas.

O período em que tudo me parece um pouco mais suportável, e, por alguns instantes, quase consigo me convencer de que escuto, ao fundo, as risadas gravadas dos espectadores que me acompanham tão de longe.

Ainda que não reste ninguém, quase ninguém.

Mas não posso parar; devo continuar atuando e transmitindo.

Como agora, mais uma vez de volta aqui, ao final de 1962.

Escuto a voz do meu marido indicando a um dos homens que "tenha cuidado; é um artefato muito delicado". Penso que se refere a mim, mas não: o homem – decido que se chama Kowalski – carrega entre os braços, como se fosse um bebê gigante e pesado, a nossa televisão. Coloca-a sobre uma mesinha, encaixa na tomada e liga. A imagem não é muito boa, mas não há muito que ver: um homem segura uns papéis e olha para a câmera e diz que até o momento não chegaram a nenhum acordo com o primeiro-ministro russo, Nikita Khruschev, quanto aos mísseis em Cuba e o retorno dos barcos soviéticos, que continuam avançando em direção ao porto de Havana. "A situação é cada vez mais tensa", diz o apresentador do noticiário, e antecipa que "em algumas horas, o presidente Kennedy fará um pronunciamento aos cidadãos e...".

Não falha nunca, sempre acontece o mesmo comigo: é só alguém dizer *Kennedy* para que eu o enxergue nitidamente, com mais clareza do que na televisão, a sua cabeça explodindo em pedaços, daqui a alguns meses, numa manhã de setembro em Dallas. O problema é que sempre tem alguém falando *Kennedy*, e sua cabeça explodindo me provoca uma dor de cabeça explosiva. E não tenho problemas com o nome Kennedy. Não me esqueço do seu nome. Agora que penso nisso, não costumo esquecer nomes que começam com a letra K. Kennedy, Kowalski...

E há dias – quando estou especialmente receptiva – nos quais posso ver o irmão dele baleado algum tempo depois e até mesmo o filho dele caindo dos céus, tantos anos depois.

O homem que encaixou e ligou o aparelho me olha, volta a encarar a tela, e me olha outra vez. "Bem-vindos ao fim do mundo", ele diz.

E eu sorrio.

Depois, talvez – é uma das muitas possibilidades, depende da minha vontade de modificar a História (fiquei sozinha, sou uma câmera quase sem espectadores do outro lado, posso me movimentar e enfocar o que quiser, sou a última e a única ainda em funcionamento, todos os outros se apagaram ao apagarem seus operadores) –, graças a um descuido do meu marido, eu e esse desconhecido desceremos ao porão e lá vamos fazer amor ou algo do tipo: não acredito que isso seja fazer amor, talvez seja desfazer o amor. Seja como for, um câncer fulminante que começa justo aqui, a onda expansiva do meu orgasmo, apagará o sorriso satisfeito deste homem em poucos meses.

E eu sorrio porque penso que o homem está me dando as boas-vindas ao fim de mundo chamado Sad Songs e, não, melhor não descer ao porão com o coitado.

Depois, dois homens entram na casa carregando o quadro. Não os vejo, pois estão ocultos pelo quadro. Vejo apenas as pernas deles aparecendo por debaixo da moldura.

Olho o quadro.

É um desses quadros que, sempre que entramos em um quarto – ou cada vez que alguém entra em um quarto onde tem esse quadro – não resta opção além de olhar para ele.

Olhem para ele.

O quadro se chama *Yellow and Blue* (*Yellow, Blue on Orange*), tem como data o ano de 1955 e o autor é Mark Rothko.

O quadro diz exatamente isso: o que está no título.

Por isso que eu falei (foi exatamente como se o chamasse e ele respondesse desde o primeiro dia em que o vi) *se chama* e não *tem o título de*.

Porque o quadro é amarelo e azul.

E amarelo e azul sobre o laranja.

Alguns catálogos – em alguma das muitas dobras dimensionais – garantem que o quadro está pendurado no Carnegie Museum of Art da cidade de Pittsburgh e foi adquirido com recursos do Fellows Fund, do Women's Committee, do Acquisition Fund e do Patrons Art Fund em 1974.

Mas não.

Aqui e agora, está pendurado em minha casa, em Sad Songs, no início dos anos sessenta.

E eu o observo.

Não posso parar de fitá-lo desde que o vi pela primeira vez.

Vi pela primeira vez o quadro de Mark Rothko em uma galeria de Manhattan.

Em Park Avenue, acredito.

Não tenho certeza do local exato.

Também não me lembro da data, mas não importa.

Datas não importam mais.

As datas são a primeira coisa que esquecemos ou ignoramos no lugar em que me encontro agora.

Agora, o tempo se transformou em outra coisa.

O tempo é – o tempo todo – todos os tempos ao mesmo tempo.

O tempo é uma matéria e um material do qual extraio múltiplas variações e uso a que mais me convém enquanto continuo minha busca, enquanto tento mais uma vez fazer a reposição do meu episódio preferido.

Não há limites, não há controle.

Agora – como disse – estou sozinha.

Portanto, posso viver o que eu quiser. As possibilidades mais impensáveis. Não o que pode ter acontecido, mas sim o que *jamais* pode ter acontecido. São formas de matar o tempo enquanto continuo tentando voltar e fazê-los voltar – eu e eles, juntos outra vez – a essa noite.

Pendurar essa noite como se fosse um quadro.

Para que todos a vejam.

E fazer com que essa noite não termine nunca, que não saia da programação, viver e sobreviver, para sempre, unidos nessa eternidade de algumas poucas horas.

Não é uma tarefa fácil.

Às vezes, parece que estou quase conseguindo.

Às vezes, até consigo reuni-los em outro lugar, em outro momento.

Mas a magia – a ilusão – dura pouco.

A realidade – mesmo que, como o tempo, a realidade já não importe – arruína tudo. A realidade resiste a modificações.

Não é simples reescrever o passado sem a ajuda de meus operadores. E os meus operadores não estão mais aí. A pessoa para quem trabalho continua do outro lado. Em certas ocasiões, até consigo escutar o eco de sua respiração lenta e pesada; mas ele quase não presta mais atenção em mim.

Não me olha enquanto olho.

Então as variáveis não são estáveis e, na sequência, por problemas de sintonia, fica impossível manter os dois no ar e tudo se perde no ar.

E me ocorre algo. Alguma coisa os separa muito antes de eu conseguir entrar em cena.

Às vezes consigo – por alguns segundos – vê-los separadamente. E fazer com que eles me enxerguem.

A verdade é que não gosto muito da maneira como me olham naquele momento: me veem sem acreditar em mim, me olham pensando "Eu não posso estar vendo o que estou vendo agora".

Eles me olham pensando exatamente o mesmo que pensei quando vi pela primeira vez o quadro de Mark Rothko.

"Não posso estar vendo o que estou vendo agora", pensei ao olhar o quadro de Mark Rothko na vitrine.

Entrei na galeria de arte e havia outros quadros de Mark Rothko. E várias pessoas os observavam, fumando, e, sim, na época era permitido fumar em lugares públicos e privados.

E todos exibiam – com variações de cores, que iam de fulgores de luz a lampejos de escuridão quase absoluta – paisagens que eu já tinha visto, das quais não podia tirar os olhos.

Os crepúsculos eternos de outro planeta que – por comodidade – batizei de Urkh 24 ou, se preferir, Aquele-Lugar-Onde-Se-Escutam-As-Melodias-Mais-Tristes.

O planeta do qual me observam para que eu os faça enxergar.

Estúdios centrais ou algo assim.

O lugar onde se passa um romance de ficção científica chamado *Evasão*.

Uma ficção *baseada em fatos reais*.

Fatos reais como base de pequenas ficções que, de quando em quando, insiro no que aconteceu como se enfiam pérolas em um colar ou se cravam diamantes no punho de uma espada.

Em uma dessas variáveis, vejo o quadro de Mark Rothko e leio a entrevista na qual ele fala de "luzes que chegam de muito distante" e "visões divinas" e "êxtase" e "muitas formas" e "suspiros de vida em blocos coloridos" e "de olhar os quadros a apenas meio metro de distância para sentir como eles te envolvem, tal qual uma paisagem". E compreendo – embora ele não saiba como eu sei, privilégios de ser a última – que Mark Rothko é um dos meus. Ele não entende tudo que está acontecendo e isso o obriga a pintar inúmeras vezes essas cores que são céus e que são os céus de Urkh 24, de Aquele-Lugar-Onde-Se-Escutam-As-Melodias-Mais-Tristes. Cartões-postais interplanetários cravando as unhas em seu cérebro cada vez mais exausto de pintar cores tão brilhantes em telas tão grandes nas quais, em breve, começa a cair a noite, começa a escurecer.

E, assim, sou aquela que, certa noite, abre a porta de seu estúdio – vou explicar o que está acontecendo, vou contar tudo – e encontra o corpo de Mark Rothko, acabou de se matar, o corpo ainda está quente, os dois braços cortados pelo fio de uma navalha. Tudo está em vermelho, vermelho é a cor e os pintores não são bons transmissores, não suportam bem o bombardeio das cores. Aconteceu com aquele pintor que cortou fora uma orelha (não sou boa para nomes de pintores), aconteceu com Mark Rothko (o único nome de pintor que de fato sei).

Os escritores se dão melhor. Sofrem, também, de desequilíbrios. Como Zack (ou era Dick?), ou Nostradamus (ou era Stradivarius?), ou tantos outros escritores que trocam a tinta pelo álcool para tentar adormecer todas as coisas que acontecem dentro de suas cabeças e que, sem o saber, na verdade estão ocorrendo em outro lugar. Ainda assim, os escritores duram mais que os pintores.

Mas, não – eu, no estúdio de Mark Rothko, na 69 Street, acho, em Nova York, uma antiga garagem com uma cúpula, uma claraboia que se abria com roldanas –, *não foi isso* o que aconteceu com ele.

Esse é apenas o esboço – o esboço para um quadro nunca pintado – de algo que pode ter acontecido mas que eu rasgo e jogo na lareira.

O que *de fato* aconteceu é que eu vi esse quadro e soube claramente que não estava sozinha, que não era a única (ainda que, talvez, tenha sido a única em termos de resistência e capacidade) e peço à funcionária da galeria para telefonar ao meu marido. O meu marido endinheirado e – nunca o chamo de *Jeff*, como ele gosta que o chamem, como ele gostaria que eu o chamasse – falei para ele: "Jefferson Franklin Washington Darlingskill, sei o que eu quero de presente no nosso próximo aniversário".

E continuei olhando para esse quadro com os mesmos olhos que – anos depois, apenas um segundo para mim, um abrir e fechar de olhos – voltei a ver...

... Isaac Goldman me olhando. Ele e eu somos as únicas pessoas que não olham para o alto, para as torres em chamas e as pessoas que se jogam em direção ao vazio e caem ao redor de nós, nessa esquina de uma cidade chamada Manhattan, no dia 11 de setembro de 2001.

Outro fim do mundo.

Esse é, na verdade, o início de um final, mais do que um final em si.

É o que aciona as engrenagens lentas e pesadas desse Apocalipse.

Um – sim, agora sim – Big Bang que todos escutam e veem pela televisão por tudo quanto é emissora do planeta. As antenas à flor da pele – antenas diferentes do tipo de antena que eu sou – e lá está ele: Isaac Goldman me olha sem poder acreditar nisso e eu o olho com os olhos de quem acredita em coisas demais. Com os olhos de quem, de tanto acreditar, nem sequer precisa usar esse verbo: *acreditar*.

Eu o olho e ele me olha e nós nos olhamos. Estamos petrificados nos olhos do outro. Ele mais do que eu, pois faz muito tempo que não me vê. Tudo parece ter se interrompido para nós.

Klaatu barada nikto.

Hahaha.

Eu o observo e contemplo essa esquina onde todos soltam gritos que perderam a vontade de ser palavras e não passam de ruídos. As vozes se tornaram algo puramente animal. O som do terror saltando de boca em boca, conferindo potência e identidade a todos aqueles que caem do alto dos edifícios brancos dos quais surgem as pinceladas vermelhas das chamas. Em breve, vão desabar. As torres. Primeiro uma, depois a outra – curvando-se de forma alternada, como se dançassem um último minueto – e ninguém se atreve a pensar nisso agora. Nem sequer conseguem imaginar tal coisa.

Mas eu vi.

Já vi.

Vi tantas coisas...

Vi essa esquina antes e a verei depois.

Eu a vejo *agora*, antes, durante e depois.

Passado, presente e futuro ao mesmo tempo, como se fossem três programas de televisão sendo transmitidos de forma simultânea, em um só horário, vinte e quatro horas por dia, sem parar.

Agora, estou aqui parada.

Já estive aqui.

Já estarei.

Já estive e estou aqui, numa manhã há muitos anos, e continuarei aqui, quando não restar mais ninguém.

Verei as ruas vazias morrerem.

Sentirei na sola dos pés o instante exato no qual as usinas elétricas vão parar de funcionar. O momento em que os seus sistemas de segurança não detectarão a presença humana que as mantém em atividade.

Respirarei o ar perfumado de radiação que contaminará as indústrias radiantes abandonadas, mas que – num último segundo de glória, apenas sete dias sem serem cuidadas, sem ninguém colocando água ou esfriando os seus núcleos – se abrirão como flores cheirosas e venenosas.

Perceberei o aumento do nível da água nos porões de Manhattan e verei os lendários lagartos albinos que sairão nadando dos bueiros para reinar, fosforescentes e atômicos, nos túneis e estações de metrô alagados.

Respirarei as sementes das plantas e árvores viajando pelo vento para se infiltrar nas ranhuras da calçada e do concreto que – com o passar e o arrastar das estações – serão cobertos pela sombra de olmos fantásticos, pelos galhos de árvores brotando de paredes até formarem selvas horizontais.

Escutarei os gemidos finais de tantos edifícios dizendo: "Parei por aqui", "Não aguento mais" e "Qual o sentido de continuar desse jeito, vazios?".

Contemplarei os arranha-céus caindo de joelhos, as gárgulas dos beirais afundando as garras no chão das ruas quebradas pelas quais correrão animais selvagens sem respeitar semáforos cegos ou limites de velocidade.

Perceberei o gozo satisfeito desse buraco artificial, essa ruína invisível e côncava que – finalmente, depois de tantas negociações, maquetes, avanços e retrocessos – ninguém se atreveu a encher com nada. Nada além de água, lodo, plantas de folhas grossas e serrilhadas, alcançando, enfim, a categoria de cratera e fenômeno quase natural. Eu me pergunto se, com o tempo, não construirei ali a minha residência e viverei como o último espécime da espécie... Ou talvez fosse melhor, daqui a alguns milênios, me instalar em uma das vitrines do Museu de História Natural. E me exibir para o nada.

Sentirei a multiplicação vibrante e impressionista de larvas abstratas e insetos figurativos se aninhando em obras de arte e testemunharei a derrubada de museus que alguma vez foram modernos e que terão alcançado a condição paradoxal de antiguidade.

Registrarei a queda desses mausoléus da memória, afundando-se nos próprios porões, da mesma maneira como agora registro a queda dessas duas torres sob um céu sem águias ou falcões, sem nenhuma dessas aves que um dia tornarão a reinar aqui, criando ninhos em vigas colapsadas de pontes que ninguém mais cruzará.

E não há nada mais triste do que uma ponte que está aí, suspensa, sem levar a lugar nenhum.

E eu sou uma ponte.

Cruzem para este lado e sejam bem-vindos ao início do final do meu mundo.

Um início triste que – se tudo correr bem – funcionará como uma ponte eterna e invulnerável que conduz ao final mais feliz de todos.

Porém, todos sabem que ter o direito e o privilégio a um final feliz requer, antes, de modo geral, certas explicações.

E algumas pontes exigem o pagamento de um pedágio para que se possa atravessá-las.

E as explicações anteriores a um final feliz costumam ser explicações infelizes e, em certos casos, há o impulso de atravessarmos uma ponte só para nos jogarmos do meio dela.

Vou me arriscar e tentarei resistir a esse impulso.

Não será a primeira vez.

Não será a última.

Lá vamos nós.

Lá estou, lá continuo, lá está ela.

Uma menina estranha que tem pais que a olham de um jeito estranho.

Uma menina que não entende muito bem o que está acontecendo com ela, mas entende que isso que não entende muito bem acontece apenas com ela.

Transes repentinos, sonhos recorrentes nos quais entra e sai de piscinas e cada piscina é um mundo e há tantas piscinas no mundo. Enxaquecas que são como terremotos, quando tudo parece arder com cores estranhas que não constam nas páginas de livros que ensinam os nomes das cores normais. Essas cores estranhas – essas *outras* cores – não têm nome, não respondem quando você as chama porque você não sabe como chamá-las.

Apesar disso, essa menina estranha que sou eu tenta explicar as cores e tirá-las de sua cabeça para colocá-las sobre uma página, a partir de uma mescla de cores que todo mundo conhece.

Não consegue.

Não tem jeito.

Não sai.

As cores estranhas continuam dentro dela e a acordam aos gritos à noite, e a menina estranha desperta berrando, os olhos brancos e falando em línguas.

Certa noite, a casa pega fogo e os investigadores falam que foi um incêndio proposital e os pais da garota estranha olham para a menina estranha de maneira ainda mais estranha do que o normal.

Certo dia, a menina estranha sai caminhando nua.

Certa tarde, a menina estranha, por um descuido, quase deixa o irmãozinho normal se afogar na banheira.

Remédios, tratamentos, choques elétricos e "medicina alternativa" em casa fora da cidade, e a menina estranha fica ainda mais estranha, quase mais estranha do que todas as cores estranhas.

E a menina estranha se torna uma adolescente estranha.

Não interessa que, além de estranha, seja a garota mais bonita que muitos já viram. Os boatos se espalharam e ninguém se atreve a convidá-la para festas e muito menos a flertar com ela. "Produto danificado", alguém a define. E o ódio das outras garotas, as garotas normais, as garotas que se consolam com sua feiura ordinária ou com seus atrativos sem graça e que dizem que só alguém louca desse jeito pode ser bonita assim.

A única coisa que a garota estranha faz nas festas é tirar os sapatos e sentar à beira da piscina e, às vezes, jogar-se nela vestida. A partir de então, fica conhecida como "a garota que caiu na piscina aquela noite", porque ninguém acredita que ela se jogou de propósito, preferem achar que tropeçou, que estava bêbada.

A garota estranha se torna, então, aquela que não dança nas festas e aquela que permite que jovens a toquem entre os arbustos, jovens que, nas sombras, repentinamente sóbrios, retrocedem chocados e impotentes perante o sorriso dela e sua beleza nua.

A garota estranha que descobre que os orgasmos (assim como o álcool) apaziguam, por um tempo, todas essas cores que brilham em sua cabeça, e assim se torna viciada em masturbação. Se o orgasmo é uma pequena morte, então esses orgasmos solitários são como um pequeno suicídio; e a garota estranha se suicida várias vezes ao dia e logo nem sequer vai precisar se tocar para se suicidar.

E, o tempo todo, do despertar à hora de deitar, para continuar se suicidando, a garota estranha pensa que talvez o melhor fosse experimentar uma grande morte.

Partir.

Deixar de ser estranha porque – essa é a sua grandeza, a de nos tornar pequenos – a morte normaliza a todos.

E, talvez assim, morta, será finalmente amada por todos.

A garota estranha era eu e logo compreendo que, se vou me suicidar, não quero uma morte pequena. Não, quero uma grande morte, um suicídio em grande estilo.

Então decido me informar sobre o assunto e vou a uma biblioteca onde – não existem coincidências, mas acreditamos nelas para não enlouquecermos ao comprovar que tudo está relacionado com tudo, para não entender que há organismos cuja única função no universo é a fabricação em série de coincidências terrestres – me deparo com um livro que alguém deixou sobre uma mesa e que me chama a atenção.

Um título que poderia ser o título da história da minha vida: *A cor que caiu do espaço*. Seu autor é Phineas Elsinore Darlingskill. Ou, pelo menos, esse é o nome do escritor e o título do livro que agora transmito. Nunca tinha ouvido falar dele. Começo a ler e não paro até chegar ao fim. O romance – uma novela – conta a história de uma família que vai enlouquecendo sob influência de seres que aparecem através de uma fenda na trama do universo. O livro foi escrito com uma linguagem rebuscada e afetada, transbordando de adjetivos. Mas – e isso é o que mais me interessa – foi escrito por alguém que parece acreditar no que escreve, alguém que, também, parece aprisionado por febres e visões como as minhas.

Uma rápida investigação me faz seguir a pista de Darlingskill e consigo entrar com facilidade no seu círculo de acólitos. As portas de uma mansão que fica a algumas horas de Nova York estão sempre abertas. São indivíduos um tanto absurdos. Gente ainda mais solitária do que eu, porque estão a sós por motivos muito mais banais que os meus: porque não ousam sentir como se estivessem acompanhados, não acham que estão a altura de tal responsabilidade. Por isso, preferem vestir uniformes absurdos, rapar a cabeça "como sacerdotes do Antigo Egito", tocar fogo em pós aromatizados, executar passes de mágica infantis com as mãos e se convencer do que for até alcançarem a auto-hipnose.

Não faria sentido aprofundar aqui as conversas que tive com Darlingskill. Seria como transcrever um diálogo de fábula entre um gato e uma leoa. Pertencemos à mesma raça, sim, mas somos tão diferentes: Darlingskill inveja as minhas cores e eu invejo a sua inveja, porque é a inveja de alguém com a cabeça capaz de imaginar perfeitamente – sem ter que sofrer – aquilo que eu vivencio.

Para Darlingskill, sou como uma santa. Uma virgem. Uma vestal. Uma dessas sibilas em cavernas labirínticas, sentadas dentro de uma jaula dourada, esperando as temerosas perguntas de césares e imperadores. Minhas alucinações cromáticas são meus estigmas e, de certo modo, para Darlingskill, a prova definitiva de que a sua cosmogonia imaginada talvez tenha algo de realidade, e, assim, ele pode sentir que não é apenas um romancista mais ou menos popular, mas ascendeu à categoria de profeta único e oráculo ilustre. O orgulhoso anfitrião que ajudará a abrir a porta que leva a uma nova era. Uma espécie de guia turístico místico.

Darlingskill me explica que talvez eu seja uma ponte para outro universo, que fui escolhida para trazer visões de um mundo a outro, que cedo ou tarde o sentido verdadeiro de minha visão será revelado, que serei comunicada sobre minha missão.

E, de fato, Darlingskill está completamente louco, mas nessa única vez ele acertou.

Mas não resta muito tempo de vida a Phineas Elsinore Darlingskill nessa "dimensão ingrata". Darlingskill adoece, a sua família aparece para buscá-lo e levá-lo de volta a Manhattan. É internado no hospital, sem esperanças de receber alta, e morre poucos dias depois, na noite em que conheci Isaac Goldman, Ezra Leventhal e Jefferson Franklin Washington Darlingskill.

E, ah, descubro que gosto dessa revisão quase telegráfica – seca, concisa, sem floreios – do meu passado tão distante.

Gosto do fato de que minha história tão esquisita possa ser narrada em um idioma simples e funcional, como alguém que relata as suas atividades com palavras diretas, sem perder tempo, pois em breve terá de voltar ao front de batalha.

Conto isso tudo com a linguagem da ficção científica: um estilo que é simples por obrigação, pois sabe que necessita soar convincente ao tratar de questões complexas, usar palavras críveis para descrever situações inverossímeis.

Agora, como naquela época, essa maneira de me expressar me acalma e me relaxa, da mesma maneira como fiquei aliviada naquele momento por estar cercada de aprendizes de escritores discutindo com solenidade ingênua assuntos muito mais delirante que os meus delírios.

E eu poderia tentar explicar a intensidade do amor que senti por Isaac Goldman e Ezra Leventhal.

Mas seria em vão.

Certas terminações nervosas, certos circuitos emocionais não funcionam mais.

Materiais desgastados.

Isaac tem razão ao dizer que a ficção científica e o amor nunca se deram muito bem. Ou talvez sim: pois, de uma maneira ou de outra, todos somos abduzidos pelo amor, essa força extraterrestre e sempre diferente cuja linguagem tentamos, em vão, compreender. Mas não é só isso. O amor – esse tumor benigno, porém tumor, apesar de tudo – foi extirpado de mim há muito tempo, naquela noite em que mudei para sempre, quando me tornei quem sou agora.

Então não esperem palavras quentes, emoções descontroladas, descrições de corpos sobre corpos.

Por outro lado, seria muito mais simples oferecer um retrato detalhado de como eram e o que se falava nessas reuniões de jovens fãs da então jovem ficção científica. Poderia, inclusive, contar brevemente sobre as invisíveis correntes sexuais que percorriam esses ambientes contaminados pela fumaça dos primeiros cigarros e pelo gás dos refrigerantes, lugares nos quais as mulheres de verdade eram namoradas sem graça, e as mulheres imaginadas eram donzelas lunares inocentes, ou princesas amazônicas e mercuriais, ou dedicadas ajudantes de laboratório (cuja principal função era gritar ou ser presa, apenas para que o herói a resgatasse), ou irmãs travessas de cabelo curto e modos rudes que se revelavam beldades quase incestuosas.

Poderia, também, tentar escrever uma crônica das temperamentais crises doutrinárias e estéticas, ou montar um diagrama explicativo das inúmeras facções políticas nas quais – postulando diferentes possibilidades acerca de como e por quem os outros planetas deveriam ser colonizados – fermentariam as diferenças e as perseguições ideológicas das décadas seguintes.

Mas não consigo dizer nada sobre o que senti por Isaac e Ezra, porque faz muito tempo que me proibi de sentir algo a respeito. Sentir seria como me distrair do meu objetivo final, me perder no passado em vez de me concentrar no futuro. Recordar esse amor colocaria em risco as minhas aspirações de transformá-lo em algo imortal.

Então, como fazer para continuar contando essa história sem tratar demais deles, sem ficar com eles para sempre?

A resposta é simples: Jefferson Franklin Washington Darlingskill.

Muito tempo depois, deste lado de todas as coisas, em uma manhã de outono, encontrarei o meu marido morto, caído no chão em nossa casa em Sad Songs. A cara para baixo, um braço estendido, uma perna flexionada e levantada, como se fosse um nadador encalhado. Não sentirei pena, mas lástima por esse homem infeliz que me amou desesperadamente durante tantos anos, com a certeza de que se tratava de um amor não correspondido. Alguém cuja única esquisitice – o único resquício de quem poderia ter sido, como os apêndices inúteis que permanecem quase escondidos, apenas insinuando que havia outra direção na qual um determinado organismo poderia ter evoluído – era tomar muitas pílulas energéticas e complexos vitamínicos para estar vivo ao findar o século, quando "será possível transplantar a essência de um homem para uma máquina, e assim viver para sempre".

Ele me falará isso todos os dias (comprimidos amarelo e azul e amarelo e azul e laranja) durante anos. E eu não responderei nada. Apenas vou observá-lo em silêncio, como se contemplasse algo pouco importante, mas, ainda assim, interessante.

Sou capaz de me ver: olho para o Jefferson Franklin Washington Darlingskill que se tornou e penso no Jefferson Franklin Washington Darlingskill que poderia ter sido.

Penso – minha missão, a missão que o seu tio jamais foi capaz de imaginar qual seria, a missão que levei a cabo com grande sucesso, a neutralização eficaz de um dos tantos finais possíveis do mundo – no Jefferson Franklin Washington Darlingskill que não existiu.

Jefferson Franklin Washington Darlingskill deixa de ser quem ele poderia ter sido na mesma noite em que eu me torno a pessoa que sou agora.

Jefferson Franklin Washington Darlingskill pede a palavra na maior reunião de fãs de ficção científica já organizada até aquele momento. Os Futurianos, os Cósmicos, Os Futurísticos, Os Dimensionais, Os Astronômicos, Os Futuréxicos e os Distantes Isaac Goldman e Ezra Leventhal, que, do canto de um ginásio escolar, contemplam Jefferson Franklin Washington Darlingskill com uma resignação envergonhada.

Todos estão lá.

Eu estou lá.

Eu, que me tornei uma presença inquietante para os fãs. "O que uma garota como esta está fazendo aqui? O que ela quer de nós? O que podemos fazer para que ela nunca vá embora e para que preste atenção em nós?", todos pareciam se perguntar.

E eu não sou capaz de oferecer respostas para essas perguntas porque uma resposta traria mais questões.

Estou ali porque não tenho outro lugar para ir.

Estou ali perseguida por cores inexplicáveis, por explosões repentinas de amarelos e azuis (e amarelos e azuis sobre laranja). Há um Mark Rothko pintando dentro da minha cabeça. Um Mark Rothko que ainda não pinta como o Mark Rothko daquela época, que se dedicava apenas a pequenos quadros figurativos e um pouco surrealistas.

Estou ali porque, sem encontrar explicações para o que acontecia comigo – meus pais me fizeram passar por diversos especialistas que me etiquetavam com diferentes tamanhos e formas de psicoses, como adesivos que grudam nas laterais das malas de viagem –, sentia certo alívio ao escutar esses jovens propondo e imaginando variáveis do futuro com a paixão sincera dos primeiros cristãos.

Meus pais não costumam criticar as minhas novas atividades. Eles não gostam muito que eu ande com gente como Isaac Goldman e Ezra Leventhal (meus pais são judeus da parte alta da cidade), mas fantasiam que "algo aconteça" com Jefferson Franklin Washington Darlingskill: excelente partido que, talvez, seja capaz de domesticar a filha lunática e a transforme em uma apresentável dama da sociedade. Toda a sua estranheza será rapidamente reescrita e compreendida como um admirável traço exótico.

E os meus pais – que descansem em paz – verão todas as suas fantasias se tornarem realidade, como tudo o que envolve a sua filha, por todos os motivos errados. Mas todos sabem que não é educado pedir muitas explicações aos desejos realizados.

Foi assim que tudo começou.

Jefferson Franklin Washington Darlingskill pede a palavra em nome d'Os Distantes (Isaac e Ezra olham para baixo, envergonhados, como se procurassem algo que tinha caído, mas sem coragem de recolher o objeto do chão) e tira do bolso interno do seu casaco um calhamaço de páginas cuidadosamente datilografadas e começa a ler.

E o que Jefferson Franklin Washington Darlingskill lê – que começa como uma espécie de elegia ao seu tio Phineas Elsinore Darlingskill – logo se encaminha para algo que soa como um delírio messiânico. A autobiografia em código e maldisfarçada de ficção de um garoto tímido e atormentado que, na verdade, tem certeza de que é um ser superior destinado a comandar o universo.

De início, escutam-se algumas risadas dispersas, mas, logo em seguida, o ginásio é preenchido por gargalhadas, vaias e gritos que pedem a expulsão do orador. Alguém grita que ele é racista. Outro o acusa, sem mais nem menos, de ser um "gordo impotente". Jefferson Franklin Washington Darlingskill começa a gaguejar, enrubesce e os seus olhos se enchem de lágrimas. Isaac e Ezra o agarram pelos braços e o levam quase arrastado. É então que, da porta, Jefferson Franklin Washington Darlingskill grita: "Vocês vão ver só! Vocês vão ver! Riam agora, mas em breve vocês vão implorar para que eu seja piedoso! Quem se importa em escrever esses continhos quando se pode fundar uma religião? Quem quer ser escritor quando se pode ser Deus?".

E então acontece.

Todas as cores ao mesmo tempo.

Então – não sei ainda, mas a partir daquele momento, nunca mais menstruarei ou sangrarei de qualquer forma; a partir de então, não me torno imortal, mas inquebrável: com o meu sangue seria possível fabricar uma vacina para todos os males deste mundo, mas nunca pediram o meu sangue –, é como se um raio me atingisse. Como se eu entrasse no mar montada em um animal que guarda o mundo inteiro dentro de sua boca. Um animal selvagem, mas não exatamente feroz. Um animal cujo perigo – cujo grau de ameaça mortal – era uma consequência direta da audácia ou da inconsistência daquele que se arriscava a colocar a mão entre os seus caninos. Eu quis me agarrar à pelagem de suas correntes, me deixar levar, submergir, ser devorada, me afogar e me decompor lentamente até reencarnar em uma de suas ondas.

E logo depois aprender a nadar.

E desmaio.

E recobro os sentidos.

E então sou acesa.

E então – depois de tantas provas esporádicas, de breves ensaios, de episódios inexplicáveis para os neurologistas e psiquiatras do meu planeta – começo a transmitir.

Fui ativada.

Na manhã seguinte, apareço na casa de Jefferson Franklin Washington Darlingskill e peço para nos casarmos.

Digo que compreendi que o amo, que, na noite anterior, entendi a sua grandeza, que não poderei mais viver sem ele.

E foi assim que – obedecendo a instruções – eu me tornei uma heroína secreta e sem nome, a garota estranha que evitou um dos muitos fins do mundo e, de quebra, a pequena judia que escreveu a Bíblia.

E o nome da Bíblia é *Evasão*.

Chegou o momento de tentar oferecer algumas explicações. Não será fácil, não apresentarei aqui aquela limpeza final e clínica que acontece em certos romances policiais. Não haverá nada semelhante àqueles enigmas esclarecidos por um detetive um tanto absurdo que reúne todos os suspeitos em um vagão de trem ou em uma biblioteca para explicar, passo a passo e segundo a segundo o que foi que fizeram e o que deixaram de fazer. E o culpado ali, o tempo todo, com um sorriso gélido e uma taça quente na mão, esperando, educado e cavalheiresco, o momento da acusação, sabendo que nunca veremos o momento em que ele é preso, ou a sua chegada à prisão, ou sua saída pela porta, quando se despede dos corpos das vítimas, porque essas coisas não se mostram, não é educado.

Não é o caso.

As intrigas interplanetárias nunca seguem a ordem suspeita das terrestres, mesmo que também transcorram em ambientes herméticos, salas pressurizadas, quartos fechados sempre por dentro.

Existem muitos fatores para levar em conta, mudanças atmosféricas bruscas, problemas mecânicos, culturas diferentes, sóis que não necessariamente iluminam e lançam luz sobre a superfície onde jaz o corpo de delito ou pela qual caminham, lentos, os corpos flutuantes dos que sobrevivem para contar a história, os que, confusos, descobrem que não sabem direito o que aconteceu e muito menos qual é a melhor maneira de contar o inexplicável.

Isaac Goldman e Ezra Leventhal não são capazes de compreender o que aconteceu, como foi possível que eu os tenha deixado de lado e – leem na coluna social do *The New York Times* – vá me casar com Jefferson Franklin Washington Darlingskill, o que já é considerado "o grande casamento da próxima primavera".

Então, na noite da última nevasca do inverno, vão até a minha casa e trabalham a noite toda.

Homens de neve e todo um planeta de neve.

Um planeta que volte a nos incluir e que exclua o desconcerto de seu amor repentinamente rejeitado por mim, que os olhe da minha janela sem poder falar nada. Sem explicar o que foi decidido – tão distante, tão próximo –, que a tristeza de Isaac e a fúria de Ezra serão muito menos complicadas para o nosso mundo do que o ódio de Jefferson Franklin Washington Darlingskill.

É quando entro em cena.

Apareço para dar explicações, mais perto de ser uma vítima do que um detetive, tão consciente de que as regras do gênero policial, como disse antes, não se aplicam aqui, não resolvem nada, não culpam nenhum dos culpados.

Por isso talvez eu decida que o melhor não seria buscar a clareza de um final fechado, mas sim repetir, várias vezes, até que as crianças sejam capazes de entender, esta simples frase mágica: a chave que abre a fechadura de todos os contos de fada.

Era uma vez...

Era uma vez dois jovens chamados Isaac Goldman e Ezra Leventhal, e acho que já falei demais sobre eles.

Vocês já os viram e os escutaram.

Observaram e ouviram as coisas que os obriguei a fazer, as palavras que os fiz dizer.

Havia um jovem chamado Jefferson Franklin Washington Darlingskill que, certa noite, muitos anos atrás, é humilhado publicamente (todos riem dele, Isaac, Ezra e eu também), em um encontro de fãs de ficção científica, e sai de lá jurando vingança. Sai de lá como um mortal ultrajado e promete voltar como uma divindade vingadora.

E cumpre a sua palavra.

Em outro lugar, em um corredor de uma realidade que não existiu, há uma extensa bibliografia e documentários sobre sua vida e obra. Nenhum desses livros ou filmes chega a contar o último capítulo de sua existência porque não houve tempo para filmá-lo ou escrevê-lo. O último capítulo da vida de Jefferson Franklin Washington Darlingskill seria, também, o último capítulo de todas as nossas vidas.

Jefferson Franklin Washington Darlingskill sai de lá e – mediante um pagamento generoso – publica o ensaio que não conseguiu terminar de ler naquela noite, não como ficção, mas como não ficção, nas páginas de *Tantalizing Episodes*. É o primeiro de vários escritos que pregam a boa e estranha chegada de um sistema que tem ele como centro e administrador de um "Poder Supremo" que apenas ele pode mostrar àqueles que se curvam perante a sua grandeza e se declarem seus humildes e dedicados discípulos. São muitos os membros da comunidade *sci-fi* que definem toda a história como uma "revisão demente de Freud". Mas há um número ainda maior de pessoas que começam a seguir e acreditar em Jefferson Franklin Washington Darlingskill e em seus ensinamentos, que misturam a fé no super-homem terrestre como veículo para alcançar o poder das estrelas, com a capacidade de criar e destruir universos inteiros sempre e quando for solicitado, desde que tenha a sua permissão e sua bênção.

Jefferson Franklin Washington Darlingskill reúne seus escritos em um livro (cuja dedicatória é: "Para aquela que riu de mim: em breve, quem rirá sou eu") que se torna um best-seller (poucas coisas são mais atraentes do que algo escrito por um louco), e logo surgem centros de doutrinamento em todo o mundo. Santuários onde se ministram seus métodos, ensinamentos e tecnologias, que obrigam os novos membros a passarem por rituais de iniciação absurdos dos quais não se fala muito, porque são obrigados a fazer juras de silêncio absoluto, porque o resto dos ordinários mortais não tem por que participar do "Grande Segredo". Filtram-se, assim, os rumores de máquinas que só funcionam com a força do pensamento, regressões no tempo, hierarquias complexas e cargos que vão até a "Sabedoria Máxima", que "não pode ser explicada aos não iniciados porque eles jamais seriam capazes de compreendê-la", e de se fundir com Jefferson Franklin Washington Darlingskill, que raras vezes sai de sua mansão no deserto de Nevada. Tudo em troca de generosas doações à causa. Logo, vários atores de cinema entram no movimento e dizem ter compreendido absolutamente tudo, com sorrisos perfeitos e pupilas fixas e dilatadas pelo amor apaixonante pelo "Mestre Absoluto". De repente, também, a Igreja Cósmica de Jefferson Franklin Washington Darlingskill passa a ser investigada por organizações governamentais. Mas não podem fazer nada, não encontram muita coisa. Então, algo terrível acontece: o presidente dos Estados Unidos sobrevive a um atentado no qual falecem sua esposa e sua filha. Um ajudante e membro da Igreja de Jefferson Franklin Washington Darlingskill o coloca em contato com seu amo. E não há nada mais frágil do que um homem destroçado pela dor. O presidente se declara "purificado" por Jefferson Franklin Washington Darlingskill, a quem nomeia Secretário de Estado e Assessor em Questões Místicas e Espirituais. Juntos, em uma inesquecível manhã de verão, pressionam todos os botões e disparam todos os mísseis e acabam com nosso mundo tal como o conhecemos.

Mas nada disso acontece.

Eu o impeço.

Obedeço a ordens e, na manhã seguinte àquela noite em que todos riram dele, corro até a casa de Jefferson Franklin Washington Darlingskill e caio de joelhos à sua frente e digo que sou sua, que compreendi que o amo.

Jefferson Franklin Washington Darlingskill aceita, encantado e, logo depois, assume a gerência da loja de seu pai, abre várias sucursais por todo o país e se transforma num admirado homem de negócios.

E eu me torno uma invejável esposa, que parece não sofrer a passagem dos anos, do admirado homem de negócios. Seu troféu. Sua recompensa. Sou a mulher estranha que o maltrata com dolorosa delicadeza, que nunca dará a ele um filho, que mal permite que ele a toque, que bebe demais e que sempre se recusará a chamá-lo de Jeff.

A mulher estranha que já não tem quase nada daquela menininha estranha e daquela garota estranha; pois quando se é estranho durante tanto tempo, as pessoas mudam. Os garotos são muito mais fortes do que se imagina. Já os adultos são apenas duros. Os adultos, ao envelhecer, compreendem que não são mais tão fortes como foram algum dia. Então endurecem. Ou – como eu – se concentram em apenas uma coisa. Não interessa que seja algo esquisito, pois, afinal de contas, vivemos na Era das Coisas Estranhas. O que importa é não pensar em outras coisas, em outras esquisitices.

E isso é tudo.

Em certas ocasiões, Jefferson Franklin Washington Darlingskill – um bom homem, um homem tão triste – parece escutar vozes que chegam de cômodos muito distantes, em templos que nunca chegou a construir, e fala dormindo sobre cerimônias, súditos, mensagens secretas, poderes absolutos e deuses que aguardam que ele os chame e lhes ordene que atravessem para este lado.

Era uma vez uma garota estranha que decide não obedecer às ordens que chegam de algum lugar muito distante e escandaliza todos indo viver com Isaac Goldman e Ezra Leventhal.

Ama os dois, os dois a amam, por que escolher um só, por que os dois não podem amá-la, por que os três não podem adotar um único pseudônimo e – quem é? onde vive? é homem? mulher? – se consagrar como o escritor mais brilhante e original de ficção científica de todos os tempos?

Então, a garota estranha não tem muita certeza do que acontece.

Talvez Isaac e Ezra tenham começado a se odiar.

Talvez não consigam manter o equilíbrio e a harmonia.

Talvez morram em Omaha Beach, na Normandia.

Talvez seja um bebê que morra; e de qual dos dois era esse bebê?

Talvez eu morra, longe deles, e com o tempo Isaac e Ezra se tornem dois aposentados grisalhos que alimentam as pombas e jogam xadrez em Washington Square, o tempo todo pensando em mim, mas falando de qualquer outra coisa, porque é doloroso falar de mim.

Talvez...

Seja como for, todas e qualquer das opções que consigo sintonizar não são boas, sempre terminam mal. Uma advertência de que talvez o melhor seja continuar onde estou, sem alterar a ordem dos movimentos que foram estabelecidos para mim de um lugar tão distante.

Era uma vez um planeta que – por motivos de praticidade narrativa – batizei de Urkh 24 ou, se preferir, Aquele-Lugar-Onde-Se-Escutam-As-Melodias-Mais-Tristes.

Um planeta habitado por seres superiores. Seres que alcançaram o ponto máximo de sua evolução, que não têm mais para onde ir, que estão entediados do fato de que tudo é tão perfeito.

Em certo momento, algo acontece nesse planeta: uma mudança na composição dos seus "nutrientes atmosféricos" ou algo do tipo. Ou um vírus. Ou, simplesmente, o que cedo ou tarde ocorre em um lugar onde tudo funciona perfeitamente, onde não resta nada a ser descoberto.

Entropia.

O fim do caminho.

Então, os habitantes de Urkh 24 ou Aquele-Lugar-Onde-Se-Escutam-As-Melodias-Mais-Tristes passam a procurar um planeta com características similares. Um planeta onde se refugiar e recomeçar a vida.

Então, os habitantes de Urkh 24 ou Aquele-Lugar-Onde-Se-Escutam-As-Melodias-Mais-Tristes descobrem o nosso planeta.

E, ao longo dos anos, vão escolhendo seres humanos que funcionem como antenas, que transmitam tudo o que acontece aqui.

Criam uma espécie secreta.

Homens estranhos e mulheres estranhas e essa garota estranha que algum dia eu fui e que continuo sendo.

Cada um dos nativos de Urkh 24 ou Aquele-Lugar-Onde-Se-Escutam-As-Melodias-Mais-Tristes – operadores, ou empregadores, ou espectadores, ou leitores, ou diretores, ou editores; chame-os como preferirem – tem um à sua disposição.

E cuidam deles.

Impedem que eles se decomponham.

Estão muito orgulhosos deles.

De vez em quando estragam, se suicidam.

Ou terminam num quarto de paredes acolchoadas.

Ou ingressam em um monastério entediante onde nada acontece.

Mas somos tantos...

Há sempre um modelo novo, uma história nova.

E passam a nos observar com os nossos olhos.

Cuidadosamente.

O tempo todo.

Não conseguem parar de nos olhar.

Somos tão divertidos.

E, assim, envolvidos, viciados em nossas histórias, vão adiando a invasão à Terra.

Não querem interromper o que está acontecendo conosco.

Não querem que isso acabe nunca.

De tempos em tempos, nos ajudam, nos salvam, corrigem detalhes do enredo e, manipulando-nos como se fossemos marionetes sem fios, evitam muitos fins do mundo.

E é assim que, enfim, esquecem de realizar o final do mundo no qual eles seriam os protagonistas definitivos e terminais: os encarregados de pronunciar as últimas palavras do libreto.

Não viajam.

Ficam em casa.

Nos observando.

As naves que construíram nunca decolam e permanecem sobre uma montanha, e logo se tornam parte da paisagem, formações geológicas metálicas cobertas por ferrugem e envoltas por galhos e raízes.

Encontram-se tão concentrados em nos contemplar e em nos salvar que se esquecem deles.

Evadem, sim.

E, de repente, começam a morrer.

E, na tarefa de nos proteger de nós mesmos, extinguem-se.

E, quando um deles morre, também morre aqui o observador – a câmera, a antena, o visor; como preferirem – que o escolheu.

Alguns se fecham como essas flores histéricas que só abrem à noite, para entregar o seu perfume no momento em que quase todos estão dormindo.

E – apesar de fechar os olhos tristes por não saber como tudo terminará – gosto de acreditar, não é difícil pensar nisso, que morreram felizes.

Era uma vez um nativo de Urkh 24 ou Aquele-Lugar-Onde-Se-Escutam-As-Melodias-Mais-Tristes.

O meu.

Ou melhor, aquele a quem pertenço.

O último dos nativos de Urkh 24 ou Aquele-Lugar-Onde-Se-Escutam-As-Melodias-Mais-Tristes.

O último e verdadeiro Distante.

O protagonista de *Evasão*.

Ele ainda não morreu.

Mas falta pouco.

De fato, ainda lhe resta muito tempo terrestre (e *me* resta), mas não o suficiente para o que quero e preciso fazer.

Já não sinto estar tão próxima dele, e – acho que isso é a maior prova de sua agonia plácida e lenta – posso enxergar melhor daqui o planeta a partir do qual ele nos olha. Não que alguma vez, no decorrer dos anos, tenha me sentido muito próxima dele. Nunca o vi, nunca escutei a sua voz, que imaginei ao longo de tantas páginas. Mas podia, sim, experimentar certa excitação – uma vibração característica, uma intensificação de alguns sabores, cheiros, texturas e visões – sempre que contemplava e transmitia algo que, suponho, gerava um prazer especial nele.

Porém, agora, não mais.

É quase como se não existisse.

Agora, não passa de minha percepção de algo que acabará em breve, e uma incessante sequência de crepúsculos.

Os dias são sempre diferentes em outros planetas. A textura e até a forma dos dias – suas cores e luz – variam conforme a composição do ar e a estética das nuvens, e até mesmo o humor daqueles que os habitam e lá trabalham.

As noites, no entanto, são iguais em todos os lugares.

As noites obedecem a um mesmo desígnio e seguem um mesmo projeto de um criador único e desconhecido.

Apesar disso, as noites – tão parecidas com as noites da Terra – são o que mais sinto falta no meu outro planeta.

Esse planeta no qual não nasci e ao qual nunca irei, mas que agora viaja comigo por todos os lugares.

Esse planeta no qual nunca estive, mas no qual sempre estou.

Esse planeta com um céu escuro e profundo como um lago. Sem fundo. Um céu que é esse céu – porque todo o céu é *o céu* –, mas que, de certo modo, pela pura força da distância, é também outro céu. Um lugar onde afundar, subindo até chegar ao seu fundo.

Iluminada pela luz difusa desse céu, fui escrevendo *Evasão*, pouco a pouco, página a página, sem pressa. Em carros, em trens, em balsas, em teleféricos que subiam a montanha, em festas. Retrato de uma mulher escrevendo. Lá fora. Nunca em casa. Em lugares sempre em movimento, o livro mais quieto já escrito. E foi em envelopes grandes, com selos comuns e remetentes desconhecidos, que enviava a eles o meu livro em trânsito.

Sabia – o tempo todo, todos os tempos – onde estavam Isaac e Ezra; porque era eu quem os colocava em todos os lugares, quem tentava aproximá-los pouco a pouco, sem que o meu operador se desse conta, ou, já na despedida, sem que ele se importasse muito com isso.

Talvez fosse um jeito de ele me recompensar.

Talvez ele gostasse da maneira como eu escrevia.

Quem sabe.

Evasão foi a minha maneira de comunicar a Isaac e a Ezra que eu não tinha me esquecido deles, que continuava próxima a eles, continuava fazendo o possível para que voltássemos a estar juntos, para sempre, para além do fim do mundo.

O último dos fins do mundo – o fim de seus finais – ocorrerá dentro de 7590 milhões de anos e não será produto de variáveis ou de ajustes no roteiro de sua história.

Não restará ninguém para cuidar dessas questões.

Pelo menos é o que espero.

Espero não estar mais aqui, esperando.

Espero que, então, o meu operador já tenha exalado o seu último suspiro – fim da programação – e eu tenha alcançado o meu objetivo muito antes disso.

E aproveitar, então – com a energia esgotada desse ser que é, também, a energia que me mantém em *funcionamento* –, o justo prêmio de um descanso merecido, sem limites, no qual até mesmo a noção de tempo deixou de existir.

Faz sentido a ideia de um final sem ninguém ali para testemunhá-lo? Sem ninguém próximo para pensar ou falar em voz baixa que "ah, acabou tudo, chegamos até aqui"?.

Ontem – enquanto explodiam bombas em uma cidade até então pacífica, e os canais transbordavam com as ondas causadas por uma onda de choque, e os frágeis *palazzos* afundavam na água turva e antiga – li que, quando já não restar nada a se fazer ou a acontecer, esse planeta será tirado de órbita por uma bofetada de um Sol inchado e avermelhado. E que, então, cairá em uma trajetória em espiral e sem retorno, despedaçando-se e logo em seguida desaparecendo em suspiros lânguidos de vapor até não deixar nenhum rastro de sua existência.

Outros especialistas em diversos Apocalipses garantem que não, não será assim, o que vai acontecer é que o Sol se apagará com o clique de uma porta se fechando pela última vez; e que então será noite, uma noite sem dia, e um frio para o qual o calor será como uma lenda impossível.

Quem sabe, quem se importa, dá no mesmo.

Qual o sentido de um final que não terá testemunhas? Um final sem público não é nada, não é um final.

Mas, antes deste *grand finale* sem público, haverá outro final.

O final estranho da Era das Coisas Estranhas.

O fim da espécie.

O final do fim desse mundo, do *nosso* mundo, a maneira como tudo terminou, o que aconteceu para que tudo deixasse de acontecer.

O final que eles não puderam impedir que se *finalizasse*.

Como acontece com os melhores finais – com os finais *de verdade*, com os *verdadeiros* finais – ninguém o viu chegando, ninguém foi capaz de prevê-lo.

Não se escutou a voz grave de um oráculo, não houve sinais sinistros no fundo da xícara de café ou nas cartas de tarô, nenhum cientista previu o que aconteceria porque – de forma simples e complexa – aconteceu de repente.

E foi isso.

Tantos anos de tanta eletricidade invisível energizando o ar resultaram – em uma inesquecível manhã de inverno – em uma faísca colossal que provocou um curto-circuito definitivo nos cérebros privilegiados de homens e mulheres.

Escutou-se um ruído parecido com o de um livro que se fecha bruscamente, como o de um tapa no rosto da humanidade.

O som de cancelem as suas apostas e não esperem que esse número saia outra vez.

O som de uma orquestra colidindo contra o ruído mais alto ao final de uma última canção no final de um disco, um dia na vida.

O som como o do céu caindo do fundo das alturas e se estatelando contra o chão.

Um som que, na verdade, é impossível de ser descrito – por isso é necessário tentar se refugiar em símiles imprecisos ou mesmo absurdos –, porque se trata de um som que soa pela primeira e última vez.

Estreia e despedida e reverência e cai o pano.

Boa parte das espécies animais – excluindo os cetáceos e os símios – foram salvos do holocausto invisível por possuírem intelectos pouco sofisticados. Por alguns segundos, o oxigênio – saturado de ondas de telefones celulares, canais de televisão, satélites fora de órbita e aceleradores de partículas – se acendeu como um aparelho eletrodoméstico e entrou nos pulmões e atingiu os corações e mentes, e só. No mundo todo, homens, mulheres, crianças, baleias e golfinhos – repentinamente fossilizados por dentro – despencaram em casas, parques, automóveis, praias, aviões, ginásios, barcos, escolas e nas profundezas marinhas, e nunca mais se levantaram.

Foram devorados sem pressa pelos sobreviventes.

Sou capaz de enxergá-los aqui e agora como se estivesse ali, porque estarei ali, e serei a única testemunha para contar a história.

Ergo a minha taça e brindo a eles. Não direi aqui qual é o dia ou o ano em que isso ocorrerá para que tudo deixe de acontecer.

Direi, apenas, que não falta muito.

Mas que, antes, tentarei mudar esse final.

Não *impedir* o final.

Não sou tão forte nem tão poderosa.

Mas talvez seja capaz de trocá-lo, sim, por um final melhor.

Um final que não deixará de ser o final de todas as notícias desse mundo, mas que, se tudo correr bem, será pelo menos um final feliz.

Esta não é a minha última transmissão do planeta dos monstros.

Mas falta pouco para que seja.

E, com a proximidade do fim, compreendo que essa não é uma história de ficção científica.

Não é uma história de ficção científica porque é uma história que apenas olha para trás, recorda, fabrica lembranças na máquina da memória.

Não: na verdade, essa é uma história de amor.

Talvez não seja a maior história de amor, mas é, sem dúvida, a história de amor mais longa.

Uma história de amor que – se apoiar a orelha contra o chão gelado, contra a terra glacial, contra o travesseiro ao lado, no qual nenhuma cabeça se apoia há muitas noites – ainda respira e aguarda o momento em que alguém a arrancará da escuridão subterrânea e a trará de volta à superfície.

Um desses romances que obedecem a um dos preceitos mais comuns e temidos do gênero chamado gótico-romântico, no pouco futurista século XIX, no qual o amanhã não passava de um pesadelo de crateras lunares ou centros da Terra ou criaturas mortas, em pedaços, ressuscitadas com o auxílio de relâmpagos: essa é uma história de amor enterrada prematuramente, uma história de amor enterrada viva.

Às vezes desejo que essa história, sendo um livro, tivesse mais páginas.

Muitas páginas a mais do que *Evasão*.

Que tivesse mais de mil páginas.

Três mil, talvez.

Uma dessas sagas enormes nas quais, quando chegamos ao final, quando saímos pela porta de sua última página, descobrimos que sabemos mais sobre os seus heróis do que sobre nós mesmos, mas que, de certa forma, nós também somos esses heróis.

Mas *escrever muito* é como ler, enquanto *escrever pouco* é como escrever.

E o que me interessava aqui – o que ainda me interessa, pois não terminei, porque estou próxima do fim, porque poderia tocá-lo com a mão se quisesse, mas não quero – era colocar por escrito: ainda que eu não seja exatamente uma escritora, nem tudo isso seja exatamente uma escrita a ser lida.

Não me expresso aqui usando os mesmos procedimentos e ferramentas usados para escrever tantas histórias.

Eu me expresso não com a caligrafia primitiva dos seres humanos, mas sim com o idioma brilhante, o braile vidente das estrelas.

E, assim, essa história pode ascender aos céus e fixar-se lá, como se estivesse pendurada com pregos de luz, para ser lida da mesma maneira como antes se liam as constelações, com a ingenuidade infantil de quem precisava enxergar lá em cima formas e figuras humanas para não se perder, aterrorizados, no expressionismo abstrato do cosmos.

Mas compreendi há tempos que esta é uma ambição exagerada, um desejo irrealizável.

Por isso optei – não por me conformar, mas sim porque aspiro à perfeição – por me concentrar em um único instante perfeito e todo-poderoso.

Em um núcleo indivisível.

No Big Bang de nossa história.

Lá estão.

Isaac Goldman e Ezra Leventhal.

Meu amor por eles e o amor deles por mim.

É uma noite de inverno, o momento exato no qual parou de nevar, depois de muitas horas de branco caindo do preto.

Isaac Goldman e Ezra Leventhal são jovens e transbordam energia, e o som disciplinado de suas pás movendo-se para cima e para baixo na neve parece o de uma música nova e efêmera. Notas que se derreterão em breve, sim, mas que naquele momento – um momento que eu, agora, quero transformar em um sempre – é a única melodia possível, é o ritmo da mecânica do universo.

Está escuro, mas, da minha janela, espiando por trás de uma cortina, posso perceber o resplendor dos sorrisos deles e o vapor cálido que surge daquelas bocas e o brilho dos olhares que até negam a interrupção intermitente das pálpebras.

Isaac Goldman e Ezra Leventhal, esplêndidos, reluzentes e unidos pelo raro prazer de ter uma causa em comum que, até então, apenas intuíam que existia, mas que agora sabiam que era um destino inescapável.

Os dois me amam tanto, ao mesmo tempo, com um mesmo amor, que não se importariam se eu escolhesse um e não o outro, porque se sentem únicos e unidos, inseparáveis.

Um começa onde o outro termina para que o outro não tenha início nem fim.

Os dois orbitam ao meu redor, a gravidade de meu corpo os atrai e os lança em círculos perfeitos, em pontuais intervalos de luz e sombra, em estações precisas. Os dois sabem que têm sorte de se amarem tanto e de me amar, e nem sequer pensam muito no eclipse total de minha traição, tão incompreensível para eles como necessária para mim, por amor a eles e por amor a todas as coisas desse mundo que as contém.

A ambição do meu projeto – como disse – é grande demais.

Não fui capaz de salvar um planeta porque – ao contrario do lugar-comum do gênero – ninguém de outro planeta pode salvar um planeta que nunca foi e nunca será seu.

Eu, de fato, nasci aqui perto; mas morrerei como alguém tão distante...

E, de fato, fui capaz de fazer algo, em certo momento, em prol da sobrevivência dessa raça estranha e acidental na qual fui concebida; mas não pude mudar o destino daqueles que me escolheram.

Ainda assim, penso, talvez eu possa me permitir o gesto humilde de preservá-los, os dois.

Isaac e Ezra.

Assim, com as poucas forças que vão me restando – com a energia flutuante e cada vez mais fraca que ainda chega até mim, vinda do meu planeta adotivo –, vou contando diferentes fins do mundo.

Contá-los é como descartá-los, apagá-los um a um, como se fossem lâmpadas em uma casa vazia, mas cheia de quartos.

Esvaziar a memória e abrir espaço no lugar.

Dessa maneira, introduzir aqui e ali correções mínimas enquanto caminho por essa terra vazia, repleta de ruínas e antiguidades.

Avançar e retroceder.

Escrever e riscar.

Corrigir e acrescentar.

Pequenas modificações transcendentes no tecido da História. Algumas são indesejadas (como disse, sempre tive dificuldade em me lembrar de nomes, então rebatizei muitos sem pensar duas vezes), outras são formas poéticas e rebeldes de fazer justiça (todos esses prêmios que o meu filme favorito nunca ganhou), e outras são consequências imprevisíveis e secundárias, efeitos colaterais de alterar fatos comprovados pelo simples prazer de contradizê-los ou melhorá-los.

Obrigar o experimento a tender mais para o lado da ficção do que para o da ciência.

Devolver ao futuro a graça e a diversão que tinha quando os homens podiam atribuir qualquer possibilidade a ele, e arrancar as roupas cinza, entediantes e mal cortadas que o futuro vestiu até o fim dos tempos. Tempos nos quais ninguém mais pensava no futuro, quando ninguém mais olhava para o céu, pois todas as cabeças estavam baixas, concentradas no próprio corpo (os homens, cansados de não encontrar nada nem ninguém no espaço, passaram a se dedicar à exploração do seu espaço interior, transformando-se em alienígenas para si mesmos, viajando e modificando seus corpos com cirurgias, remédios mágicos e coquetéis de DNA), ou, no máximo, em exteriores próximos ao solo quente e estéril, fustigado por tornados repentinos, tempestades de areia, aumento do nível do oceano e verões invernais. De vez em quando, sim, algum best-seller incompreensível sobre o incompreensível do tempo, assinado por um gênio paralítico de voz mecânica, ou uma espécie de sermão evangélico televisivo sobre as maravilhas improváveis do cosmos a cargo de um astrônomo fotogênico, ou algum filme com um extraterrestre bondoso, porém horrível de feio, que só quer voltar para casa, ou espadas lasers absurdas, fazia com que eles pensassem outra vez em tudo isso, por um período exato que se levava para tentar ler e descartar um livro, todos eles alheios e ignorantes em relação à épica íntima de minhas intenções: o desafio secreto de recriar um universo pequeno e privado.

E eu não tenho a vantagem de saber que terminarei em seis dias e descansarei no sétimo.

É muito mais difícil corrigir algo que não saiu muito bem do que inventar algo que ninguém sabe no que vai dar.

Provar e descartar quantidades diferentes de tantos ingredientes e elementos, e, talvez então, certo dia, poder reuni-los outra vez, como naquela noite de neve, sob a minha janela.

Isaac Goldman e Ezra Leventhal – que ficaram sabendo dos meus problemas, minha loucura, minhas entradas e saídas de hospícios, da eletricidade que fizeram circular pelo meu cérebro atomizado – criando um planeta gigantesco para mim. Uma enorme bola de neve. Cavando, erigindo, trabalhando a noite toda até que essa esfera ficasse quase da altura da minha casa e, ao final, plantados ao lado dela, vários bonecos de neve perfeitos – não estou falando aqui do tradicional boneco de neve feito com três bolas, e sim de várias estátuas que são sempre eles, ali, de pé, cuidando do mundo que me ofereceram e que enfurecerá o meu pai, e que acabará inundando os canteiros de flores da minha mãe, e que demorará alguns dias para derreter, que despertará a curiosidade dos vizinhos, e que até aparecerá em uma fotografia da primeira página do jornal local, no qual algumas pessoas inclusive vão criar teorias de que tal fenômeno inexplicável, tal aparição repentina, só pode ser obra de seres extraterrestres.

Mas nada disso importa.

Tudo isso acontece depois.

O importante são os dois.

O amor deles pelo meu amor.

O ar frio de uma noite que se revela, para eles, felizmente longa e que – ainda que não saibam – os condenará a aparecer mais vezes.

Às vezes separados.

Às vezes juntos.

Às vezes eles nem sequer estão lá, e não consigo fazer nada além de *evocar* a neve, os bonecos de neve e o planeta de neve.

Certa vez, essa gigantesca bola de neve se materializou em uma recepção no Palácio de Buckingham.

Certa vez, os bonecos de neve se formaram, no mais gelado dos silêncios, em uma praia de Patagônia.

Mais uma vez, os dois sozinhos.

Um aqui e outro lá.

Isaac e Ezra.

Em montanhas e nas cidades, em desertos e nas florestas.

E até no fundo do mar.

Em certas ocasiões, sou capaz de reuni-los.

Mas não sou capaz de mantê-los juntos por muito tempo. Algo acontece, algo falha no programa. Como disse antes: a realidade ou uma de tantas realidades possíveis resiste em reuni-los, em acomodá-los em um mesmo lugar.

E tudo termina rápido demais.

E, de repente, recomeça.

Não interessa.

Não tenho todo o tempo do mundo, mas tenho, sim, todo o tempo do fim do mundo (às vezes preciso de um pouco de ajuda, às vezes invoco um soldado sonhador ou um último anoitecer insone) para tirar Ezra Leventhal do inferno de ser Ezra Leventhal, e tirar Isaac Goldman do purgatório de ser Isaac Goldman, e trazer os dois ao meu estranho paraíso, ao céu de minha consciência.

E ali, enfim torná-los conscientes de que, depois de tantas tentativas frustradas, eles cruzaram as portas do fundo do céu, esse lugar onde eu os espero há tanto tempo.

Assim, várias vezes, até que eu consiga a sintonia e a acústica perfeitas para devolvê-los por completo à totalidade desse momento. O mais próximo à imortalidade que jamais sentiu alguém que sabe que o tempo não se detém, que corre e que de vez em quando tropeça e cai para depois poder se levantar e correr ainda mais rápido e...

Assim, várias vezes, até que a materialização de minha lembrança seja perfeita, completa, finalizada e precisa, e seja, também, ainda melhor do que a minha memória sempre fiel ao que aconteceu.

Conseguir reunir os pedaços estilhaçados da luz divina, arrancá-los das sombras nas quais caíram até recriar essa noite perfeita de um dia na vida.

Uma noite que dure para sempre e, nela, Isaac Goldman e Ezra Leventhal, criadores de um mundo para mim.

Um mundo que eu possa tornar meu.

Um mundo para além dessa outra versão da vida que é a morte.

Lá, o fantasma vivo de minha eletricidade sussurrando na pele fria que cobre os ossos de nossos crânios. Felizes porque, ainda debaixo da tristeza dos nossos rostos, nossas caveiras sorriem sem parar, eu e eles mostrando nossos dentes a essa quente esfera fria que aumenta, aumenta, e continua aumentando. E que, de repente, será tão grande que poderá ser contemplada e aplaudida em outro planeta, por estrangeiros que, então, descartarão qualquer plano de invasão; pois sabem que são indefesos e inferiores em relação a essa força incomensurável, perante essa arma secreta que bate no coração e na mente dos meus dois terráqueos e paladinos terrenos.

Naquele lugar e naquele momento, agora, para sempre, ocorrerá o último e final fim do mundo.

Nada existirá, nada mais acontecerá depois disso, depois dessa noite.

Não terei a soberba de dizer que será um ato de piedade – porque talvez não passe de um ato de egoísmo absoluto –, mas posso, sim, garantir que será um último ato, emocionante e belo. E que tudo vai ficar bem, tudo vai ficar bem, tudo vai ficar bem, tudo vai ficar bem, tudo vai ficar bem, tudo vai ficar bem, tudo vai ficar bem para sempre.

Lá estiveram, estão, lá continuarão estando, como constelações com as quais precisamos nos esforçar muito, olhar fixo para elas, sermos generosos e imaginativos, para conseguir enxergá-las e nos convencermos de que não poderiam ter outro nome ou estar situadas em outro lugar; para ter certeza de que, sim, elas têm *esta* forma e *este* é o seu significado.

Lá estiveram, estão, lá continuarão a estar, comigo, transformados em energia pura que eu, num último arroubo, antes de me fundir e me apagar por causa do esforço – anfitriã dedicada desta zona crepuscular –, transmitirei a todos os cantos do universo, até o fundo do céu. No glorioso preto e branco da noite e da neve, depois de tantos séculos de cores. Até e a partir exatamente dali. O fundo do céu como se fosse o fundo da maior e mais infinita das piscinas. O que os antigos astrólogos helenísticos chamavam de *Imum Coeli*. Alguns deles situavam nesse lugar o inferno. Outros, o paraíso. Ou o apontavam como o local exato das nossas raízes e, ao mesmo tempo, o lugar onde acontecerá o final de nossas vidas. Tudo ao mesmo tempo. Princípio e fim. A totalidade das variantes. Todos os eus possíveis. Um eu olhando um quadro de Rothko enquanto outro eu contempla um quadro de Chagall. Mergulhos e quedas. Várias vezes até que... Estou convencida, então, de que deve existir uma piscina que seja a minha, a melhor, a piscina onde eu nado como nunca e que esconde, debaixo de suas águas, todas as explicações de todos os mistérios e os esquecimentos e, então, eu, a partir dali...

Com um pouco de sorte, alguém captará esse raio misterioso – esse último suspiro de meu último e eterno sinal – e saberá decodificar os seus pulsos e transformá-los em uma imagem fiel e incorruptível.

E verá nós três.

Eles me olhando enquanto eu os olho.

E, emocionado, esse alguém pensará que fomos uma grande cultura que vivenciou o final mais belo e apaixonante de todos.

Verá nós três – enfim juntos, juntos para sempre, juntos ao final – e pensará: "Eles foram extintos, sim, mas no momento mais elevado e sublime dos seus sentimentos; foram extintos incendiados de amor, e não afogados pelo ódio".

Me verá – seus olhos serão os deles – como eles me viram.

Irá vê-los – os meus olhos serão os seus – como eu os vi.

Irá vê-los, agora e para sempre, com a mesma clareza que eu os observei da minha janela: olhando para mim, naquela noite clara, na neve, em outro planeta, em nosso planeta, em um planeta que não será nenhum outro que não o nosso.

Irá vê-los suspensos para sempre no tempo e no espaço do meu amor.

Lembrará deles assim.

É assim que eu me lembro deles.

BURACOS NEGROS, LUZES COLORIDAS E MOMENTOS MARAVILHOSOS:

EXPLICAÇÃO E AGRADECIMENTOS

Antes de tudo: este não é um romance *de* ficção científica. Este – foi e será – um romance *com* ficção científica.

Depois de tudo: um dos livros que mais li e reli não é um romance *de* ficção científica, mas *com* ficção científica.

E é um livro assinado por um dos escritores que mais li e reli – essa atividade estranha que combina a amnésia e a lembrança repentina, mas ainda melhor do que quando foi lido pela primeira vez, porque agora é como reencontrar um grande amigo, em vez de um encontro com um desconhecido – e o nome desse escritor é Kurt Vonnegut.

E um dos livros que mais reli de Kurt Vonnegut é *Matadouro 5*. E um dos parágrafos que mais releio de um dos romances que mais releio, assinado por um dos escritores que mais releio – Kurt Vonnegut – é o seguinte:

> Os livros deles eram coisas pequenas. Os livros tralfamadorianos eram organizados em breves conjuntos de símbolos separados por estrelas. Cada conjunto de símbolos é uma mensagem tão breve quanto urgente, que descreve uma determinada situação ou cena. Nós, os tralmafadorianos, lemos todos ao mesmo tempo, e não um depois do outro. Não existe nenhuma relação específica entre as mensagens, exceto o fato de que o autor

as escolheu com cuidado; de modo que, vistas simultaneamente, produzem uma imagem de que a vida é bela, surpreendente e profunda. Não há início, nem centro, nem final, nem suspense, nem moral, nem causa, nem efeitos. O que amamos em nossos livros é a profundidade de tantos momentos maravilhosamente contemplados ao mesmo tempo.

Gosto de pensar que, nesse parágrafo – que é não só uma grande ideia, expressa de forma maravilhosa, mas, também, uma explicação perfeita e sintética do que são a obra e as intenções de Kurt Vonnegut –, distante no tempo, mas próximo na admiração, no afeto e no agradecimento, está a origem de *O fundo do céu*.

Gosto de pensar em *O fundo do céu* como um conjunto de mensagens emitidas simultaneamente, como uma trama que busca ser apenas uma sequência de momentos maravilhosos contemplados ao mesmo tempo.

Agora que me lembrei: foi Kurt Vonnegut quem, em uma entrevista, afirmou algo como que todo escritor tinha a obrigação de, pelo menos uma vez na carreira, destruir um mundo.

Em *O fundo do céu*, destruo dois.

Várias vezes.

Missão cumprida, espero.

E enquanto escrevia as últimas páginas de *O fundo do céu*, li *Cheever: A Life*, de Blake Bailey.

John Cheever é outro escritor que – ao lado de Kurt Vonnegut – costuma aparecer em todos os meus livros, desde a minha obra de estreia, *Historia argentina*, de 1991, como uma figura protetora e um amigo extraterrestre. Eles tornam a aparecer em *O fundo do céu*, mas o que mais me surpreendeu – na página 575 da biografia escrita por Bailey – foi a descoberta de que Cheever, depois do sucesso de *Falconer* e da canonização em vida obtida com *The Stories of John Cheever*, não sabia o que fazer a seguir, o que escrever depois. E foi então – deprimido, e sem bússola ou mapa – que começou a recortar artigos de jornal sobre a possibilidade de existir vida em outros planetas, e que fantasiava com a ideia de escrever "um romance sobre a solidão cósmica".

Como se sabe, Cheever não escreveu esse romance, mas uma novela perfeita intitulada *Oh What a Paradise it Seems*, em que não se sente nenhum cheiro de outros mundos. Porém, na página 24 da edição original, no início do capítulo 3, ele comenta, de passagem, que o narrador de toda a história fala de um futuro mais ou menos distante, enquanto se prepara para disparar um tiro de rifle no coração de um homem responsável, consciente ou inconscientemente, por várias catástrofes planetárias.

Nos momentos em que estou de muito bom humor (como agora), gosto de pensar em *O fundo do céu* como um romance sobre a solidão cósmica que, espero, seja uma boa companhia e acerte o alvo. Gosto de pensar em *O fundo do céu* como um desses romances que – da mesma maneira que *Matadouro 5* e *Oh What a Paradise It Seems* – parece pequeno por fora, mas, quando se está dentro dele...

E insisto no que falei no início: este não é um romance de ficção científica, mas que se alimenta da ficção científica e do meu amor por um gênero que, como leitor, conheci desde cedo e não pretendo abandonar nunca. Como escritor – quem me acompanha já sabe disso –, viajei várias vezes a Urkh 24, que visitei pela primeira vez em um breve conto alienígena-matrimonial, "La forma de la locura", em 1994, no desaparecido *Trabajos manuales*. E me lembro, de repente, de *Caras extrañas*, aquele folhetim alienígena-gardeliano feito para o suplemento jovem do *Página 12* e que hoje não se encontra em lugar nenhum. E até escrevi alguns contos que podem ser considerados tangencialmente *sci-fi*. Já no *Historia argentina* – e depois em *La velocidade de las cosas* – há o convite para um passeio pela fundação dedicada ao cuidado e preservação do último espécime da extinta raça dos escritores. E há os iluminados viróticos em *Vidas de santos*, os androides sísmicos em *Mantra* e as bicicletas espaço-temporais em *Jardins de Kensington*.

Neste *O fundo do céu*, voltei a me interessar pelas mesmas coisas que me interessaram nos momentos em que escrevi meus outros romances: trabalhar com gêneros diferentes sem ir até eles, mas trazendo-os ao meu terreno. Foi assim com o romance-rock *Esperanto*, com o romance-trip-de-um-estrangeiro-no-México em *Mantra* e com o romance de iniciação de *Jardins de Kensington*. E foi assim com o romance futurista (embora, na verdade, seja um romance futurista mais preocupado e ocupado com o passado do que com o futuro), em *O fundo do céu*.

Um romance cujo titulo provisório, *in progress*, era *Tsunami*, e sua premissa original e misteriosa – a primeira anotação em uma caderneta – era apenas "mulher arrasa três homens como um tsunami / *love story* / TRISTEZA!!!".

Um romance escrito com lentidão ao longo de alguns anos que agora, vistos em perspectiva, parecem muito mais *non-fiction* do que *fiction*. Aconteceram coisas demais e a toda velocidade. Muitas boas e alegres, umas tantas muito tristes. O que – apesar de ser inevitável e impossível de escrever e corrigir – não deixa de fazer um pouco de sentido, não deixa de ter sua razão de ser: de tempos em tempos, o que acontece neste planeta se impõe sobre o que acontece no planeta no qual os escritores passam boa parte de suas vidas.

Também trabalhei muito. E me mudei. Para outro mundo. Um mundo melhor do que aquele em que eu habitava; o que não significa que a travessia não tenha sido exaustiva. E não podemos esquecer nunca que, quando um escritor se muda, a sua biblioteca *também* se muda. E, caso alguém queira saber, a paisagem crepuscular que o extraterrestre agônico contempla sem parar em Urkh 24 são os entardeceres de Vallvidrera com vista para Montserrat da janela circular e que muito lembra *2001: Uma odisseia no espaço*, cá do meu escritório, onde estou escrevendo tudo isso.

Este foi um romance no qual me preocupei especialmente em encontrar um determinado "idioma" para contá-lo, sabendo que, de modo geral, na ficção científica não importa tanto o estilo (exceto nas honrosas exceções de Philip K. Dick e J. G. Ballard e alguns outros), mas sim a trama, por causa da "ideia", do "futuro" que é proposto.

E se tem algo que sempre me irrita na ficção científica clássica é essa necessidade férrea de explicar absolutamente tudo (inclusive o que é inexplicável, misterioso, coisas que poderiam continuar sendo mistérios puros e inalcançáveis), com aquele afã didático e quase fundamentalista, com aquele desejo incontrolável de passar na frente, acertar e ganhar, desejando muito chegar em primeiro lugar numa corrida rumo ao futuro que, claro, não tem linha de chegada.

Em *O fundo do céu*, acho que a minha preocupação foi com outras coisas. Não tanto em fazer o inverossímil parecer verossímil, mas sim – Cheever de novo, em uma entrevista – o trabalho com "momentos", e não com "argumentos". Acho que, na sua época, Stanley Kubrick – por mais que isso perturbasse Arthur C. Clarke – optou, felizmente, pelo mesmo método.

Dizendo de outra maneira, e usando outro olhar cinematográfico único: no planeta em que se passa a trama de *O fundo do céu*, os foguetes e ônibus espaciais não decolam nas planícies lisas de um lugar chamado cabo Kennedy, mas sim das sinuosas curvas de Mulholland Drive.

"Não trabalho com tramas. Trabalho com a intuição, a apreensão, os sonhos, os conceitos", explicou Cheever a um repórter da *Paris Review*.

Ditto.

Por isso, *O fundo do céu* viajou tanto e experimentou diversos trajes espaciais antes de ficar satisfeito com o que agora veste, com o que agora flutua. *O fundo do céu* teve – em certo momento – muitas, mas muitas páginas a mais e foi, por um tempo, um romance de personalidade muito mais histórica e enciclopédica (parente mais ou menos próximo de *As aventuras de Kavalier & Clay*, por exemplo); porém havia algo com o qual eu não me conformava: que, apesar de gostar de ler esse tipo de coisa, não me interessava tanto em escrever.* Também não me interessava – indo para o outro extremo do espectro – que *O fundo do céu* evocasse uma estranheza alienígena em que nada se explica, como alguns romances de Haruki Murakami. Então, houve vários lançamentos frustrados até que, enfim, o romance decolou e compreendi para onde deveria ir.

E agora estou *tão* feliz de ter chegado...

"Mas *escrever muito* é como ler, enquanto *escrever pouco* é como escrever", diz alguém quase no final de *O fundo do céu*; mas sou eu quem pede para que isso seja dito.

* Em algum lugar, em outra dimensão muito parecida com a nossa, há um romance chamado *O fundo do céu* – eu o li porque o escrevi, e fui eu que fiz o livro desaparecer – no qual, entre muitas outras coisas, é mostrado em detalhes cada um dos clubes de ficção científica na Nova York dos anos 1930; várias missões e movimentos militares durante a guerra do Iraque são abordadas e há a vida na Green Area de Bagdá, que é descrita em profusão; é possível ler uma versão completa de *Evasão*, e a carreira de Mark Rothko é revista passo a passo, assim como se enumeram os requisitos necessários para entrar numa popular organização freak-religiosa. [N.A.]

E não acho que tenha sido um acidente o fato de que parte do processo mais forte e constante de escrita de *O fundo do céu* – que, por um tempo, dividiu o espaço de escrita com outro romance já terminado e outros três em diversos estágios de desenvolvimento – tenha coincidido com datas que vão da morte de Kurt Vonnegut até a morte de J. G. Ballard, e com a morte de David Foster Wallace entre uma e outra.

Que descansem em paz.

E agora – quando, por fim, no retorno, aterrisso e tiro o escafandro – o meu agradecimento a todos os que vigiaram os meus sinais vitais enquanto eu flutuava em um lugar tão distante de casa, mas com a certeza de que eles estavam próximos deste livro.

Na plataforma de lançamento: Juan Ignacio Boido (leitor de cabeceira), Jonathan Lethem (que recomendou a bibliografia especializada e me contou a anedota que acabou disparando esse romance), Francisco "Paco" Porrúa (que cedeu livros de sua biblioteca de Barcelona) e Juan Sasturain (que levou a Guadalajara livros da sua biblioteca em Buenos Aires).

Em órbitas sempre próximas: Carlos Alberdi, Eduardo Becerra, Ignacio Echevarría, Nelly Fresán, Alfredo Garófano, Norma Elizabeth Mastrorilli, Alan Pauls, Guillermo Saccomanno, Enrique Vila-Matas, família Villaseñor.

Na sala de controle: Agência Carmen Balcells e Gloria Gutiérrez e Javier Martín, Marta Borrell, Mónica Carmona, Marta Díaz, Andreu Jaume, Claudio López Lamadrid e Editora Mondadori. E os meus editores e tradutores estrangeiros, pela paciência que tiveram comigo e, espero, a paciência que terão outra vez.

No espaço sideral: Dante Alighieri, J. G. Ballard, John Banville, Donald Barthelme, Franco Battiato (sempre achei muito comoventes os versos da "Via Láctea", que dizem: "*Noi / provinciali dell'Orsa Minore / alla conquista degli spazi interstellari / e vestiti di grigio chiaro / per non disperdersi*"), Blake Bailey, The Beatles ("A Day in the Life", *esse* som, outra vez), Ray Bradbury, Adolfo Bioy Casares pelas projeções e reflexos morelianos ("o céu da consciência", "será um ato piedoso") que aqui são ativados, Jarvis Cocker (e sua "Quantum Theory"), Leonard "The Little Jew Who Wrote The Bible" Cohen, Llody Cole (*Love Story* de modo geral, e a versão particular de "Traffic" que aparece em *Cleaning Out the Ashtrays*), Philip K. Dick ("How to Build a Universe That Don't Fall Apart Two Days Later"), Bob Dylan ("The ghost of electricity howls in the bones of her face", é claro, e a novidade *non-stop*, enquanto escrevo estas linhas, de *Together Through Life*, outro desses discos do B. D. que – à sua maneira tão *sci-fi* – é impossível saber onde foram gravados, é impossível discernir se vieram do futuro ou do passado), Mark Oliver "Eels" Everett (e seu pai),

Denis Johnson, "Big Sky" do The Kinks (por razões óbvias), Stanley Kubrick (por razões ainda mais óbvias), Dave Kyle, David Lynch, Robert R. McCammon, Norman Mailer, Hector German Oesterheld, Michael Ondaatje, Pink Floyd (*Wish You Were Here* pode ser considerado o disco de cabeceira para *O fundo do céu* e sempre achei que seria a *soundtrack* perfeita para um filme de ficção científica intimista e doméstico), John Prime (aquele verso de "Lake Marie"), Mark Rothko, Rod Serling, Cordwainer Smith (Paul Myron Anthony Linebarger), Theodore Sturgeon, "Dream Operator", do Talking Heads (algo como equivalente ao "Tema de Lara" em *O fundo do céu*: o "Tema de Ella"), James Tiptree, Jr. (Alice B. Sheldon), François Truffaut (e tudo está dito), John Updike e o seu *Toward the End of Time*, David Foster Wallace, Dennis Wilson e "Time", em seu *Pacific Ocean Blue*, Warren Zevon e "The Vast Indifference of Heaven".

E sobre as piscadelas mais ou menos fugazes, e talvez imperceptíveis, caso você não possua um bom telescópio para captar a luz estelar que não está morta, mas um tanto crepuscular, das leituras juvenis – quando o futuro era O Futuro – e que chega distorcida a este livro:

A primeira parte de *O fundo do céu* resgata, com admiração, uma frase (o do cachorro da memória) e alguns acontecimentos de *Tokyo ya no nos quiere*, de Ray Loriga; brinca com alguma citação de Marcel Proust e abduz e reescreve algumas cenas que aparecem originalmente em *O escândalo dos Wapshot*, de John Cheever, e *A felicidade Rosewater*, de Kurt Vonnegut.

A segunda parte de *O fundo do céu*, por outro lado, cita um conto meu – "La usurpación de los cuerpos" – escrito por encomenda de Miguel Ángel Oeste (obrigado, Miguel Ángel) para *FreakCiones: 6 películas, 6 mutaciones* (Centro de Ediciones de La Diputación Provincial de Málaga, Espanha, 2007) e incluído posteriormente na edição francesa de *La velocidad de las cosas* (*La Vitesse des choses*, Les Éditions Passage Du Nord / Ouest, 2008).

A terceira parte de *O fundo do céu* faz referência e modifica a minha frase favorita de *Estrela distante*, de Roberto Bolaño.

Agradeço também às informações – usadas ou não, mas sempre nutritivas e inspiradoras – contidas nos livros *Imperial Life in the Emerald City*, de Rajiv Chandrasekaran, *The Encyclopedia of Science Fiction*, de John Clute e Peter Nicholls, *Ghost Wars*, de Steve Coll, *L. Ron Hubbard: Messiah or Madman?*, de Bent Corydon e L. Ron Hubbard, Jr., *The Shifting Realities of Philip K. Dick*, de Philip K. Dick e editado por Lawrence Sutin, *The Dreams Our Stuff Is Made Off: How Science Fiction Conquered the World*, de Thomas M. Dish, *The Futurians*, de Damon Knight, *Medea*, editado por Harlan Ellison, *Strange Angel: The Otherwordly Life of Rocket Scientist John Whiteside Parsons*, de George Pendle, *The Way The Future Was*, de

Frederick Pohl, *Murasaki*, editado por Robert Silverberg, *Divine Invasions*, de Lawrence Sutin, *The Bradbury Chronicles*, de Sam Weller, *Only Apparently Real*, de Paul Williams, *O vulto das torres*, de Lawrence Wright e *The Twilight Zone Companion*, de Marc Scott Zicree.

E, mais do que obrigado aos que, apesar de tudo, viajam sempre ao meu lado, *across the universe*: Ana e Daniel.

E saudações a vocês aí fora.

Não estamos sozinhos. Obrigado por me acompanhar mais uma vez, e nos vemos em breve, espero, em outro mundo que faz parte deste.

R. F.

Vallvidrera, Barcelona

1º de maio de 2009

Imagem de capa: detalhe de *The Ace of Space*, da série Fantastic Worlds, publicada por Standard, set. 1952 – jan. 1953, Estados Unidos.

Coordenação editorial LIVIA DEORSOLA
Preparação THIAGO LINS
Revisão PEDRO PAULO SILVA e CRISTINA YAMAZAKI
Projeto gráfico FLÁVIA CASTANHEIRA e GABRIELA CASTRO
Tratamento de imagem WAGNER FERNANDES
Produção gráfica SIRLENE NASCIMENTO

1ª reimpressão, 2015

Nesta edição, respeitou-se o novo Acordo Ortográfico da Língua Portuguesa.

GOBIERNO DE ESPAÑA
MINISTERIO DE EDUCACIÓN, CULTURA Y DEPORTE
SECRETARÍA DE ESTADO DE CULTURA

Esta obra foi publicada com uma subvenção do Ministério de Educação, Cultura e Esportes da Espanha.

Dados Internacionais de Catalogação na Publicação (CIP)

Fresán, Rodrigo [1963-]
O fundo do céu: Rodrigo Fresán
Título original: *El fondo del cielo*
Tradução: Antônio Xerxenesky
São Paulo: Cosac Naify, 2014.
352 pp., 1 ils.

ISBN 978-85-405-0648-0

1. Ficção argentina I. Xerxenesky, Antônio. II. Título

CDD-868.9932

Índice para catálogo sistemático:
1. Ficção argentina: 8868.9932

COSAC NAIFY
rua General Jardim, 770, 2º andar
01223-010 São Paulo SP
cosacnaify.com.br [11] 3218 1444
atendimento ao professor [11] 3218 1473
professor@cosacnaify.com.br

Fontes MOKKA e NEUTRA
Papel PÓLEN SOFT 70 G/M²
Impressão GEOGRÁFICA